偏航

下

江天一半 著

Chapter 9
这么多年

五年后。

白天才下过一场雨,才几小时的工夫,带来的短暂清凉已被高温蒸发。

戚乔没有想到会在一场晚宴上与谢凌云重逢。她静静地坐在休息室,换好第二套裙子,由造型师重新盘发。

助理小年送来一杯温水。

戚乔抬眼,瞧见小年一副欲言又止的模样,从镜中盯着她,说:"问吧。"

得到允许,小年立刻拎来一把凳子,在戚乔身边坐下,激动地说:"刚才那个人,是谢凌云欸!"

她抱着戚乔的胳膊晃个不停,中心主旨就一个:拜托,那可是谢凌云!

戚乔无奈,淡声道:"我知道那是谢凌云。"

小年眨眨眼睛,抛出最好奇的问题:"你们好像认识?"

何止认识,在她看来,自家艺人似乎和这位圈内知名的天才导演有着不可言说的关系。

方才在休息室外,那人显然是特意等在那儿,来找戚乔的。

关于谢凌云的传言在这个圈子里不是秘密。

家世背景神秘,关注了这么多年,网友们也只知道他家中的两位长辈都是国内顶尖大学的教授。曾有狗仔拍到他进出过郊外香山的别墅区,那地界的别墅并不是一般人能住得起的。

其余信息丝毫没有。

此外，传言最盛的除了谢大导演比男明星还要高的颜值，便是他那远近闻名的臭脾气。

小年原本只是当茶余饭后的谈资听一听，她看过谢凌云的照片，长得那么帅的人怎么可能那么凶？

但今日，在休息室外，那人一身黑色西装，斜倚着墙面，漫不经心等人时周身笼罩着生人勿近的气场，倒又让小年相信传言或有几分真。看起来的确很不好惹的样子。

小年问完那一句便乖巧地等着戚乔的回答。

她运气爆棚，进这行跟的第一个艺人便是性格好又易相处的戚乔。

身边的工作人员都像朋友一般相处，像这样聊天再日常不过。

但这一次，戚乔却并没有如往常一样回答她。

小年戳了戳她，安静地等妆发的人好久才回神。

"嗯？"戚乔微愣，好一会儿，点了下头，承认道，"是认识，只是认识而已。"

造型师将一顶价值连城的月桂叶冠冕小心从密码箱中取出，为戚乔戴好。

小年瞬间被转移注意力："小乔公主。"

戚乔说："偷戴了公主发冠的灰姑娘还差不多。"

小年大声道："谁说的！公主公主，就是公主！"

时间紧迫，工作人员来催促。

戚乔换掉那条贴身的丝绒红裙，重新穿上一条裙摆宽大的纯白色抹胸高定礼裙。

重新回到前台，戚乔再次在贴着自己名牌的位置坐下。

台上有人唱歌，灯光闪烁，眼前骤然间明亮，又在下一秒陷入昏暗。

莫名地，戚乔又一次想起后台光线暗淡的休息室外，那人斜倚着墙站在那儿望向她时冷冷淡淡的眼神，以及仿佛犹在耳边的那一句"戚老师还真是薄情"。

他怎么会突然回国？

如果早知今晚会在这里与谢凌云重逢，戚乔宁愿在剧组多待两天。

戚乔舒了口气。

身边的男星友好地将桌上的一杯香槟递到她面前，戚乔没有拒绝，微笑接过，却只是捏着长笛型杯，并没有喝。

这样的场合,逢场作戏接连不断,她早已懒得逢人解释自己酒精过敏。

小年悄悄地换走戚乔手中的香槟,递来一杯清水,又低声告知:"等下要颁的那个奖,我们走一走过场,领完就可以走了。"

戚乔颔首表示知道。

小年又帮她整理了下衣裙才退到一边。

台上,主持人宣布接下来便是颁发万众期待的年度最受欢迎男女演员的奖项。

身后,影迷的高呼传入耳中。

戚乔心有所感,回头望见一盏盏淡蓝色灯牌逐一亮起。

无数的"乔"字像一颗颗夜空星辰发着光。

戚乔不禁笑了下,直达眼底。即使她还坐在台下,她的一举一动也被无数道目光注视着。

她一笑,引得一阵又一阵更激动的呐喊尖叫。

戚乔把食指抵在唇前,眨眨眼睛,比了个小声点的动作,才回过头,目光却在转身之时有意无意地看向同排的某个位置。

人去椅空,只剩椅背的名牌上惹眼的三个字。

戚乔的目光没有逗留,她神色不改,坐直身体。

台上,主持人道:"那接下来就有请今晚的重磅嘉宾为我们颁布最受欢迎男女演员奖,是谁呢?我们掌声有请!"

戚乔抬眼,望向舞台中心。

巨幅屏幕从中间缓缓打开,一束聚光灯打过来,笼着一道颀长的身影。

戚乔倏地一愣。

光线太亮,并不能看清那人的脸。

戚乔搭在裙摆上的手指却蜷了蜷。

摇臂摄影机缓缓推进,舞台两侧大屏上随即映出一张俊美倜傥的脸。

摄影机对准那人的瞬间,他抬了下眼。

谢凌云没有化妆,却拥有一张比许多男星在大荧幕上更养眼的脸,甫一出现,现场观众发出尖叫阵阵。

他面无波澜,右臂微曲,绅士地让一旁年近七十岁、德高望重的老前辈挽着自己行走。

谢凌云迁就着老人家的蹒跚步伐,缓缓地朝舞台中央走来。

走到两支立麦前,他抬手将老太太眼前的话筒往下压了压,才站到一旁。

主办方特意邀请了曾拿过金鸡奖终身成就奖的国家一级演员坐镇,颁布今晚最受关注的奖。

老前辈已隐退多年,对圈子里的事却并非毫无听闻。

她凑近立麦,笑着看了一眼身边的年轻人。

"网上说你爱发火、脾气差,我今天怎么觉得这倒像句谣言。"

这声调侃,让底下笑声一片。

谢凌云往台下扫了一眼,抬手扶了下立麦,声音中含着股自带的散漫劲儿:"您可是长辈,我哪敢放肆?"

老太太继续道:"这么说,大家说你拍戏爱发脾气不是小道传言?"

谢凌云笑了一声,毫不避讳:"该发的火还是发。"

老前辈乐得笑了好几声,竟也给他找补,说导演无威不立。

"那接下来我们就来揭晓今晚最受欢迎男女演员吧。"老前辈将手卡递到谢凌云面前,意思是让他先说。

谢凌云垂眸,淡淡地扫过那张名卡,道:"您先。"

老太太没跟他推三阻四,很快宣布今晚得奖的男演员,然后把手卡推回谢凌云的眼前,他伸手接过。

台下,戚乔的心脏蓦地一颤。

下一瞬,便听那道低沉的声音不缓不慢地传来:"获得最受欢迎女演员奖的是……"

观众们争先恐后地喊着"戚乔"两个字,声音渐渐浩大而清晰。

台上,谢凌云掀了掀眼皮,他的目光精准无误地看向一道白裙身影,薄唇微动,低声,一字一字说:"戚乔,恭喜。"

戚乔在尖叫声中起身,她提着裙摆,迈步向前。

十厘米的高跟鞋踩在舞台阶梯上,同获殊荣的男演员风度翩翩地帮她提了下曳地的宽大裙摆。

戚乔回头道谢。

缤纷的聚光灯将舞台映射得光彩夺目,戚乔露着标准的笑容朝舞台中央走去。

老前辈将奖杯送到她的手中，道一声恭喜，按惯例给了戚乔一个拥抱。

"谢谢李老师。"戚乔说。

前辈还要为一同登台的男演员颁奖，戚乔的脚步僵硬一瞬，然后朝旁边挪去。

礼仪小姐将一小束花递给谢凌云。

戚乔抬眼，与他深邃而漆黑的双眸对上。

谢凌云伸手将那束花递到她手边，平淡地说了句："恭喜。"

戚乔回应："谢谢。"

她的视线落在他西装领子上那枚月桂叶形状的胸针上。

戚乔轻轻抿唇。

谢凌云递完花的手却仍未收回，停在空中，他以一个等待握手的姿势面向戚乔。

"怎么了，戚老师连握个手都不愿意？"谢凌云出声。

他们站着的地方离立麦很远。

谢凌云的声音压得低，恰如其分地只传入了想让听见的人耳中。

戚乔艰难地将花和奖杯拿在同一只手中，抬起另一只手，将手指递到谢凌云掌心。

他轻轻一握。

戚乔微微松气。

下一秒，只搭着指尖的手忽地向前，将她整只手都扣住。

在戚乔错愕的刹那，谢凌云向前一步。他只张开另一条手臂，轻轻地将戚乔环抱住。相握的手依旧没有松开，抵在两人身体中间。

炙热的温度密密麻麻地从掌心蔓延到心口。

那是一个在观众看来再礼貌和短暂不过的拥抱。

戚乔却在那一瞬间浑身一僵。

阔别多年，她从他的颈间闻见了熟悉至极的青柠罗勒的味道。

黑色的车子从滨江大道缓缓开回洲际酒店。

戚乔把手肘搭在座椅扶手上，望向窗外霓虹闪烁的城市夜景。

她眉间的情绪很淡，放在白色裙摆上的另一只手却无意识地在光滑的绸缎上摩挲着。

"乔乔,舒姐电话。"前座的小年将自己的手机递过来。

戚乔终于微微回神,接通电话。

"结束了吧,回酒店没有?"经纪人林舒问。

"快到了。"

林舒闻言立刻道:"卸妆之前自拍几张,发条微博。有几个剧本找上门来,电影和电视剧都有,我发你邮箱了,有空看看。回北城后抽时间来趟公司,上次谈好的彩妆系列全球代言人,还有一个手机和汽水的广告合作要签合同,去年的护肤品提出要续约……"

工作一个接一个来,戚乔没有任何异议,一一答应下来。

林舒还没有那么压榨人,讲完工作,很通人性地问:"这次想要休息多久?"

戚乔道:"还没想好,看看剧本再说吧。"

"行,这随你。"

戚乔将手机还给小年,下车时朝小年要了几张她手机里两套妆造的图,又拍下一张手执奖杯的照片,挑选了几张四个多月来在剧组储存下的生活碎片,编辑了一条微博发送出去。

发完,她便摘下那顶月桂叶冠冕,换掉沉沉的晚礼服,卸妆洗澡。

她将头发吹到半干,又打开手机,进入微博瞧了一眼。

一个小时的工夫,转发和评论的数量已经几十万。

一个叫"今天戚乔发自拍了吗"的熟悉账号发了一条要自拍的评论,被人点了一万次赞,挂在了评论区的前排。大概从一年多之前开始,戚乔的每条微博下都会出现这个账号的身影,评论内容都一模一样。

戚乔没办法,随即打开相机,现拍了一张,用图片回复了"今天戚乔发自拍了吗"这个账号。

她滑动屏幕,又看到底下有一个账号名称叫"幸运数字是七七七七"说:*想看球球,有没有长胖呀,我的球。*

戚乔回复:*在朋友那儿养着,回去给你们看。*

小年敲门,送来一份低脂晚餐。

戚乔打开门拿进来,手机停留的界面上,方才那条消息底下,在一分钟的时间内竟然涌入了几千条同样的回复——这个朋友不会是姓江吧？

戚乔无奈失笑，她才要退出，评论区消息提醒的通知突然从通知栏跳了出来。

江淮在那条底下回复道：拆家两次，咬坏我三只玩偶，它好像还很骄傲。随后还附了一张"案发现场"的照片。

小恐龙布偶玩具被咬得肢体残缺，连原本模样都看不清了。

戚乔笑了起来，她倒是早已习惯球球的拆家本领。

从前进组前，她都会将球球送给妈妈照顾，这次恰好江淮休息，他自己提出来想养球球，戚乔才送了过去。她提前打了好几次预防针，江淮仍十分坚持。虽然早就预想到这样的结果，瞧见照片中的惨状，戚乔还是没忍住笑了笑，看来除了她妈，的确没人治得住球球。

她点开微信，和江淮私聊。

江淮还珍藏着好几条视频，把它们全发给戚乔，立誓以后再主动要养球球，就是他脑子有问题。

同一酒店的三十二层。

李一楠让客房服务员送来两份丰盛晚餐。

他已经饿得前胸贴后背，左等右等，千呼万唤，谢大少爷还在浴室里不出来。

他干脆自己先吃，餐叉卷着意面，左手还举着手机，回复工作消息。忙完后退出微信开了勿扰模式，才终于得来自己的休息时间。结果才顺利吃了一口饭，工作室负责宣传的人打来一通紧急电话。

"楠哥，老板上热搜了。"

李一楠道："上就上呗，今晚回国第一次露面，这不都是应该的吗？"

对方迟疑道："您要不先看看热搜第二？"

李一楠带着疑问打开微博热搜榜单，明晃晃的几个字，热搜第一"戚乔江淮"，热搜第二是"好配"。

他先点进热搜第二的广场，热门的微博发布于五十五分钟前。

李一楠瞧见文字下方的配图，差点被还没咽下去的意面给噎死。

也不知道是哪位摄影师拍下一张最受欢迎女演员颁奖时的一幕的照片。

照片四周经暗部处理，色调精心调节。舞台一盏灯打下来，照在相拥的两人身上。

身着高定礼裙的戚乔侧对着镜头，月桂叶冠冕折射出耀眼的光芒。

她的侧颜明艳而精致，天鹅颈曲线优美，削肩微耸，侧影中依稀看得见一小截精致锁骨，以及后背两片薄薄的蝴蝶骨。

而与她拥抱的男人并未露脸，只看得见虚揽着戚乔细腰的手臂和西裤下的长腿。

李一楠却一眼就看出照片上的男人是谢凌云。

西装礼裙，一黑一白。

上传者用得一手绝佳的修图技巧，色调与滤镜直接使得氛围感拉到极致。

李一楠点进评论区。

该博主心细如发，将戚乔头上那顶月桂叶冠冕与男人西装领上的胸针截入同一张图。

宣传部的人又把电话打进来。

"楠哥，撤不撤啊？这可是决定我今晚加不加班的重大问题。"

"还要我跟你说，跟以前一样，联系微博删……"说到这儿，李一楠的话语微妙地顿了一下，语调变得几分悠闲，"等会儿，不用删了，留着也挺好，毕竟也不算绯闻，让我们广大网友乐呵乐呵多好。"

"那到时候老板骂人，我就说是你让我不撤的。"

"行，有事儿我担着，睡去吧。"

李一楠正兴致勃勃地打开微博翻评论，浴室的门被人推开。

谢凌云面容冷峻，神情不虞，擦着湿发走出来。

李一楠没有息屏，将手机搁在桌面："给你看个好东西。"

谢凌云走过来，弯下腰，蹙眉拿起他的手机。

李一楠好整以暇地欣赏着他的表情。

谢凌云的手指上下滑动，眼神却始终没什么变化，叫人瞧不出情绪。

李一楠皱眉，却瞧谢凌云竟然十分闲适地在对面沙发坐下来，一只脚踝搭在膝上，几分倦懒地靠在沙发中。

李一楠摸摸下巴，难道是他猜错了？他低头吞食几口面，再抬头时，谢凌云的手指微动。

李一楠立刻警惕道:"看就看,别用我手机干别的啊。"

谢凌云没搭理他,依旧那么瞧着手机屏幕。

在李一楠第二次疯狂吸入意面时,"嘭"的一声,茶几都微微一震。

他抬头,心疼道:"你就不能轻拿轻放啊,祖宗,我才买的新手机。"

谢凌云声音透着冷意:"回你自己房间去吃。"

真绝情。

李一楠装好手机,准备只端走自己那份牛排和意面时,谢凌云起身将整个餐车都推过来:"全拿走。"

"你不饿?晚饭都没吃。"

"不吃。"

"真不饿?我寻思你今晚又是一口东西没吃就在晚宴待了整场,又上台给人颁奖的,早都饿了呢。"

谢凌云淡淡低瞥来一眼。

李一楠笑了,情景重现,绘声绘色模仿某人不耐烦的语气:"我只待半小时。"

谢凌云:"走。"

李一楠:"好的,少爷。"

平日里受他那张毒嘴摧残的李一楠好不容易能有机会反击到谢凌云,心情都好了不少。

一人吃两人餐,还开了瓶红酒,喝了一口,他才又打开手机。锁屏解开,界面还停留在刚才的界面。

一眼看到视线最中心的一条评论。

网友:我的评价是不如隔壁那对般配。

"看来是被气到了。"李一楠笑着自言自语,退出热搜界面,个人微博号一向安静的消息栏忽然多出来好几条消息提醒。

他点进去,这才看到,网友回复他的评论:*真的假的?*

李一楠定睛一瞧,几分钟前,他自己的账号言简意赅地回复:187。

李一楠无语。

戚乔一觉睡到十点钟。

她伸了个懒腰，又在床上赖了会儿才起来。

她刚洗漱完，小年敲开门，和司机把行李箱送下楼去，叮嘱戚乔吃完早餐再下楼。

戚乔喝了杯牛奶，只吃了半只奶酪贝果，便戴好口罩，准备下楼去。

妈妈拨来电话，戚乔边走边接通。

妈妈问她什么时候回家，戚乔想想最近的工作安排，轻叹一声，道："可能还得过两周。"

妈妈道："又很忙啊？别让自己累着，等放暑假了，我去北城给你做饭。"

戚乔浅浅笑着，声音很乖："妈，我好想吃你包的饺子啊。"

"好，妈给你做。"

快到电梯边，戚乔在转角前，说："马上进电梯了，信号不好，我先挂了，等下了飞机再视频。"

妈妈道一声好。

戚乔唇角的笑意还没有消失，挂了电话，左拐，朝电梯间走去。

她没想到，轿厢前却等着一人。

他看过来一眼，很快又淡淡收回目光。

戚乔的脚步几微不可察地停了下，又重新迈步，像是什么都没看到，平静地走了过去。

数字跳跃，电梯缓慢向上。走廊静谧无声，谁都没有说话。

余光中，戚乔只看见谢凌云神情略显不耐，抬腕看了次手表。

他曾经最喜欢穿运动与休闲风格的衣服。

五年过去，谁都会变。

如今谢凌云身穿衬衣西裤，西装外套搭在臂弯，腕间戴着一块镶嵌着弧形蓝宝石的水晶腕表。

短发半撩了起来，露出饱满的额头。

戚乔的确已经很久很久都没有想起过谢凌云了。

可现在这个人一出现在她眼前，她甚至连他的穿衣风格变了都能一眼察觉。

"叮"一声，电梯上行，抵达三十二层。

谢凌云率先迈步走进去，抬手按下负二——地下车库所在的楼层，没有再看向她一眼。

戚乔轻轻地呼出一口气,在轿厢门即将关上前,迈脚进入。

他们一左一右站着,互不干扰地站在轿厢两侧,就像两个陌生人。

手机振动一声。

戚乔低头,回复小年消息,说自己已经乘上电梯。

电梯信号不好,消息迟迟没发出去。

戚乔将手机锁屏,只等电梯抵达。

老天爷却好像跟她作对,她越是想要快点,电梯下行的速度便越是慢。

电梯停在十九层,门打开,一下子涌入好几人。

一位同行兴师动众地带着七八位工作人员。

戚乔戴了口罩,再加上原本就低着头,并未被认出来。

为首的工作人员体型彪悍,声音浑厚:"让让啊。"

电梯中只有两人。

那位工作人员只扫了一眼,朝戚乔的方向靠近。

戚乔的反应不慢,在那人将要靠近时,她往另一侧退了两步。

人群霎时涌入。

戚乔迫不得已,又往电梯最深处退了两步。

"再往里点儿,郑哥,进吧。"工作人员簇拥着一位男明星走进来。

戚乔被挤得踩到自己,脚下趔趄,在撞上电梯冰冷坚硬的金属墙壁前,手腕忽地被人扣住。旋即,她落入一个干净清冽的怀抱中。

"没看到里面还有人?再挤试试。"一道冷淡且具有压迫力的声音响起。

戚乔一愣,抬眼。

她的背轻抵着冰冷的金属墙面,窒息难闻的味道消散,鼻息中只剩下那股淡淡的、令她喜欢的青柠罗勒的香气。

"谢导,是您啊。"那位姓郑的男演员开口,笑得谄媚,"我这几个助理不懂事,冒犯您了。"他隔着几个助理的身体,冲谢凌云伸出手,"第一次见面,幸会,我叫……"

"往外面站点儿。"谢凌云打断他。

他一只手撑在冰凉的墙面,以一种保护的姿态将戚乔圈在怀中。

电梯里的其他人只看到他怀里藏了个人,却都不知道那个人就是戚乔。

郑姓的男星伸出的手顿时尴尬地停在空气中。见谢凌云丝毫没有给他面子的预兆，他讪讪一笑，将手收了回去，目光却撇过去想要瞧一瞧谢凌云怀里护着的究竟是谁。

在接收到一道警示的目光后，他又歉然一笑，站好了，随即让工作人员往外靠，角落的空间立刻大了不少。

戚乔悄悄地抬头，只看见谢凌云棱角分明的下颌线。她抿唇，目光随即扫过眼前不到五厘米处的喉结，鼻腔被青柠罗勒的气息充斥。

戚乔只能分辨出香水的前调酸苦清冽的青柠味与柑橘味道变得很淡，只剩下罗勒与琥珀木的温暖气息。

她下意识地轻轻吸了下鼻子。

下一秒，却感觉到面前的人微微向后退了半步。

戚乔呼吸一室，抬眸时，与不知何时低头的人的目光交汇。

谢凌云的视线冷淡地在她脸上停留一瞬，很快移开。

戚乔心中了然，不动声色地往旁边站。

他只是看不惯那位工作人员的蛮横行径，换成旁人，谢凌云也会出手相助。

他看起来比谁都骄矜傲慢，心却远比很多人的赤诚纯粹。

是个傲娇的大少爷，这一点，这么多年都没有变。

所以戚乔也确信他方才的举动没有任何其他目的。

可她退无可退，无可奈何。这时候更不可能从谢凌云的怀中退出去，电梯里这么多人都是圈内的。她一旦露面被人认出，还不知道要传出什么样的新闻。

电梯缓缓下行。

那位郑姓男星似乎还没有放弃，好歹混了这么多年，若是有人不给自己面子就知难而退，那他也到不了今天的位置。

他忽略谢凌云的疏冷，含笑开口："谢导下部戏照旧是外语片，还是有兴趣在国内拍摄？我听说您的工作室把穆老师的剧本买下来了。"

他口中的穆老师戚乔有所耳闻，曾拿到过国内三金中的两项最佳编剧，在观众中有口皆碑。

谢凌云的工作室买下了穆老师的新剧本吗？

戚乔却并未听闻此事。

那是不是也意味着他的下部戏要在国内拍摄了？

在她思绪飞远的瞬间，那位郑姓男星再次开口："谢导，不瞒您说，我想和您合作很久了，如果有合适的角色，三成片酬我都愿意。"

他都这样毛遂自荐了，谢凌云没有反应，戚乔却好奇。从前只在网上见过这位男星，昨日晚宴现场也并未特别留意他，视频和照片中的人的确长得不错，不知道实际看起来如何……她稍稍踮脚，想要越过谢凌云的肩膀，趁此机会瞧一瞧，才刚望过去，身前的人却蓦地往外退了半步。

戚乔有些慌乱，那位男明星的视线还看着他们的方向，谢凌云再退，那人恐怕便会发觉并认出自己来。

戚乔条件反射地伸手，将向外退的人拉了回来。

"叮"的一声，电梯到一楼。

那帮人出了电梯，只剩郑姓男星还没有放弃："谢导，期待合作。"

谢凌云点头："我会考虑。"

戚乔有几分愕然，他竟然没有拒绝，而且这人此刻的语气听着轻快上扬。

男明星得了这么一个回复，笑盈盈地道别走出去。

戚乔抬起双眸望向谢凌云，依旧对上那双冷漠的双眸。

刚才从耳畔飘过带着笑意的声音似乎只是她的幻觉，而不是他发出来的。

电梯门重又关上，狭小的空间再次只剩下他们。

蓦地，谢凌云开口："戚老师打算抱到什么时候？"

谢凌云垂眸，引着她的目光落到自己的腰侧。

戚乔眼皮一跳，飞快收回手，耳边却传来一声低低的轻笑。

戚乔只觉得浑身不自在起来，她动作飞快，轻轻地推开面前的人，站到了电梯另一侧，重新与他隔开距离。

谢凌云理了一下搭在臂弯的西装，转身，与戚乔站在同一直线上，侧眸，语气轻佻："戚老师躲什么？我这个被人占便宜的人都没说什么。"

戚乔抿唇："抱歉。"

谢凌云斜倚着电梯内壁，一手抄进西裤口袋，漫不经心地扫过来一眼："抱歉？"

戚乔没有说话，她都道歉了，他还想要怎么样？

谢凌云仍然望着她，目光却有几分玩味："戚老师这么避我不及的样子，该不会是以为过了这么多年，我还对戚老师念念不忘吧？"

戚乔一愣，侧眸看向他，她心口微涩，脸上的表情却平静。

"谢导误会了，您也说了过去这么多年。"戚乔轻声道，"再耿耿于怀的事也早都放下了。谁都一样。"

话音落下，电梯抵达地下车库。

金属门缓缓打开，小年的电话打进来，戚乔接起，很快朝外走去。

飞机在三个小时后抵达机场。

回家前，戚乔先去江淮那里接了球球。她到的时候，球球正在进行拆家业务，客厅垃圾桶里的垃圾被翻得到处都是，旁边地毯上还搁着一只不知道什么时候被咬坏的抱枕。

江淮已经放弃教育，任凭球球胡作非为，自暴自弃地坐在地毯上玩游戏机。

戚乔进门，他那一向的好脾气都消失了，面无表情地说："赶紧带走。"

戚乔失笑，朝着客厅喊了一声："球球。"只听见一阵"吧嗒吧嗒"踩地板的声音。

下一秒，球球飞奔着朝戚乔跑来，不等戚乔弯腰，便蹦蹦跳跳地扑到了戚乔的腿上，毛茸茸的小尾巴频率飞快地摇晃。

戚乔原本还想教育两句，看到它那又圆又黑的大眼睛和摇个不停的尾巴，心立马软了下来。

她换好拖鞋，将小狗抱起来，走进去之前还在想球球那么小的一只狗能有多大的破坏力，看了一眼就改口，跟江淮说明天给他请保洁和收纳师。

"免了。"江淮笑说，"阿姨哪天来，给我蹭一顿饭就行。"

戚乔也笑："我妈对你比对球球还惦记，每次不用我说她都会自己喊你，哪里要蹭一顿饭了？"

"你拿我跟你家球球比啊？"

戚乔道："我妈每周不和我视频，都要看看球球照片。现在球球才是她心里地位最高的。"

江淮笑着打开冰箱，给戚乔倒了一杯他今天榨好的果汁。

等戚乔喝了第一口，他道："我还没问，你和谢凌云……"

戚乔抿了一小口果汁，动作暂停，打断江淮的话："没有关系，看视频就知道，颁奖的时候只是礼节性地抱了一下，恐怕连一秒钟都没有，抓拍的人挺厉害的。但我跟他就是突然在晚宴上碰到而已。"她总结道，"巧合。"

江淮挑眉："我说什么了？"

戚乔无语地看着他。

江淮含笑，将话题转移到工作上："下部戏定了没有？"

"还没。"戚乔说，"改天再看剧本，你呢，还不打算进组？"

江淮"嗯"一声："再过段时间。"不等戚乔再说什么，他就先发制人，"这次休息之前，我连续工作三年，没歇过一天，别骂了。"

戚乔不禁莞尔："我什么时候骂过你？"

江淮淡淡地说："最近影迷已经开始骂我不进组没事业心了。"

"都拿到影帝了，还要怎样才算有事业心？"戚乔调侃。

"我也这么想。"江淮一笑，伸手摸了摸她怀里的球球，这时才发觉宠物的好来，眉眼舒展几分，道，"那下次再看到这种言论，我把这句话还给他们，就说是戚老师说的。"

戚乔干脆将球球送到他怀里，道："别，我可不背锅。"

江淮让小年先将已经打包好的球球的东西带下楼去，他自己则提着一小袋行李箱装不下的小玩具，送戚乔出门。

"对了，上次说要搬家，公司把房子租好没有？"

"嗯。"戚乔点头，"万柳的碧水云天。"

"那离学校不远。"

戚乔微顿，"嗯"了一声，她伸手接过那一袋子小玩具，打开扫了一眼。

"嘴上说着嫌弃，还给它买这么多玩具。"戚乔好笑道，"师兄，要不你也养一只，这次我送你。"

"千万别。"江淮婉拒，"折寿，家里也没那么多东西能给它糟蹋。"

这里的房子是他几年前买下的，私密性高，安保负责。

两人也都没有戴口罩，江淮将戚乔送到了小区门口，瞧见她乘车离开，才转身。

保安打开闸门，一辆黑色的车平缓地驶进来。

江淮原本并未留意，这小区里见着什么豪车都不意外。

那辆车从他身边开过，半降的车窗内，一张似曾相识的侧脸从眼前划过。

江淮挑一下眉，回头，戚乔的那辆保姆车早已离开。

"老傅搬新家了，过两天乔迁之喜，谢大导演，有空赏光没有？"

贺舟从烟盒中抖出一支烟，正要在点烟器中点燃，身边的人出声："要抽下车去抽。"

"我……"贺舟点烟的动作硬生生停下来，"不是，我说少爷，这是我车还是你车？"

谢凌云阖眼靠在后座，任凭风从车窗进来，扑在脸上。

贺舟扫了他好几眼，忽地一笑："我怎么瞧着您今天的脾气似乎格外差呢，来，跟哥们儿唠唠，谁惹我们少爷了，哥们儿给你排忧解难。"

谢凌云掀起薄薄的眼皮，只瞥了幸灾乐祸的贺舟一眼，没出声。

贺舟更乐了："我昨儿看到条新闻，说是……"

"闭嘴。"谢凌云道，话音落下，重新又闭上眼，一副"别烦我"的模样。

贺舟点到即止，见好就收，决心不再碰他逆鳞，转而问道："到底有空没有？就差你了，谢导，您大忙人，能抽出时间参加您亲爱的发小的乔迁之宴吗？"

他絮絮叨叨个不停。

谢凌云烦道："联系我助理。"

戚乔在家休息了两天，除了出门遛狗，其余时间都在房间，补觉，看电影。

周五时，她去了趟公司，按照经纪人的安排签好几条广告代言合同。

离开前，经纪人林舒叮嘱："记得看剧本。"

戚乔应了一声，让小年带出来，准备回家去看。

当晚她看到了夜里两点才休息，以至于第二天起床时已经是正午时分。

她打开门，球球在她卧室门口已经扒拉了好一会儿。

戚乔把它抱起来，软声给球球道歉，洗漱完，牵着绳，出门遛狗。

下午，小年又送来几本已经经过林舒筛选的电影剧本。

戚乔翻了翻，看到最底下那本封面写着穆心编剧的剧本。她手指一顿，反应片刻，抽了出来，原本只想翻开扫一眼，没想到这一看却入了神，直到被节奏感强烈的摇滚乐吵得思绪无法集中,才从故事中剥离出来。

乐声似乎是从隔壁的房子传来,戚乔关上窗,那声音仍不依不饶地飘入耳朵,连睡着的球球都被吵醒。戚乔给它喂了一点冻干。半小时后,那声音还没有停下的意思。她打开门,循着声源朝另一户走去,靠近了才看到,大门居然留了一道缝隙没有关上,怪不得音乐声那么清楚。

她揉揉耳朵,站在门口听,鼓点声更加嘈杂。

戚乔舒口气,敲门,声音却被摇滚乐覆盖。无奈之下,她只好将那门拉开一点儿,站在门口,提高音量:"请问有人在吗?"

脚边忽然窜出去一道白色的影子,是球球"唰"地一下就跑了进去。

戚乔愣了好几秒,高声喊:"球球,回来。"

她去哪儿球球都喜欢跟着,这时候竟然也跟了过来。

她的呼喊没能将小狗唤回来,有人从里面走出来,瞧见她,对方也是一愣,好一会儿,含着不确定的语气,道:"戚乔?"

戚乔只觉得眼前黑发高挑的人眼熟,却怎么也想不起来。

对方大概看出她的困惑,主动道:"我是傅轻灵,还记得吗?"

戚乔从漫长的回忆中想起了这个名字,一同回忆起的还有雁栖湖边的那个雨后清晨。

她神情微愣,才点头:"记得,你好。"

"你怎么在这儿?"

"我住隔壁。"戚乔说,"你的音乐声太大了,我是想过来……"

"吵到你了?"

"嗯。"

"抱歉,那帮子人就那德行,恨不得掀开楼顶,等会儿啊,我这就进去关小点声音。"

"谢谢。"戚乔在她转身前连忙又说,"我家小狗刚才跑进去了,是一只……"话还没有说完,房间里头传来脚步声。

"傅轻灵,这谁家的狗……"

戚乔愣住。

谢凌云抱着球球走了出来,在看见门口的戚乔时,他的话戛然而止。

谢凌云怀里的白色小狗许是觉得不舒服,挣扎着从他的禁锢中跳下来。

"小短腿"飞快地跑到戚乔跟前,往她腿上扑。

"你的狗?"好一会儿,他望着戚乔问。

戚乔轻轻抿着唇,没有立刻承认。

球球见主人没有像往常一样抱自己,尾巴摇得更加欢快。等了好久都没有人抱它,它摊着前腿,乖乖地趴在地上。

谢凌云垂眸。

那只马尔济斯睁着一双圆圆的黑眼睛,冲他歪歪脑袋,摇了摇尾巴。

谢凌云轻轻地挑了一下眉。

戚乔淡然自若地抱着球球回家。

厚重的金属门在身后关闭的瞬间,她背靠在门上,表面伪装得再镇定,急促的心跳却掩盖不了此刻的紧张。她低着头一下一下地摸着球球毛茸茸的后背。球球得到抚摸,心情舒坦地眯了眯眼睛。

戚乔笑了一下,在它的脑袋上揉了两把,没好气道:"下次再乱跑,就不给你买新玩具。"

小狗听不懂,只会冲她歪歪脑袋,摇尾巴。

戚乔无可奈何地亲了亲它的脑袋,嘀咕道:"好吧,都给你买,谁让你可爱。"

戚乔之后都没有听到隔壁传来的噪声。

她洗了澡,准备上床看完剩下半本剧本就睡觉。

门铃被人按响。

她从可视对讲系统中看到来人是傅轻灵才去开了门。

傅轻灵送来了海苔香葱金枪鱼、布列塔尼蓝龙虾、一块凤梨雪芭蛋糕、还有一小袋板栗。她隆重介绍那一袋还热着的板栗:"是我们之前去怀柔摘来的,才做好的,你尝尝。"

戚乔道谢,可是时刻要进行身材管理的女明星没法大吃大喝。

她只留下那一小袋板栗,其他的都让傅轻灵带了回去,免得被她浪费。

她剥了一颗板栗,塞进嘴巴,口感绵密甜软,味道不错。

傅轻灵刚才说"我们",这一小袋板栗,难道也有谢凌云的劳动付出?

意识到自己不受控地想起他,戚乔抿唇,将手里剩下的半颗板栗吃完,剩下的都收进了冰箱。

她重新刷过牙后,又看了会儿剧本,接着习惯性地打开了床头一盏夜灯,准备睡觉。她在暗黄的灯光中翻来覆去半小时,终于陷入浅眠。

"怎么又原封不动拿回来了?"贺舟喝着酒,笑问。

"也不是原封不动。"傅轻灵道,"那袋板栗倒是收下了。"

贺舟轻嗤:"我就不懂,你们一个个的就那么喜欢热脸贴人冷屁股,怎么着,受虐狂啊?"

傅轻灵放下手里的东西,毫不客气地捞起手边一罐啤酒砸过去。

贺舟反应挺快,接住之后,心有余悸道:"你是真想砸死你爹。"

傅轻灵笑骂一句"我才是你爹",又道:"我这是对邻居的友好慰问。"

有人从厨房出来,傅轻灵高声道:"谢凌云,贺舟说你是受虐狂,热脸贴人冷屁股。"

谢凌云却没什么反应,无所谓似的走到沙发边,跷着腿坐下,目光扫过傅轻灵拿回来的那一堆东西,眉尾微扬,道:"只要了那袋板栗?"

"嗯。"傅轻灵说,"人家女明星都要身材管理的,大晚上哪能跟你们似的大吃大喝——说的就是你贺舟,不到三十岁就得啤酒肚。"

贺舟一口干完半罐冰啤酒,把空罐投进三米外的垃圾桶,"腾"地一下站起来,撩起上衣,"我可是八块腹肌,不信你看。"

傅轻灵嫌弃地捂眼睛:"我吐了。"

另一个发小从桌球室出来,喊了声谢凌云:"来不来?我实在受不了老三这球技了。"

谢凌云从桌上捻了颗浑圆的栗子,指节微压,手背上的几条青筋更加清晰,明明一副悠闲模样,却回答道:"不来。"

发小说:"别啊,每回来你都只待三四天,跟你打场球都挤不出时间。"

谢凌云剥掉板栗外坚硬的外壳,等一整颗果肉都干干净净地露出来才吃下去。

还不等他咽下去回答,一旁,贺舟轻飘飘地笑了声:"放心,这回指定有时间。你看他像要着急走的样子吗?"

谢凌云瞥了他一眼。

贺舟笑盈盈道："我说真心话，兄弟，你想要什么样的没有，就非得在一棵树上吊死？都多久了，还放不下？有没有出息啊，人家又不喜欢你。"

这话一出，傅轻灵先兴致盎然地凑近过来："戚乔？"她挑眉望向谢凌云，"展开说说，我怎么听着你俩瞒着我们不少事儿"

另外几位在电竞房和打桌球的发小也不着急了，丢下游戏纷纷聚在客厅。

"对谁放不下？"

"哪棵树，哪棵树？"

"谢大少爷还有这种时候？贺狗，就你知道，还是不是兄弟了！"

一群人七嘴八舌。

贺舟咳了两声："大家都不是外人，我也不瞒着。每回一起出去喝酒，谢狗可都不怎么喝对吧？"

"对对对！"

"各位都没忘记，那回他一个人喝我两瓶黑皮诺……"话还没说完，一块板栗壳从斜前方飞来，直直地打在贺舟脑门上。

贺舟的声音戛然而止，他捂着额头愤愤地看向谢凌云："你下手还能再重点吗？"

谢凌云微微一笑："能。"

傅轻灵催促道："然后呢，继续。"

贺舟勉强一笑："再说下去，我怕有人告我侵犯名誉权。"

夜里十一点，傅轻灵的乔迁派对才散场。

谢凌云与贺舟最晚离开。贺舟脚步不稳，后半场喝了不少酒，七倒八歪地过来搂着谢凌云的脖子，面红耳赤，话都说不清楚了，来来回回重复几遍，才让人听清："代驾的钱你给我出。"

傅轻灵将两人送出，无奈道："你灌他那么多干吗？我存了好久的罗曼尼康帝……"

贺舟眼泪汪汪地看着她："傅姐，还是你好……"

傅轻灵补充道："给他喝不就浪费了吗？"

谢凌云道："回头再给你两瓶。"

"那行。"傅轻灵笑了，"对了……"

"还有什么事儿？"

傅轻灵靠着门框，朝走廊对面的那户抬了抬下巴："还对人家念念不忘啊？"

谢凌云也抬眸，只淡淡地扫过那门上的门牌号，语调也淡："我没那么喜欢受虐。"

林舒在三天后打来电话，询问戚乔对哪个剧本最感兴趣。

戚乔直言："《偏航》，穆心老师的剧本。"

林舒一笑："这本也是我评下来的第一档。那就它吧，我去联系制片人，聊聊试镜什么的。"

"等等。"戚乔知道林舒雷厉风行的工作风格，很快拦住，迟疑两秒，问出口，"导演定了吗？"

"还没有，不过服装造型，还有投资方都已经定了，现在传的是要请大导，在几个人选之间徘徊。"林舒说，"放心，这部片子投资不小，导演不会差劲。"

戚乔并不是担心这个，她温声询问："我听说穆老师有个剧本被谢凌云工作室买走了，是不是《偏航》？"

"是的。穆心最近一年只写了《偏航》一部戏，还没完成就已经签给了谢凌云工作室。"林舒缓声说，"不过听说他们工作室最近几个月扩展了几个部门，制片或投资都有涉及，谢凌云应该不会执导这一部，谁不知道他一直在国外拍片？"

戚乔思考了片刻，没有立即应声。

林舒察觉到什么，问："你是想跟谢凌云合作？"

"不是。"戚乔飞快否认，"只是问问。"

挂了电话，戚乔才松口气。

之后几天，戚乔拍完两支广告和一套杂志图，总算等来了纯粹的假期。

她带着球球回家待了一周，给妈妈预约了每半年一次的详细体检。

戚乔穿得低调，亲自陪着妈妈去了次医院。

检查结果显示只有一些小问题，平时多注意一下就行。她放下心，回了北城。

司机来机场接她。

球球好像有点晕机，戚乔下了飞机就把它从托运箱中抱出来。乘车回家的路上安抚了好久，小家伙才看上去好了点。

不到半小时，抵达小区。

戚乔抱着球球下车，上楼前在一层大厅瞧见一则停电通知。

小区要重装一处路段的电缆。戚乔特意关注了下时间，在次日凌晨两点之后。

戚乔抚摸着球球的手指微微一顿，唇角不自觉地紧绷，下一秒，却又恢复如常。

她缓步朝电梯走去，单手抱着球球，从包中掏出了手机。

停在一楼的电梯正要关上，戚乔加快几步，按下上行键。

等待开门的时间，她打开了手机中的外卖软件。

清脆的一声提示音，她按得及时，电梯门再次打开。

戚乔在迈步走进去时，愣住了，只见电梯内，谢凌云身着一件纯色白T恤，外面搭着淡蓝色廓形衬衫，运动风短裤，蓝白球鞋，穿了一双短袜，小腿线条流畅紧实，肌肉感恰到好处。

连头发都是柔顺的，像大学时期一样。

戚乔愣了好久，几乎怀疑时光逆流。

她愣在电梯入口处，因身体的阻挡，电梯门长久地敞开着。

斜倚着电梯后壁的人懒散地抬了抬眼，看见她时，并未露出惊讶。

"戚老师到底上不上？"谢凌云道。

戚乔回神，向前一步，站进狭小而密闭的空间。

她习惯性地伸手去按电梯按钮，却又在下一秒动作停顿。

那排按钮上，二十七楼的按钮早已被人按亮。

戚乔的身体微微紧绷，大概是无意识将这些紧绷带到了手上，让怀里的球球不舒服了，小狗细声叫了两腔。

戚乔弯腰，将球球放了下来，只紧握着手中的牵引绳。

马尔济斯本身便好动，球球性格更加爱玩儿。刚将它放下来，球球便在电梯里蹦蹦跶跶地跑起来。它不太怕生，平时遛狗时见到人都会冲着人家歪歪脑袋卖萌。

而此时，牵引绳的活动范围远远大于窄小的电梯间。

戚乔瞧见它往另一侧奔去，反应过来要拉回来时已经来不及。

球球摇着尾巴，举起前爪，抬着上半身。

一整条狗的身长也才到人家膝盖下方。

它还做着过年时杜月芬教了好久才学会的"恭喜发财"动作。

它尾巴摇个不停，在扑向谢凌云的腿上，没有得来关注后，又跳下来，冲他做"恭喜发财"的动作。

戚乔抬眼，谢凌云扫过一眼地上的小狗，朝她看了过来，然后冲她挑了一下眉。

球球还在"卖艺"。

小狗的爱永远真诚而热烈，尾巴摇晃的频率就是它们爱你的浓度。

戚乔想要拽回时已经来不及。

球球又一次朝他扑过去，扒拉着谢凌云的小腿，歪着脑袋眨眼睛，像是在打量他这个人，还凑过去在他的裤脚边轻轻地嗅了嗅。

戚乔心底叹息，已经知道于事无补，还是扯了扯牵引绳，唤了句："球球，回来。"

这一次，她的小狗倒是听话了，乖乖地跑回戚乔身边，后腿蹲地卧好。

戚乔弯腰将它抱起来，想了想，又轻声说："抱歉。"

谢凌云看了过来："叫球球？"

"嗯。"

她以为话题就此终止，打开手机继续买东西。

又听见谢凌云问了一句："多大了？"

戚乔说："一岁多。"

谢凌云又道："戚老师怎么会养马尔济斯？"

戚乔的指尖微蜷，停了下，才说："没什么原因，想养就养了。"

"是吗？"谢凌云的语调带着一丝笑，"戚老师不是不要吗？"

戚乔抬了下眼睫。

这才发现，谢凌云说出刚才那句话时语气含笑，可神情却冷淡至极，那双眼睛又黑又沉。

她抿了下唇角，早已在逢场作戏中锻炼出来的标准笑容却透着几分僵硬，而她知道这种僵硬在导演谢凌云的面前无处遁形。

于是收敛假笑，只是淡淡地回答："朋友送的，没别的原因。"

谢凌云低低的声音再次传来："江淮？"

戚乔没有否认。

"戚老师和前男友还能做朋友吗？"他忽然问。

戚乔垂着眸，低声说："这和谢导有什么关系呢？"

谢凌云轻笑了一声："戚老师说得对。"他点了下头，"不过戚老师在采访中可是说跟江淮只是好朋友。"

戚乔的瞳孔微微放大，她抬头朝他看了过去。

谢凌云长睫压得很低，目光冷淡："难不成戚老师骗影迷？"

戚乔的手指陷入怀中马尔济斯的长毛中，心跳微微加快："谢导这么关注我的采访吗？"话音落下，短暂的失重感从脚底传来。

电梯门缓缓打开，谁都没有说话

三秒后，戚乔先一步迈出去，而谢凌云紧随在她身后。

在走出几步后，戚乔回了次头。

谢凌云还站在电梯口，感觉到戚乔的目光，与她四目相对。

在她探寻的眼神中，他沉声自嘲一笑，低低地道："戚老师放心，我谢凌云还不至于追在一个不要自己的人后面。"他在走向对面那道门之前，继续说，"我也住这儿而已。"

关上门，戚乔靠在墙边缓了好久，才感觉到加速的心跳慢慢恢复平静。

她抱紧怀里的小狗，低声教训："又给我惹祸。"

球球抬着身子，舌尖探出去，在戚乔的鼻尖轻轻地舔了一下。

戚乔轻叹一声，拿它没有办法。

门口堆着几件快递，是她给球球新买的衣服。

今晚无事，戚乔拆完快递，一时兴起给球球洗了个澡。

等待烘干之时，林舒发来工作消息，告知她下周《偏航》试镜事宜，还说已将她那天的行程空了出来。

那天的谈话，戚乔没让林舒发现自己的迟疑。

对剧本的评判只让经纪人以为她的确看中了穆心老师的故事。

戚乔没有立刻拒绝林舒的安排，毕竟也不一定是谢凌云执导。

她暂且答应了下来。

之后的两个小时，都在给球球试穿各种新衣服中度过。

睡前，她才蓦然想起上楼时在大厅中看到的停电通知。

她睡眼迷离地点进外卖软件，搜索蜡烛，点进了关联度第一的词条。她被困顿的大脑神经支配了所有思考能力，只看到那蜡烛的形状似乎是心形，无暇顾及这样的细枝末节，只想着有的用就好。

她眯着眼睛填好地址，向下划拉，选好明日配送时间，很快完成下单。

第二日，戚乔是被球球跳上床的动静吵醒的。

她摸了会儿小狗，起床洗漱。给球球喂了小狗饼干，便把它装进包里出门。

才早晨七点，楼下没什么人。

到一片开阔的草坪边，戚乔将球球抱出来，给它系好绳子，让它跑了会儿。球球穿着新买的小裙子，今天似乎也格外兴奋。

戚乔想起之前答应影迷的事情，掏出手机录了一段视频，用手机软件简单剪辑，加了段配乐后，发了条日常微博。

等球球玩累了，她才牵着它回去。

戚乔吸取上次的教训，这次进电梯前便将球球装进了包里，只露出一只毛茸茸的小脑袋。

她十分小心谨慎，然而这次却没有碰到谢凌云。她叹息，怎么就昨晚那么巧。

戚乔乘电梯抵达二十七层，轿厢门打开的瞬间，听见外面一道普通话不是很熟练的声音。

"请问是小八先生吗？您的外卖到了。"

戚乔的外卖联系人的姓名都填的小八。

当年她看完《忠犬八公的故事》后，这个名字就成了她所有收货地址的收件人。

是蜡烛到了。

戚乔将装着球球的包背好，加快脚步走出去。下意识地朝自己家的方向拐，脚步忽然顿住，她并没有在门口看到任何人。

身后，一道开门的声音响起。

"送错了吧，我没点外卖。"谢凌云低哑的嗓音飘过来。

戚乔错愕地转身。

配送员低头再次检查外卖单，疑惑道："没走错啊，写的就是二七零一。"他说着，将东西递过去，"是不是您朋友给你点的？要不问问看，我的单子上地址就是这儿啊，尾号七二零六，厮磨时光二十四小时……额，成人……低温……蜡、蜡烛？"

这时，谢凌云抬了抬眼，与还在呆滞中的戚乔四目相对。

骑手小哥神情怪异地瞅了眼谢凌云，把东西递过去："没错吧？"

戚乔尽力维持着平静的神情，侧眸看了一眼，自家门牌上金属镂刻着清晰的一串数字：二七零二。

她抿着唇，又回头悄悄地瞄了眼谢凌云的脸色，然后装没看见，低头打开手机，确认昨晚临睡前迷迷糊糊下的订单，随即便看到了白底黑字的订单信息。

她的表情变得僵硬。

配送员将东西交付完便飞速离开，只剩下他们两人一狗，面面相觑。

戚乔僵着脖子，感觉到一股从脚底升起的热意。

尴尬的气氛中，探出脑袋的球球叫了一声，像是催促戚乔，怎么还不开门回家。

与此同时，戚乔听见纸袋被打开的声音。

她望过去，只见谢凌云淡淡地垂着眼往袋中瞧了一眼，然后掀起眼皮朝她看了过来。

"戚老师，"谢凌云的语气中带着一丝兴味，"玩儿挺野啊。"

戚乔很快走过去，庆幸自己因为下楼遛狗戴了口罩。

她从谢凌云手中拿过那只袋子，留下一句"对不起，我填错门牌号了"，便火速逃离现场。

戚乔到家后，沉沉地舒了口气。脸上的绯红色很久都没消失，仿佛染上了夏日的晚霞。

戚乔将那袋蜡烛原封不动扔进垃圾桶，重新下单了照明蜡烛。

刚刚那件尴尬的事一直在脑海里反复播放，戚乔将脸埋在球球的毛茸茸的狗毛里，想要逃避现实。

门铃响了起来。她以为是外卖员，放开球球，到门前从猫眼中看出去时才看到外面那人竟然是谢凌云。

戚乔一时没有反应过来。愣怔间，门铃再次被按响。

戚乔深呼吸后，动作缓慢地拉开了门。

谢凌云的身上还带着一丝夹着凉意的水汽，似乎才冲过澡，发丝还没有完全吹干。

戚乔现在看见他，依旧不能坦然，怕耳尖的绯红依然没有消下去，撩一下长发，遮住耳朵，才抬眸正视谢凌云："怎么了？"

谢凌云却先朝室内扫了一眼，淡声问："没打扰戚老师吧？"

这种语气，不用想都知道他在暗指什么。

她好一会儿才说："我说那些蜡烛是为了今晚停电买的，你信吗？"

"停电买情趣蜡烛？"谢凌云不依不饶，"那戚老师口味还挺独特。"

"我买错了而已。"她一字字说，话音落下便开始转移话题，"你找我有事？"

谢凌云："嗯，又不是专门来打扰戚老师丰富多彩的私生活的。"

眼见她生气要闭门谢客，谢凌云才慢慢悠悠地开口："你接不接《偏航》？"

"不是说下周才试镜吗？"戚乔道。

谢凌云没有正面回答，只问："戚老师，看了剧本觉得怎么样？"

在他面前，戚乔并未隐瞒自己的真实想法："故事我很喜欢。"

谢凌云挑了下眉："那接吗？"

戚乔问："导演定了吗？"

谢凌云交叉着胳膊，抱在胸前，靠在她的门框上。

两人之间的距离也因为这个动作拉近了一半。

他的眉眼压得很低，眸色深沉，仿佛不见底的深邃冷泉。

"我如果说是我，戚老师就打算连试镜都不去了？"

戚乔默然三秒。

谢凌云语气没什么起伏："猜中了？"

他忽地低下头来，与戚乔四目相对："既然都不耿耿于怀了，戚老师这么躲着我，又是在顾忌什么？"几近含着蛊惑意味的一句话。

戚乔抬眸，撞入眼前这双向来疏离对人的眸子，仿佛看出一丝循循善诱的意味。

她指尖按在内侧的门框上，指甲边缘泛白："我哪有躲着你？"

谢凌云反问："没有？"

戚乔很快点头："没有。"

"既然这样……如果我来导，戚老师不会再拒演吧？"

"这次你要在国内拍？"戚乔有几分讶然。

谢凌云道："这个剧本不错。"他神情坦荡，并没有一丝令人遐想的多余空间。

想想也是。当初他已经和雒清语在一起了，如今再过去五年，恐怕当初在涠洲岛的海岸边，那个夜空下曾经滋生过的一丝倾诉早已成为过往云烟。大概在记忆中都已然销声匿迹，寻不到半点踪迹。

她怎么会在某个瞬间萌生出或许他也和她一样，不曾忘记那个雨后山林的清晨，那个被风吹过的海边，那个被打断的生日，那只白色的小狗玩偶——那些注定是空中楼阁的想法？

戚乔摩挲着指腹，将一侧鬓边长发挽至耳后，她点了下头："是不错，我应该会考虑。"

"那么即使我来执导，戚老师也愿意考虑？"

"嗯，我猜……"戚乔说，像陈述客观事实一般道，"没有哪个演员会拒绝出演天才导演谢凌云的电影女主角的机会。"

谢凌云微微蹙眉："什么玩意儿，这头衔我可不要。"

"你不喜欢？"

谢凌云一脸一言难尽的神情："谁爱要谁要。"他微微一顿，神色微缓，眉眼间蕴藉着三分恣意，"我还是更喜欢'最佳导演'这四个字。"

戚乔愣怔一秒，随即笑了起来。

她目送他离开，在他看不见的地方，视线久久没有挪动。

戚乔的眼中溢出轻浅的笑意，仿佛又在他身上寻找到了某种从未发生改变的东西。

夜幕渐渐降临之时，戚乔已将手中《偏航》的剧本看过第二遍。

室内的灯几乎都开着，她将手机充好电，放在床头。合上剧本，看到封面上的名称与编剧署名，又想起上午时，谢凌云靠在她的门口，低声问她，即使他来执导，她接不接演的话。

戚乔舒了一口气，手指翻到用便笺做了标记的一页，是一场夜戏。

窗外下着雨，在无人黑暗的室内，女主角坐在床边的地毯上，独自一人抽完一支女士香烟。

是体现女主内心活动的一场戏，没有台词，没有旁白，一切心理活动全部要靠演员的演技。

戚乔不是在担心是否能将主角复杂的内心活动不用台词而表演出来。

她的目光落在剧本上那出现数次的字眼上：漆黑、昏暗、不见一丝光……

哪怕她知晓实际拍摄的片场不可能真的没有光源，但此刻仍然心有余悸。

她下床，将买来的蜡烛放在床头伸手便能拿到的位置，在睡觉之前留下了一盏台灯。

她再次睁眼之时，室内一片漆黑。戚乔屏息，撑着床坐起来。她紧紧地闭着眼，欺骗自己只是因为闭眼才一片黑暗。然而，她伸手在床头柜上寻找放着的手机或蜡烛时，手却不受控地颤抖。

额头瞬间浸出细汗，唇色在深沉的黑夜中一片苍白。

直到她摸到手机按亮屏幕，微光驱赶走了卧室的黑暗，不停渗出的虚汗才得到缓解。

戚乔紧抿着唇，打开手机手电筒。那样的微光只照亮了半边卧室。

于是戚乔又低头点燃一支蜡烛。她望着跳动的烛火，用一只发抖的手紧握另一只发抖的手，牢牢地按在膝上，好一会儿才平息。

她看着一根蜡烛从点燃到燃尽，接着又点亮第二根。

直到时针拨向午夜三点，戚乔才重新睡着，再一次醒来是因为天花板上的烟雾报警器。

戚乔睁眼后才发现那根挺立的蜡烛不知何时歪倒在床头柜上，搭在边沿的火光引燃了羽毛台灯的灯罩。

烧焦的味道飘过来，天花板上的烟雾报警器已经响起。

戚乔飞快地下床，打湿一条浴巾，扑在燃烧的火焰之上。

可她的技巧还不熟练，不足以让火势止住，于是她以最快的速度出门去拿安全通道的灭火器。

她打开卧室房门的瞬间看到的是一片仿佛无底洞般的黑暗。虚汗又开始从颈间与额头冒出，等她艰难地走到门口，打开门时，谢凌云准备敲门的手恰好停在空中。

他举着手机的手电筒，光从他的掌心扩散开。

戚乔丝毫不觉得刺目。

谢凌云已经闻见室内传出的烧灼气息。他手中拎着一只便携灭火器，阔步走进去。

二氧化碳喷出来，很快浇灭了床头的火。

他回头却没有看到戚乔。

谢凌云举着手电筒，看到了抱膝蹲在门口的人。

手电筒散发着冷白的光，照在那道单薄纤瘦、轻轻颤抖的身影上。

谢凌云走过去，伸手握住了戚乔掐着自己小腿的一只手。

谢凌云感觉到那只手在发抖，或者说，戚乔整个人都在发抖。

"戚乔。"他沉沉地喊她的名字。

如若周围不是无尽的黑暗，戚乔一定看得见他眼中的心疼。

谢凌云伸手将面前的人抱在怀里，低声说："没事了。"怀里的人却没有抬起头来，她依旧像要将自己缩进蚌壳中一般，搂抱着自己的身体。

谢凌云捧着她的脸，触到一片湿凉。他将手机的光全部照在她身上。

戚乔不再发抖，可唇色依旧苍白。

谢凌云再次问："你怎么会怕黑？"

戚乔没有说话，她沉默着感受到一滴汗从颊边掉落。

她要怎么告诉他，一个电影学院毕业的学生，一个学导演的学生，会怕黑呢？

她缄默。

谢凌云也没有再问，他感觉到戚乔没有抵触，于是将她从地上拉起来，起身站好的瞬间，手电筒不慎掉落，房间再一次陷入了黑暗。

戚乔喉间逸出一声压抑而害怕的尖叫。

她再次以一种自我保护的姿态在地板上蹲下来，捂着耳朵，紧闭双眼。

与此同时，谢凌云单膝跪在地上，扣着她的手腕，将人拉入怀中。

他在她的背上轻轻地拍着，戚乔脑海混沌，仿佛又回到那个漆黑而冰冷的夜晚。

她连谢凌云的声音都已经听不清，只是慢慢地才感觉到自己被一个温热的怀抱包裹着。不知道过了多久，或许也没有多久，她紧闭的双眼感觉到有光线了。

戚乔听见了谢凌云温柔的声音:"别怕,戚乔乔。"他说,"有光了。"

戚乔尝试着睁开双眼,满室明亮。

还不到四点钟。

被惊醒的球球围在戚乔身边不停地打转,它似乎能感觉得出来主人的低落情绪,想要哄她开心,在戚乔的小腿上不停地蹭。

戚乔将它抱进怀里。

戚乔渐渐感觉到跳动的温度,周身的冰冷终于慢慢消失。

一杯热水被人轻轻放在茶几上,谢凌云在她对面的位置坐下。

戚乔伸手端起那杯热水。

室内灯火通明,球球蜷缩着躺在戚乔的怀里,掌心传来的水温,让她从那个冰冷的寒夜中脱离。

她等待着谢凌云追根究底,可是他却只是静静地坐在她的对面,什么都没问。

戚乔舒了口气,忽然庆幸谢凌云此刻的沉默。否则,她不知道要找什么样的理由才能搪塞过去。

仲夏的日出很早。

四点三十分时,天边出现橘色的霞光,云雾渐消,东方既明。

戚乔抬眸,透过落地窗眺望城市的天空。

怀里的球球已经睡着,她轻抚的动作停了下来。

她听见靠近的脚步,眼前被浅影笼罩,谢凌云从她怀中抱走了球球。

"去睡觉吧。"他只对戚乔说。

谢凌云关上了戚乔的家门,并没有很快离开。他背靠着门边的白色墙壁,目光深沉,不知道在想什么。走廊的声控灯因寂静而熄灭,他还是没有离开。

黑暗笼罩在他的身上,仿佛同他融为一体。十多分钟后,他才迈步走进了隔壁的房子。

凌晨四点,谢凌云毫无困意。他没有开灯,坐在客厅的皮质沙发上,感受着眼前的昏暗,想起大二那年的初夏,他带着戚乔去家里的地下影音室看一部《天堂电影院》。那时候偌大的房间也只有一盏胶片放映机上白色灯泡的光。

戚乔，这些年你还经历过什么呢？

谢凌云掏出手机，点开微信联系人列表，很快编辑发送出一条消息：**帮我查件事**。

一周后的试镜会，戚乔如约前往，经纪人林舒陪她一起。

地点定在谢凌云工作室。

说是工作室，戚乔与林舒抵达时，才看到名为工作室的"小作坊"竟然占据了三百多平米的地皮，是一整栋的五层建筑。

前台的一名工作人员一眼认出了戚乔，领着她们到了三楼的休息区，送来两杯咖啡，请她们稍等片刻。

三分钟后，一名戴着工作牌的白衬衣青年将她们带到了一间会议室。

会议室外候了不少人。戚乔的目光落在会议室外走廊悬挂的几张电影海报上。

那些海报上宣传的电影并非谢凌云这几年的作品。

安迪逃离肖申克监狱后的那场雨，伊丽莎白与达西在雨中的对峙，费雯丽和罗伯特的雨中拥吻，《恋恋笔记本》《七宗罪》《蒂凡尼的早餐》《黑客帝国》……

爱情、悬疑、动作、剧情……什么风格的影片都有，但都有一个共同点——雨。

戚乔的脚步停在《雨中曲》的海报前。

大雨倾盆，吉恩·凯利脸上洋溢着笑容，西装革履，在街头兴奋地跳着踢踏舞。

其余所有的海报都装在尺寸正常的相框里，悬挂于走廊墙面之上。唯有《雨中曲》这一幅海报足有一面墙那么大，嵌在硕大的玻璃之后，它们共同组成了一面墙，立在最靠西的那间房间外。

戚乔心脏怦然。

那间办公室外没有铭牌，门上却贴着一张随手写就的告示：**闲人免进**。

是谢凌云的字迹。

"戚乔。"身后的林舒喊了一声。

戚乔飞远的思绪回笼,她重新回到试镜的会议室门外。

戚乔没有等太久,二十分钟后,便有人来请她进去。

她推开门,看到一排评议席最中心坐着的那人。明明是正式的试镜,谢凌云却穿得很随意,短袖和运动长裤,身上其余的装饰都没有,连腕表都没有戴,高挺的鼻梁上架着一副银色的金属半框眼镜,随性的打扮反而让他多了三分斯文的书卷气。

戚乔迈步进门时,他的目光落在桌面的剧本上,右手两指间夹着一支笔,转了几圈,停下来。

谢凌云的目光透过那两片薄薄的镜片,朝戚乔看了过去。

戚乔第一次见他戴眼镜,不由得多看了几眼,但也很快地移开了目光。

她鞠了躬,问声好,自我介绍完,在最中间的那把椅子上坐下。

"戚老师看过剧本了吧?"有人问。

戚乔看向提问的人,他面前桌上的名牌印着介绍,制片人李一楠。

她扫了一圈,并未看到编剧老师。

"看过了。"她点点头,说,"这两周,我大概看了五遍,我很喜欢这个故事,它也是我目前为止还没有演过的故事类型,所以很想尝试。"

林舒将戚乔写下的人物小传复印了几份,分别送到制片人、监制、副导演,以及总导演谢凌云的面前。

戚乔的目光定在最中间那人身上,他接过去,低头翻阅。

一时间,偌大的会议室只剩下翻阅纸张的簌簌声响。

好一会儿,一位看起来年龄并不大,却穿着老头儿汗衫,留着络腮胡的副导演开口:"看出来你做了很多准备,我挑一场戏,现场表演一下如何?"

"当然可以。"

他翻了下手边的剧本,说:"第五十六场,女主角抽烟那场内心戏,怎么样?"

戚乔愣了一下,眸中闪过短暂的错愕,很快恢复正常。

谢凌云身边坐着的那位监制从桌上拿起一盒烟:"会抽烟吗?"

戚乔说:"我可以学。"

"行。"那位监制老师笑了笑,"那今天先无实物表演。"

这个过程中,谢凌云没有说过一个字。其余人似乎都习惯了他的话少和冷淡，副导演下达命令后，便都等戚乔的试镜表演。

戚乔站起来，将身下的凳子当做戏中的床，靠着坐在地板上。

"后排的灯关掉吧。"留着络腮胡的副导演忽然说了一句。

戚乔搭在膝上的手指微微收紧。

没有关系，还有前排的灯。窗户也开着，室内不会太黑。

戚乔望了一眼窗外，今日是个光线昏沉的阴天。

林舒站在门边最靠近灯光开关的位置，闻言，她很快走过去，手指将要碰到开关时，一道低沉的声音在会议室中响起。

"开着，不用关。"谢凌云说了自戚乔进来后的第一句话。

林舒应声，按导演的吩咐做。

谢凌云扫了一眼戚乔："开始吧。"

戚乔没有游离，很快进入状态。

《偏航》的女主叫作松年，是一名孤儿，她在保育院长大，在院长的影响下，从小立志成为一名警察。

她成绩优异，十八岁时如愿考入警察学院。毕业后被选拔进入一支秘密培养的警队。五年后，松年接受组织的任务，潜入一个贩毒团伙做卧底，代号六零七。

她聪明、机警，佯装成一个高中毕业后没有考上大学的失足少女，为还巨额高利贷，在一名嫖客的引诱下，"被迫"走上那条畸形的道路。

潜入那个组织之后，松年多次为警方拿到了关键情报，使警方成功破获数起毒品交易。她的身份隐瞒得很好，五年过去，尽管几番被猜疑，她皆顺利躲过，并借机处理掉了好几位罪行昭著的从犯。

然而，也是在卧底的几年中，为赢得信任，她参与过毒品交易，放高利贷，见过无数家庭因此家破人亡，甚至为隐瞒自己的身份，间接害死过警方的其他卧底。

为了证明自己的立场，亲手割下好友的一根手指，甚至开枪击杀了另一名警方卧底后……她坚守的信仰动摇了。

她觉得手上沾满鲜血的自己已与罪行昭著的毒贩一般无二。

在贩毒团伙的老大以她"母亲"的生命威胁她后，松年的心境发生了改变。她像一条小船，二十多年来一直坚定地沿着坐标航行。然而就在那一刻，一切发生了偏移。她开始真正地为贩毒团伙做事,代号六零七消失了三年。直至故事后半部分,在训练时期一直带松年的老警察与那位保育院院长的影响下,松年的偏航终于回归正途。

而那个时候她早已成为了另一个人,一个手上沾满了鲜血的罪犯。故事的最后,松年冒着生命危险向警方传递了消失三年后的第一条情报。

那场最终的抓捕行动中,她亲自击杀了贩毒集团的头目。在警方到来之前,在海边天色破晓之际,代号六零七饮弹自杀,沉入大海。

戚乔要试的这一场戏,正发生在松年的心境前后转变的节点。

她夹着指间的"烟"递到唇边,轻轻咬住烟嘴,吸了一小口。

她仰头靠在"床边",抬眸望着天花板,目光却一片空洞,一闭眼就能看见亲手杀死同伴的画面。她觉得自己与那些罪行昭著的人没有任何区别。

雾霭沉沉,遮住了漫天的繁星,她一颗都看不见了。

松年闭了闭眼睛。

手边有一支烟递了过来,一支带着柑橘味的女士香烟。

她用莹润如玉的手指夹着那根香烟,启唇含住,轻轻地吸了一口。

这是她第一次抽烟,却意外地觉得不呛人。

在尼古丁的浸染下,"松年"的目光渐渐地沉了下去。

她从地板的一道秘格中取出一直用摩斯密码传递情报线索的那本书。垂眸看了会儿,她撕下了那本书的封面,用打火机点燃。她一页页地撕,最后将那本书全部烧为灰烬。

她在逐渐湮灭的火光中和那些灰烬躺在一起,像是终于摆脱了无形的重担,她松了一口气,轻轻地笑了。

"好!"

戚乔被一声嘹亮的声音拉回现实。

那位穿着老头儿汗衫的副导演鼓掌,笑说:"不错!谢导,你觉得呢?"

戚乔的指间还捏着那根刚才副导演趁机递给自己的女士香烟,袅袅的青烟升空,遮住了她半张脸。

她抬眸,望向正中央的那个人。

她能看出制片人、监制、副导演眼中的赞赏和欣喜,却在谢凌云的眸中瞧见沉沉的浓稠情绪。那是一种戚乔看不透的情绪。

"谢导?"李一楠出声,"问你呢,表个态。"

在众人的等待与期盼中,谢凌云望着戚乔,目光在镜片的遮挡下愈发古井无波。

片刻,他的声音传入所有人耳中:"戚老师有档期的话,今天就可以签合约。"

戚乔微愣。

林舒已经抢先道:"有的!"

林舒去与李一楠讨论合同条款。

戚乔去了趟洗手间。她还没有从那场戏中彻底抽身,脚步下意识向走廊尽头走去。于是又停驻在了那间嵌着《雨中曲》海报的房间外。目光定定地望着淅沥雨幕中的吉恩·凯利,她忽然想不起来中学时代第一次看到这一幕时的心情。

她沉默地望着海报,不知道过了多久,手机振动,林舒发来信息询问。

她回复后,转身,蓦地愣了下。

身后,谢凌云斜倚着一面墙,眸色沉沉地看着她。

不知何时他摘了眼镜,毫不退让的目光竟让戚乔觉得滚烫,惶然不敢触及。

"戚乔。"他喊。

戚乔只看了他一眼。

谢凌云在那短暂的对视中,说:"你不是松年。"

回程的路上,天空飘起了小雨。

车窗上留下明显的水痕,雨势不大,只有清脆的滴答声传入耳中。

戚乔摘了耳机,侧耳专注地望着车窗外倒退的街景。

身边,林舒还在为今天能够如此顺利拿下角色而意外。

"我听说谢凌云的戏选角的过程十分严格,试镜好几轮都是常有的事,没想到咱们这么轻松就拿下了。"她给戚乔递来一杯气泡美式咖啡,又道,"话说回来,他这长相,不出道还真是可惜,我都想签他。"

戚乔接过咖啡,只捧在手中并没有喝。

"他应该不会出道。"她轻轻笑了一下说。

"你怎么知道？"

戚乔顿了一下："猜的，他毕竟是导演。"

林舒并未留意她那一秒的不自在，一通电话拨进来，她很快便投入了其他工作中。

车开回碧水云天之时，雨已经停了，地面上只剩下几片湿痕。

戚乔下车，林舒叮嘱几天后的签约事宜，她一一答应下来。

林舒很快乘车离去。

电梯门合上，只剩下她一个人时，一直挂在颊边的浅笑才缓缓收起。

戚乔舒了口气，她透过光洁的金属壁面望着自己的脸。

她明明隐藏得那么好，这些年谁都没有看出来，连最亲近的助理和经纪人都不曾察觉。可只那么一眼，短促的一眼，谢凌云却轻易看穿她。

她重新戴好口罩走出电梯，输入指纹开门时，手机振动一声。

戚乔推门，球球闻声从客厅冲她跑来，她还没来得及抱起球球，一只手打开手机，瞧见一条微信好友申请。

那人的头像照片是海边的日落，构图很漂亮，落日熔金，暮云合璧。

右下角的位置多出来一片小小的白色痕迹，看不出是什么，只让人觉得无端破坏了原本完美的画面。

这条申请没有验证消息和备注。

戚乔却很快猜到他是谁。

球球在咬她的裤脚，戚乔无暇顾及，目光定在昵称的"xly"三个字母上，没有迟疑太久，轻轻点击右侧的"通过"按钮。

屏幕的画面很快切换为聊天对话框，最上方自动弹出一句话：你已添加了 xly，现在可以开始聊天了。

戚乔点进了他的朋友圈，谢凌云并未设置可见权限，只有一条动态。

左侧的时间线，停在 2017 年 6 月。

戚乔看到日期的一瞬，便想起来那是他们毕业的时候。

谢凌云只上传了四张照片。穿着学士服与朋友们在田径场的合影，某次导表实践课上的抓拍，毕业作品在学校放映厅展演海报，最后一张是幅人潮涌动的画面。

蓝天白云下，操场上无数的 2013 级毕业生的身影。

那应该是他随手拍下的画面。

有人在笑,有人在与身边的老师同学合影,有人起跳将学士帽高高抛向空中,而更多的是同学们的背影。这是一幅昭示着离别的画面。

掌心中的振动感将戚乔从回忆中拉了出来。

是江淮的消息,对方说自己买了几只帝王蟹,让戚乔去吃。

戚乔自己开车去江淮那儿之前,专门开去一家常去的私人酒庄买了两瓶红酒。

江淮给她开门,瞧见那两瓶红酒,并不意外:"上回买的还没喝完。"

戚乔道:"反正对你来说是消耗品,放着吧。"

江淮笑了声:"损我呢吧?"

戚乔装傻:"有吗?"

休息的这半年,江淮的厨艺突飞猛进。蟹已经蒸好,他很快调好几种酱汁。他给自己倒了酒,又为戚乔拿来杯果汁。

"尝尝味道。"江淮剥好一只蟹腿递到她碗中。

戚乔蘸了些他特调的海鲜汁,咬下一口蟹肉,没有立即评价,接连又吃了好几口,冲江淮比大拇指:"副业可以考虑餐厅。"

江淮递给她第二只蟹腿,开口问道:"今天去试镜了?"

这圈子里没有绝对的秘密。

戚乔点头,没有遮掩:"不出意外的话,定了。"

江淮倒了杯酒,一边喝,一边瞧着戚乔吃。

戚乔将口中的蟹肉吞下去,实在无法忽视,笑叹了口气,问:"师兄,你到底想说什么?"

江淮:"你不是知道?"

戚乔用湿纸巾擦过手,仰头喝下去半杯的果汁,才故作轻松一笑:"放心,我早都放下了。"

"你知道吗,摩羯座有个很大的特点。"江淮望着戚乔道,"都挺专一。"

"你还信星座?"戚乔撑着下巴,温声说,"之前那位顾家爱妻人设出名的前辈还记得吗?我小时候还挺喜欢看他的戏。前年不就被爆出来,拍戏时在剧组出轨其他女明星,他好像就是摩羯座。"

江淮只笑了一下,声音很低:"我倒是真希望你放下了。"

戚乔举着装着果汁的玻璃杯轻轻碰了下江淮的酒杯。

两人相视一眼，均是笑了起来。

江淮意味不明地笑叹了一声："我好像也没有资格说你。"

九点时，戚乔准备离开。

江淮在她出门前进房间拿出来一个方形盒子。

"上次那个不是说坏了，前两天给你新买了一个。"他也跟着戚乔换了鞋，将手里的东西递出去，随她出门，"走吧，我送你。"

走出别墅的门廊时，戚乔已经将盒子拆开，里面是一只云朵形状的小夜灯，借着廊灯与月光，她轻轻按下开关，那盏灯便在黑夜中发出淡淡的暖黄色的光芒。

"好漂亮。"

江淮习以为常的样子，随口聊起："我下个月应该就进组了，去横店，是张导的戏，这回打算演个反派。"

"张君也导演？"

"嗯。"

"那又有拿影帝的希望了？"

"随缘吧，不强求。"

戚乔笑："师兄，你现在挺像个无欲无求的扫地僧，明明还不到三十五岁，人家都说这是男演员的黄金年龄。"

江淮任她调侃，见戚乔把手中的夜灯反反复复地开了又关，跟得到的是个玩具似的，他伸手拿回来："行了，玩坏了又得你买新的。"

戚乔说："小气，片酬都那么高了，还舍不得一个小夜灯。"

江淮流露出几分无奈的神情，笑着又将夜灯塞进她手里："玩吧，玩。"

戚乔笑盈盈地接过来，抬起眼睛，看见十几米远处的那栋别墅，有两人站在那儿。

目光相撞。

贺舟用指尖钩着车钥匙转了两圈："巧啊，小乔妹妹。"这一声太过久远。

戚乔的视线掠过贺舟，落在他身旁谢凌云那张面无表情的脸上。

路灯的光罩在他的身上，暖黄色的光却无法稀释掉那人身上一丝的冷意，他的眸色幽暗，如深渊一般。

不知道过去了多久。

戚乔按在小夜灯开关上的指尖顿了一下,她把灯关闭,没有再打开。

一时之间无人说话。

贺舟仿佛感觉不到尴尬的气氛,自顾自道:"没想到我还和大明星是邻居。"他自来熟地朝江淮伸出手:"荣幸哈。"说着荣幸,语气却来者不善。

江淮只是淡淡一笑,伸手与他交握:"你好。"

一拳打在棉花上,贺舟假笑着收回手。

空气中有淡淡的酒气,分不清是眼前两人谁身上传出来的,抑或两人身上都有。

谢凌云的目光从江淮的身上扫过,然后盯着戚乔,语气里带着几分质问的意味:"喝酒了?"

戚乔下意识地摇头并回答:"没有。"

江淮的目光从两人身上扫过,下一秒,他对戚乔道:"很晚了,回去吧。"

戚乔"哦"了一声,两人并肩朝停车的地方走去。

身后,贺舟打量了一眼谢凌云,狠狠地叹了口气:"你知道刚你那语气像什么吗?"

谢凌云望着那两人离去的方向,没看他:"像什么?"

"像独守空闺的妻子,对刚从外面花天酒地回来的丈夫哀怨的质问。"贺舟恨铁不成钢道,"谢凌云,你完了,这辈子是不是就吊死在这一棵树上了?"他加重语气,"人家又不喜欢你!能不能有点出息?还看!还看?"

谢凌云这才将视线从戚乔手中的小夜灯上收回,没什么情绪地瞥了贺舟一眼:"你管得着吗?"他头也不回,朝外走去,"走了,明早有事。"

贺舟在他身后咆哮:"外卖都快到了!"

谢凌云只留给他一道背影,随意摆了两下手:"自个儿吃吧。"

戚乔拿下驾照没几年,平时开车上路的时间更不多。

她一向开得缓慢,在北城的车流中以龟速前行。

拐入万柳中路时,一辆黑色跑车疾速从她左侧的车道飞驰而过。

戚乔只来得及看见那辆车尾部的车牌号十分吉利。她本并未在意,却在驶入地下车库后,在相邻的车位上又看见了那辆黑色跑车。

戚乔抱着江淮给的小夜灯上楼,电梯里只剩下她一人时,直接按下电梯按钮,很快抵达二十七层。她走出电梯间,下意识地扫过一眼另一户紧闭的大门。

谢凌云那么多房子,恐怕不会在这儿久住。

这样想着,她的眼睫微垂下来。她转身朝自家门口走去,随即便是一愣。

走廊冷白的灯光下,半个多小时前才见过的人,此刻长身玉立地站在她家门口。

他还穿着今早在工作室试镜时的那身随性的短袖长裤,黑发柔软而松散,刘海恰遮住长眉,一副男大学生的装扮。

看起来有点儿乖,戚乔心想,如果忽略那人此刻整个人都透出的冷冽气场的话。

谢凌云听见声音,随即关闭了原本准备打发时间而打开的手机游戏。

视线径直落在戚乔手上的夜灯上,眉尾划过一丝微躁,又很快消散。

"你怎么在这儿?"戚乔久等不到他开口,靠近问。

谢凌云不问自取地拿走她怀里的夜灯,语调有点儿冷:"看不出来吗?"他说,"在等你。"

话音落下,他低头,鼻尖凑到戚乔颈间,隔着不远不近的距离,吸了吸鼻子,问:"真没喝?"

戚乔猝不及防,呼吸几乎在那一秒暂停,她低声轻轻道:"说了没有。"

谢凌云:"他连你不能喝酒都不知道?"

戚乔伸手,想要那回云朵夜灯。

谢凌云没松手。

"知道,都跟你说了我没有喝。"戚乔无奈道,"你找我有事吗?"

"没事不能找你?"

戚乔还没有回答,他又说:"那我来借瓶醋,煮面没调料。"

戚乔愣了下,几分怀疑的语气:"你会煮面?"

"怎么,瞧不起我?"

"哪有?"戚乔眸中的笑隐约可见,"就是好奇,大少爷还会自己做饭。"

谢凌云没什么表情地回:"确实没你前男友会做。"

"其实……"她语气微顿,卡在嗓子眼的话一转,"你还知道师兄会做饭?"

谢凌云愣了一下,说:"剧本围读会暂定安排在下周,戚老师有时间吗?"转移话题的技巧实在不高超。

戚乔没有拆穿他,点头:"有。"

谢凌云点头,冲她抬了一下下巴:"开门吧,我借醋。"

戚乔好奇地瞥了他一眼,难道还是真的?

她伸手用指纹解锁。

谢凌云靠在一侧墙边,忽地又开口:"江淮为什么送你马尔济斯?"

清脆的一声提示音,门应声而开。

球球听见动静,从房间里摇着尾巴跑出来,扑在戚乔的腿上。

"柴犬、金毛、德牧拉、布拉多,什么品种的狗都有,"谢凌云垂眸,看向地上的白色小狗,"他怎么就挑中了马尔济斯?"

戚乔微愣,很快回答:"碰巧而已。"

"是吗。"谢凌云轻笑着说。

戚乔抱起球球,进厨房找到一瓶醋。

谢凌云站在门口,低头拨弄夜灯的开关,打开又关闭,关闭又打开。

戚乔将醋递过去,他却没接:"那只玩偶还在吗?"

"什么玩偶?"下一秒,戚乔忽地明白他指的是什么,"你问它干什么?"

谢凌云望着她怀里的马尔济斯,淡淡道:"我也只有那么一只,戚老师既然早都不要了,就还我吧。"

戚乔的指尖微蜷,她一时之间没有回答。

谢凌云抬手,漫不经心地捏了下她怀里马尔济斯的耳朵:"怎么,戚老师不要的东西,也不打算还?"

"坏了。"戚乔轻抿了下唇角,说,"我重新买一只还你。"

谢凌云低头,拖腔带调地说:"是吗。"他拿走戚乔手中的醋瓶,低声笑了下,"我还以为戚老师会说,这么多年了,早都丢了。"

Chapter 10 扎高马尾的初恋

《偏航》的主要角色很快确定下来。

戚乔在围读会之前已经将剧本看过数遍，等待全组剧本围读会的时间里，她没有再在小区遇见过谢凌云，他也没再来敲她的家门。

相邻车位的那辆黑色跑车一直静静地停在原处。

戚乔在收到李一楠给她发来的定妆通知后，才装作不经意地问起谢凌云的消息，这才知道，他与监制，还有一位副导演提前去了西南几个城市勘景。

七月的一天，小年来接戚乔去工作室试妆。

她到得早，化妆师完成了整个妆面，饰演戏中男主角的许亦酌才抵达。

戚乔试的第一个造型是松年潜入贩毒组织前假扮成误入歧途的少女时期的造型。

化妆师只给她敷了薄薄一层粉底，口红也涂得淡，两颊与鼻尖扫了层水蜜桃色的腮红，将戚乔五官本身的清纯感更凸显出来。

许亦酌比戚乔大三岁。他饰演的角色正是将松年从会所带入贩毒集团组织内部的人，名叫叶骁。

叶骁此人性格暴戾，邪气十足，也是戏中与松年感情戏最多的角色。不过许亦酌的长相与暴戾却毫不沾边。

戚乔是第一次见他，素颜状态下的许亦酌看起来更像个阳光率真的大龄男孩。

"戚老师好啊，第一次见面，以后还请多多关照。"许亦酌笑着朝正在化妆的戚乔伸出一只手。

戚乔握了握:"许老师好,您叫我名字就好。"毕竟也是前辈。

许亦酌在她身旁的位置坐下,造型师上前为他做妆发。

助理递上一盒零食,许亦酌拆开,朝戚乔递了过来:"来一根儿?"

戚乔低头,看见那是一盒草莓口味的巧克力棒,她只拿了一根:"谢谢。"

许亦酌:"再来点,才一根能尝出什么味?别担心,我助理那儿还有好几盒。"

戚乔没想到还有这么爱吃草莓巧克力棒的男明星。

她笑了下,婉拒:"谢谢许老师,开机前我得控制体重。"

许亦酌很懂,再瘦的女明星为了上镜好看,也常常在减肥中。

两人边化妆边顺便聊了聊剧本。

许亦酌是社交达人,哪怕戚乔的话很少,他一个人便将整个化妆室的氛围调动得热闹无比。

戚乔换上戏服回来时,许亦酌第一个捧场赞叹:"小松年,你也太漂亮了。"

他那双桃花眼中随即露出亦正亦邪的目光,落在戚乔身上的白色系带裙上,用角色叶骁的语气说:"挺纯啊。"说完,甚至还风流又浪荡地吹了声口哨。

他开口的同时,化妆间的门被人从外推开,李一楠走在最前,挡着门给身后的人让开一条路。

化妆间此起彼伏地响起"谢导好""李总好"的问候。

戚乔微愣,抬眸,与谢凌云看过来的目光交汇。

他穿着量身定做的白色衬衣,下摆收进西裤,黑色皮带勒出一截劲瘦窄腰。

深灰色的西装只随意地搭在臂弯,戚乔看过去的瞬间,他抬手扯松了颈间的真丝领带。

谢凌云两指钩着解开,连同手中西装都递给了身边紧随的助理。

他解开衬衣上端的两粒纽扣,似乎才从束缚中脱离,随后,缓缓朝化妆间的人扫了一眼。

"早啊,谢导!"许亦酌很热情,笑着自黑,"您这打扮的,显得我略粗糙了。化妆老师,快给我整个闪亮全场的妆。"

谢凌云的脚步停下来,扫了他一眼,眸色很淡。

许亦酌毫无所觉，自顾自说："可算是来了，我和戚乔等你等到剧本都快聊完了。"

"聊剧本了？"谢凌云在一旁的空椅中坐下，"我瞧你挺闲的。"

许亦酌还想要反驳，谢凌云给造型师指了一下，说："去给他换衣服，换完就送去拍定妆。"

工作人员应声，带着许亦酌去更衣室。

门合上，谢凌云的目光才重新落在戚乔身上。

"谢导，您看看松年的前期造型怎么样，妆还 OK 吗？要不要改？"化妆师问道。

戚乔便转身，在他的面前缓缓地转了一圈。

谢凌云看了一眼，便说："珍珠耳环摘掉，不要配饰。"

造型师照他的话做。

谢凌云的目光就这样明晃晃地落在身上，当着化妆室所有人的面，哪怕知道是在工作，戚乔还是有种仿佛赤脚踩在灼热石块上的感觉。

戚乔偷偷地抿了下唇角，偏过了头，没有与他对视。

只听见谢凌云跟造型师交代："这条裙子再大一号，别太合身，后期的衣服都按照她的正常尺码做。另外，前期衣服以浅色为主，第五十六场戏之后再换深色……"

戚乔只是听着他的声音。

造型师说："这条裙子还要再大一号？本身的版型就挺宽松了，再大不好看。"

李一楠也插了一句："这样不是挺好看的，还大？"

"戚老师。"

"嗯？"

戚乔蓦地将视线转回来。

谢凌云低声询问："你觉得呢？"

戚乔踟蹰数秒，轻声开口："这场戏是松年做卧底之前的重头戏，她在叶骁面前假扮成一个无路可走、误入风尘的女孩，第一次穿不合身的裙子，既能从细节上给叶骁一种稚嫩青涩的感觉，也能让观众感受到松年首次出任务的不熟练与紧张。"

几乎是她话音落下的同一时刻,谢凌云侧眸扫了眼李一楠和造型师,眉峰微挑:"听见没有?"

李一楠:"好像有道理……"

戚乔愣了好一会儿,原本坐在椅子上人倏而起身。

戚乔闻见熟悉的青柠罗勒气息。

黑色皮鞋停在她缀着栀子花的凉鞋前,不到二十厘米的距离。

戚乔呼吸一滞,鼻尖被人轻轻地蹭了下。她颤着眼睫,抬眸。

谢凌云垂眼,目光落在自己食指指腹上:"鼻子上涂了腮红?"

戚乔身后的造型师很快回答:"没错,这样妆容看起来会更加楚楚可怜一点。"

李一楠的手机响起,他接完,催促谢凌云一起去开个短会。

谢凌云"嗯"了一声,却没有动。

清冽的味道几乎充斥她整个鼻腔。戚乔轻轻咬唇,呼吸急促一分,等不到面前的人退开,她就抬起手来,抵在他胸前,轻轻地推了推。

造型师站在她的身后,而李一楠已经起身朝门口走去,其余的工作人员离得远。

戚乔尽力地控制着动作幅度,没有一个人发现她的小动作。

谢凌云轻笑着退后,转身:"换好下一套戏服叫我。"

他大步流星离去,到门口时,又忽地停下来,似是才想起来:"对了。"他回头,吩咐造型师,"发型换高马尾。"

他很快离开,化妆间不知道响起谁的声音。

"听说谢导对高马尾情有独钟,好几位女性角色的出场造型都是高马尾。今天看来,这不是传言啊。"

"不会是有个扎高马尾的特别好看的初恋,或者白月光什么的吧?"

戚乔微愣,他以前好像就有这种高马尾情结……只是一直不肯承认。

戚乔听着几名工作人员用玩笑一般的口吻议论着,甚至也跟着他们产生了猜测。难道真的是因为初恋?

一天之内,拍完了松年这个角色造型的定妆照。

戚乔拍完定妆照之后,便开始等待几天后的剧本围读会。

谢凌云身为总导演,在开拍前的准备阶段很忙,神龙见首不见尾。直到周一，所有主创齐聚工作室参加剧本围读，戚乔才再次看见他。

谢凌云压轴出场，踩着约定好的时间走进会议室。

戚乔听见众人的问候，从剧本中抬起头来。

今日应该没有乱七八糟的会议。他穿着一件简洁宽松的白色短袖，身形消瘦，垂着的下摆松松垮垮。

甫一进门，众人要打招呼，他抬手示意免去寒暄，坐下后直接道："开始吧。"

七年前去北海的那次拍摄，许多细枝末节已经在时光的冲刷下荡然无存。若那次不作数，这一回，应该算是戚乔和谢凌云第一次真正意义上的合作。

他投入工作之时，不苟言笑，却并非冷淡，有种别样的严肃。

观看演员对戏之时，他若满意，便在一段结束之后，短评一句"可以"或"不错"；若并不满意，眉心便会微皱，指尖在剧本上轻轻点着，结束之后，再告诉他们应该如何去表演。

等戚乔意识到，自己又开始对他投入过多的注意力时，这些细节已经尽数留在脑海。她强迫着自己转移注意力，投入到剧本之中。

编剧穆心并未出席，或许是在忙，只和谢凌云语音连线，旁听讨论，偶尔指正某位演员理解不当之处。

直到中午十二点多，上半场的围读会才告一段落。

李一楠安排人统一订了餐。

小年专门替戚乔点了没什么热量的低脂餐，同样是演员，一旁的许亦酌却吃着烤鸭加芫爆肚丝。她见戚乔的食物毫无油水，趁戚乔的助理出去吃饭，往饼皮中卷好配菜，加了三片烤鸭，蘸好酱汁送到戚乔的嘴边。

"戚老师，来……"

还没等戚乔转头，一只修长有力的大手穿过她与许亦酌中间，撑在桌面上。

谢凌云弯腰低头，咬走了许亦酌手上才卷好的烤鸭。

许亦酌大声笑："导演，你也想吃啊，早说啊，我这儿多着呢！"说着，便十分自觉地让开位置。

谢凌云从善如流，在他与戚乔中间的位置坐下。

等许亦酌将自己的烤鸭推过来，他也毫不客气地伸手，包好一块，递到戚乔嘴边，声音压得很低："就一块，吃吧。"

戚乔瞥了眼周围的其他演员和工作人员。她不动，谢凌云也不收回，就那么好整以暇地等着她。

戚乔没有办法，趁无人在意的时候，倾身凑近，张开嘴巴咬了一小口。

一整块她实在吞不下，只好飞快地伸出手，从他手中接过。

谢凌云抽了张湿纸巾擦过指尖。他的目光转向另一侧，对正疯狂进食的许亦酌说："开机之前减十斤。"

许亦酌错愕地"啊"了一声。

谢凌云又说："有没有腹肌和肱二头肌？"

许亦酌艰难地吞咽了一下，没作声。

"观众不想看见露出一整块腹肌的男演员。"谢凌云淡声命令，"你也减减肥吧。"谢凌云的声音没有刻意压低，这一句几乎让整个会议室的人都听见了。

"谢导，"许亦酌霍然起身，一撩上衣自证道，"虽然没八块腹肌，但是我可有六块啊！"

戚乔下意识地被他扬起的声调吸引，正要抬眸之时，眼前却挡来一只手，并没有触碰到她。

戚乔闻见桌上那包湿纸巾独有的香气。会议室中传来几位女性工作人员笑意盈盈的欢呼。

许亦酌的助理冲过来，赶紧把他卷起的衣服往下拽："哥，哥！偶像包袱捡一捡。"

遮挡视线的手很快离开，视野重现，戚乔只看见谢凌云语无波澜地问："戚老师还挺想看？"

戚乔警惕地扫了一眼周围，脚尖伸向谢凌云所坐的椅子，轻轻地踢了一下，将他推远几厘米："别离我这么近。"

谢凌云环视一圈，道："又没人看到。"这样说着，他却并没有再越过雷池一步，停在戚乔将他推远的地方，拆开了自己的餐盒，吃了起来。

填饱了肚子，周围的主创们开始聊起天来，也不知道是谁第一个将话题引到了谢凌云身上。

"谢导，你好像真的很喜欢让女演员扎高马尾。"那人八卦地开口问道，

"不会是真的跟网上说的那样,你的初恋喜欢扎高马尾吧。"

戚乔正喝咖啡,听见这句便跑了神,竟然被吸管中急速上涌的咖啡呛了下,捂着嘴咳嗽了两下,随即眼前出现两张拿着纸巾的手。

一个是小年的,一个是谢凌云的。

她飞快地将两个人手上的纸都拿走,胡乱地叠在一起,擦掉唇边的咖啡液。

然后听见谢凌云回应对方:"打哪儿听来的?"他语调轻松,"没这回事儿。"

"哦?那就是不是因为初恋?"

谢凌云却说:"我的初恋不爱扎高马尾。"

第一天的剧本围读在晚上快九点时才终于结束。

小年送戚乔回家,上车将要吩咐司机启动时,车门被人敲了下。

小年降下车窗,便瞧见谢大导演的一张好看的脸。她愣了会儿,才反应过来:"导演还有什么事吗?"

谢凌云的目光却越过她,望向里面的人:"捎我一程。"

"你没开车?"戚乔问。

"累,不想开。"谢凌云说。

直到车开出工作室所在的那条路,小年都没有反应过来,刚才戚乔和谢导说话的语气,似乎格外熟稔。她坐在副驾,悄悄地回了次头,只看到后排的那两人一左一右地坐着,互不干扰。

戚乔戴着耳机听着歌,望向窗外。谢凌云则在闭目休息。

街边路灯的光随着前行的车,一段一段地透进来,照在那两人身上。

好像是不太熟的样子。小年放下心来,转身坐好,又随手按灭了车内顶灯。

狭小的车内空间蓦地暗下来,只剩下不停飞驰而过的路灯,穿过车窗玻璃透进来的微光。

谢凌云睁开了眼睛,他侧眸看了一眼身边的人。

戚乔的目光注视着窗外,神色平淡。

二十分钟后,车驶入碧水云天的地库。

谢凌云与戚乔先后下车。

小年道:"乔乔,要不要我送你上去?"

"不用，回去吧，早点休息。"戚乔说。

小年迟疑又含着隐忧地扫了一眼谢凌云。

"看什么？"谢凌云径直问了句，语气不太好。

小年被他吓到，哪敢说话？

戚乔无奈地扫了一眼谢凌云，他却毫无察觉的样子。

戚乔送走小年，按下电梯，两人走进去后，她才再次疑惑地看了眼谢凌云。不知道这臭脸因何而来，突然就发脾气。

她按下二十七层，问出口："谢导冲我助理发什么脾气？"

"我不爽。"谢凌云答，他后背靠着电梯后壁，目光落在戚乔身上，眸色沉沉。"助理和经纪人都不知道你怕黑，我不爽。"他直白道，"只有那姓江的知道，我也不爽。"

谢凌云的直白与坦荡让戚乔的心慌乱不已，她竭力维持着镇定，半响，才轻声问了声："你干吗不爽？和你又没有关系。"声音小到仿若呢喃，在逼仄的空间内，还是一字字清晰地传入谢凌云耳中。

"什么叫跟我没关系？"谢凌云语气很冲，"戚乔，你就这么想跟我划清界限？"

戚乔愣了一下，她见过很多次他用这样的语气和别人说话。可似乎还是第一次瞧见谢凌云冷着张脸和自己说话。

她反应了好久，直到电梯门在二十七层缓缓打开。身边的人率先迈步，瞧见她一动不动，催促："还不出来？"

戚乔才找回自己的声音："你冲我凶什么？"

谢凌云道："我哪儿凶你了？"

"刚才。"

她不动，谢凌云走出电梯的脚步又重新回来，他伸手，扣着戚乔的手腕，将她拉了出去。

"这就叫凶了？谁让你气我。"

谢凌云语调缓和三分，但依旧不算太好："那我在片场发脾气的时候，还不吓坏戚老师？"

戚乔从他掌心挣脱。

谢凌云只低头看了一眼，什么也没说。

"你也要对我发脾气吗？"戚乔问。

谢凌云说："我哪敢，再发脾气，我在戚老师这儿的印象不得变成负分？"

戚乔抬起眼睫，看了他一眼。

走廊的地面贴了冷色调的瓷砖，灯光冷冷清清，实在不是个美好的场景。可她的心跳却在毫无征兆的情况下隐约加快了一分。

片刻后，她才轻声说："我又没有说不能，谢导还是公平点，要是我哪场戏没演好，全听谢导指教。"

他们停在戚乔家门口，谁都没有着急回家。

谢凌云蹙眉，说："别叫我'谢导'。"

"片场大家不都这么叫？"

"他们是他们，你怎么能一样？"谢凌云不喜欢那个称呼，起码不喜欢戚乔这么喊他，"我不想听你这么喊。"

这一次，戚乔没有问为什么。她的唇角却不自觉地翘起了个小小的弧度："可你不也叫我'戚老师'。"

谢凌云挑了下眉："不喜欢？"

戚乔抿唇不语。

"这不是怕喊别的，在外面让人听见，给戚老师带来不必要的麻烦吗？"谢凌云停顿半秒，话音一转，"我也不想和他们都一样喊你'戚老师'，你要是不喜欢，我就不……"

戚乔飞快地打断他："就'戚老师'好了。"

谢凌云的眸中逸出几丝笑意，语调漫不经心："戚老师真是双标。"

戚乔催他："你还不回家？"

她伸手按下指纹锁，球球的叫声从家中传出来。

谢凌云留下一句："等我一分钟。"随即转身朝自己家中走去。

不到半分钟，他推门出来，将一只袋子递到了戚乔手中。

"这什么？"

"拆开就知道了。"他把手抄进裤兜，走出几步，又回头强调一般地叮嘱戚乔，"用我这个。"

戚乔回了家，从谢凌云给的袋子中掏出来一只盒子，她撕掉蝴蝶结，拆开盒子，才看到那里面装着一只小狗造型的夜灯。

戚乔按下开关,暖黄色的光亮起,映在她脸庞上。

球球以为是它的玩具,抬起前脚碰了碰。

戚乔把夜灯拿高了,又用另一只手揉了揉球球的脑袋:"乖,不要给我弄坏。"

她走进房间,将那只狗狗形状的夜灯放在床头,又盯着看了好一会儿。

戚乔弯了弯眼睛,轻声道:"幼稚鬼。"说完,她伸手,像哄球球一般,摸了摸床头那只小狗的脑袋。

剧本围读会持续了整整一周的时间。

制片方请来了专业的老师教主角西南地区的方言和贩毒组织的黑话,为了给戏中的打斗场面做准备,还请来了搏击教练为几位主创集训。

演员们集训期间,谢凌云则忙着与美工商讨空间造型设计,以及内外景尚未确定之处和服化道的细节。

戚乔每次去工作室也都看见他在与人开会。

工作室负一楼的空旷训练室。

"戚老师,开始吧。"许亦酌换好了衣服回来,朝戚乔发出邀约。

戚乔点头,重心下沉,摆好格斗准备姿势。

这是他们第一天搏击集训。戚乔在影片中的打斗戏不比许亦酌少。

一整天的基本动作训练之后,教练让他们尝试对打。

教练提前发话,要求十分宽松:"只做刚才教你们的就好,先熟悉动作。"

许亦酌一笑:"戚老师,放心,咱们先随便演练下,别紧张。"

话音落下,两人同时出招。

才一个格挡的动作,许亦酌就感觉到戚乔一招一式间的力量感。

他正色几分,才准备按照教练方才的指引出手,胳膊忽然被拧住。那劲儿用得十分巧妙,他竟然挣脱不开。尚未来得及反击,许亦酌在空中转体一周半,瞬间被戚乔一个过肩摔,放倒在防护软垫上。

"好!"几位教练高呼着拍起手来。

戚乔伸手,将许亦酌从垫子上拉起来:"没事吧?我……"

许亦酌还没反应过来,伸出手让戚乔拉他起来:"你好牛啊,戚乔!你练过吧?"

戚乔动作微滞，很快又说："去年拍的一部电影有打戏，那时候也训练过两个月。"

许亦酌了然，对被一个比自己瘦和矮的女孩子过肩摔很快释然："怪不得，你也太厉害了，教教我教教我！"

戚乔淡淡地笑了下。

听从教练命令重新站好时，余光中，门口不远处一道颀长的身影闯进来。

她扫过去一眼，不知谢凌云与监制老师何时下楼，又站在那儿看了多久。

有人与她一同发现："谢导……"

"继续。"谢凌云打断了那些人的寒暄，目色微沉，并未说话。他只看了二十分钟，很快又无声无息地离开。

训练到晚上八点才结束。

戚乔与许亦酌上楼时，碰上一群从外面进来的人，为首的便是贺舟与傅轻灵。

贺舟声音嘹亮，拉着前台的一名工作人员问："你们老板人呢？死哪儿去了，电话不接短信不回。"

前台认识他们，对他毫不客气的语气见怪不怪："马上下来。您也可以去三楼办公室等，谢导在那儿。"

周五的傍晚，他们都是下了班从各自的公司赶来，看样子是要一起出去聚会。

戚乔的目光穿过贺舟与傅轻灵，缓缓地落在最后面那人身上。

雒清语穿着一条俏生生的粉色裙子，背了只包包，正笑盈盈地与傅轻灵说着话，几乎与大学时期没有差别。

与此同时，电梯门打开，谢凌云与人走出来。

"谢凌云！"雒清语扬声喊道。

戚乔站在那一群人身后不远处。

这一幕，让她再一次想起七年之前的那个傍晚。她从胡同中穿过，只是回了一次头，便看见他们一群人走进那幢游客只能驻足片刻的独门四合院。

"你要拍新电影了？"雒清语悦耳的声音传入每一个人耳中，"给我个角色呗，戏份多少都行，片酬我可以不要。"

戚乔还没听见谢凌云的回答，身后有位男演员打声招呼："导演，我们今天集训结束了，先回了啊。"

对面，谢凌云与他周围人的目光便纷纷望了过来。

"戚乔？"贺舟讶异地喊了声。

戚乔只向他们颔首示意，随即，便准备与众位演员一道离开，不想打扰导演与好友聚会。

从大门中迈出去时，听见雏清语的一句话："那位是戚乔学姐？"

戚乔长长地舒了口气，给小年打了电话，让她跟司机将车开来门口。

"你和谢导的朋友还认识？"身边和她一同出来的许亦酌蓦地问。

戚乔微顿，淡淡一笑说："只是见过而已。"

许亦酌又看了她好几眼，眼神忽地亮了亮，几分好奇地问："问你件事啊，不想说也可以不回答。"

"嗯。"

"你和江淮……"许亦酌笑嘻嘻道，"到底有没有在一起啊？"

戚乔有点无奈地说："我俩的采访都澄清过好几次了，你也信网上的八卦？"

"这不是好奇而已嘛。"许亦酌道，"其实，当年那档综艺我都看过，江淮穿着玩偶服安慰你那一幕，真的让人觉得你们好般配——哎，真的只是好朋友吗，戚老师？你俩就不能稍微地谈个对象？"

戚乔正要开口，身后传来一道低沉的嗓音："许亦酌，你每天都这么闲？"

两人回头，便见方才还在里头的人此刻一脸冷漠地站在他们身后不远处。

谢凌云的身后，贺舟、傅轻灵、雏清语一众人皆跟了出来。有两人的指尖挂着车钥匙，看样子是准备出发了。

"学姐，你还记不记得我？"雏清语的热情一如当年。

戚乔点头，淡淡地笑着："记得，好久不见。"

雏清语欣喜十足："太好了，学姐居然还记得我欸！我……我可以和你合照吗？我真的很喜欢你的戏，每一部我都看过的！"

戚乔没有拒绝。

雏清语推开许亦酌，站在戚乔身边，叫傅轻灵为她们拍下一张照片。

结束时，小年与司机正好将保姆车开了过来，戚乔的手机响。

她接通，唤了声"师兄"，随即和身后的人颔首示意再见，便乘坐保姆车离开，一刻也没有停留。

江淮打电话来是要请戚乔吃饭。他提前订了家私密性很好的餐厅，知道戚乔要不了多久就要前去拍戏，他亦要进组，又得好几个月见不到面，所以才约了这顿饭。

戚乔今日却有些心不在焉。

江淮轻易地看出来："怎么了？"

"嗯？"戚乔回神，很快地摇了下头，笑着跟他说，"今天搏击集训，许亦酌还打不过我。"

侍应生端来一瓶白葡萄酒，要为戚乔倒时，江淮掩住杯口，示意只需要为他的杯子倒便可。

等侍应生离开，他才说："这不是很正常，我也打不过你。"

"还不是你每次都让着我。"

"也没有每次，真的。不过你这么一说，好久没去练一练了，要不要……"

话还没有说完，戚乔便接过来："好，那等会儿就去？"

江淮抬眸扫了她一眼："今天碰到谁了？"

"不是那个人。"戚乔很快说。

江淮望着她，缓缓地松了口气。

回到碧水云天之时，夜已经很深，江淮将戚乔送上了楼，他们才从电梯间步入走廊，隔壁那户门忽地被人从里拉开。

谢凌云穿着一身睡衣，落在江淮身上的视线很冷淡。

江淮转眼望向戚乔："他也住这儿？"

"他……"

"怎么，我住哪儿还要经过你同意？"

江淮笑了一声："谢导，你对我似乎很有敌意？"

谢凌云扯了扯嘴角，语气里透着几分阴阳怪气的意味："您看出来了？"

戚乔对江淮说："我到了，师兄也早点回去休息吧。"

"好，你进去我就走。"

戚乔打开家门，今晚球球等了很久，"嗒嗒"地从房中跑出来，显然对两人都很熟悉，围着戚乔和江淮转了好几圈，最后蹦跶着要往江淮的腿上扑。

江淮干脆弯腰将它抱起，揉揉脑袋，跟球球聊天："这么晚还不睡？"

谢凌云："这么晚了您都不睡，还管人家狗？"

"谢凌云。"戚乔看向谢凌云。

谢凌云偏过了头。

戚乔从江淮怀中将球球抱过去，又把江淮送到电梯间，低声叫他别管谢凌云，又道了声歉，等江淮乘了电梯下楼去，她才走回来。

谢凌云站在了电梯间门口。

"戚乔乔，你凶我。"他沉沉地望着戚乔，语气中竟然带着几分控诉，"你为了前男友凶我。"

戚乔："我哪有凶你？"

"你就有。"谢凌云道，他伸手要捏球球的脑袋，将气发在狗的身上，还没碰到，就被球球给吼了回去。

"你的狗也凶我。"

戚乔今晚不想和他在这儿纠结这种幼稚的问题，抬脚便要回家去，转身关门时，门沿被一只手按住。

"我错了。"低低沉沉的一句话传来。

戚乔道："谢导哪里有错？"

谢凌云："我不该骂江淮是狗。"

戚乔瞪了他一眼，用力要关门，谢凌云却拦着不让："但你为了他凶我，我们就算扯平了。"

"谁跟你扯平？"

谢凌云垂着眸，语调忽地又低又轻："他是知道你怕黑才送你上楼的？"他一字字地道，"戚乔乔，我和你坦白，我看到他就是不爽。但他是为了护着你，所以以后我会控制自己，哪怕他是你前男友也没关系。至于那个原因，你不想告诉我也没关系。"谢凌云低声说，"我会等你。"

在这样的夏夜，他说的话仿佛蛊惑人心的咒语。

戚乔怔了好久，她抬头，望向谢凌云眸若点漆的眼睛，好一会儿，才倏地移开。

她的手指不停在球球身上轻抚着，掩盖自己心乱如麻的慌乱。

戚乔低声说："你自己也和前女友还有联系，还要让前女友演自己的戏，凭什么说我？"

谢凌云皱着眉头："什么前女友？"

戚乔抬眸再次看向他。

谢凌云很快猜到："你说雏清语？"

戚乔不置可否。

"我什么时候和她在一起过了？"

戚乔一愣："你们不是大学的时候就在一起了吗？你还说初恋不喜欢扎高马尾，雏清语好像就不是很喜欢，她总是披发。"

谢凌云很快道："我从来没和她在一起过。"他认真地说完，一手将门开得更大，将门内人的身影全部露出来。

"再说。"他低下头，眸色深而沉，低声询问，"我初恋是谁，戚老师不是比谁都清楚？"

戚乔错愕地看了他一眼，那双向来凌厉疏冷的眸中，此刻被笑意填满。

谢凌云靠在她的门边，语调含笑："戚乔乔，你今天是不是吃醋了？"

戚乔抱紧怀里的球球，后退半步，不再看他："我吃什么醋？"

谢凌云伸出手，指尖在几乎要碰到她的鼻尖时，戚乔抬起了眼睛，藏在球球长毛中的指尖蜷缩。

谢凌云却只是微微一顿，并未继续向前。他似是心情不错，没有进一步逼问，眼中却仿佛蕴藉着让人沉沦的力量。很快，他的手指下移，落在球球的脑袋上，随意地揉了两把。

"晚安。"谢凌云说，"戚乔乔。"

开机前，戚乔将球球送回了家给妈妈养。从机场回家的路上，她接到陈辛的电话，便更改了路线，去和陈辛、顾念昱一起吃了顿饭。

顾念昱已经不是那个小屁孩，早已长成身高一米八几的高中生。小时候当大明星的梦想在这几年间飞速更迭，现在的顾念昱更想成为一名天体物理学家。本来只是一次寻常的好友聚会。结束时，顾念昱送戚乔出小区，这一幕被跟了戚乔许久的记者拍到了。第二日便传上了微博，标题起得十分吸睛：戚乔恋情曝光，隐秘约会小狼狗。

看到这条新闻之时，戚乔正在谢凌云的工作室做体能训练，还是等在外面的小年突然冲进来，将林舒的电话紧急递过来，她才知道。

戚乔和经纪人讨论应对之策的时候，这条新闻已经不胫而走，不止在网上引起轩然大波，整个工作室的工作人员奔走相告，迅速地传遍了七层楼。

许亦酌在戚乔打完电话的瞬间便凑过来，一点偶像包袱都没有，八卦精神却十分浓厚。

"戚老师，没想到你喜欢这种的啊！"

"是误会。"她无奈解释，"他只是我认识的一个弟弟，才上高中，人家还是小孩。不要相信记者的爆料。"

"真的？"

"当然。"

林舒的工作效率极高，她很快传来一份澄清声明，戚乔看过后，便登上自己的微博账号发布。

幸好那几条爆料视频中，对顾念昱打了马赛克，不然戚乔真的不知道，要怎么才能保护好顾念昱。她心中有些愧疚，如果昨天傍晚再小心点，也许就能发现那几个跟踪的狗仔。

她给顾念昱发了一条微信。

十点不到，刚放暑假的高中生还在睡觉，顾念昱没有接电话，于是戚乔给陈辛发了消息，很快得到了回复。

照片里的顾念昱没有露脸，仅凭身影就能将他认出来的，也只有陈辛。

她听出来戚乔话语中的愧疚，反而安慰了她好一会儿。还说顾念昱那小子醒来瞧见，恐怕只有高兴的份儿，也算是实现了小时候的白日梦，当了回大明星。

戚乔是在二楼的休闲区接的这通电话，挂断了之后，她登上微博账号看了一眼。

"戚乔"二字还稳稳挂在热搜榜第一，好在偷拍引起的纷乱被澄清声明很快压下来。

她舒了口气，向一旁的咖啡师要了一杯冰美式。

咖啡师制作完成后，将冰美式笑着给她递过来。

戚乔道谢，还没来得及接过来，有人捷足先登，她微微转身，抬头。

那杯冰美式已经入了谢凌云的口中。

他今日大概又有好几个重要会议，竟是穿着一身笔挺西装，深蓝色，双排扣，左胸口嵌着折成双峰形的真丝口袋巾，衬衣的衣袖标准地露出来一厘米。

她回头时猝不及防，距离在瞬间拉近。

戚乔屏息，身体未动，只向后仰着脖颈，将呼吸拉开距离。

谢凌云尝了一口，蹙眉，大概是觉得不好喝，嫌弃地推开，吩咐咖啡师用瑰夏重新制作两杯。

"原来好的咖啡豆都是专门给谢导留的？"戚乔笑着说。

"谢导？"

戚乔回头，望了眼咖啡师。

谢凌云低声道："这是最后一次。"

戚乔扬了扬唇角，就算她再这样喊，他还能拿她怎么样不成？

谢凌云回答她刚才的问题："老板专供。"他说完，又很快问，"热搜里那人是谁？"

戚乔愣了下："嗯？什么人？"

"别跟我装傻。"谢凌云面无表情。

戚乔瞧着他的脸色，才反应过来，却是故意顿了一下，才温声说："你是指被拍到的那条视频？"

谢凌云一动不动地看着她。

戚乔眉眼柔和，吧台的灯光映入双眸之中，明亮如星，慢慢悠悠地开口："公司已经澄清了，刚发完不久。"

话音落下，面前那张好看的脸蓦地在眼前放大。

谢凌云又凑近她几分，声音低沉性感，只重复道："我问那人是谁？"

戚乔下意识地想要后退，坐着的椅子被人伸手按住，低头，瞧见大腿侧边那只青筋微露的手。因伸展的动作，西装下的衬衣的衣袖又延伸出几分来，依稀窥见半枚银色钻石袖扣。

戚乔飞速地瞟了一眼正在磨咖啡豆的工作人员，眸中流露出一丝警告意味。

谢凌云分毫没有躲闪的意思，一副不听到答案绝不罢休的架势。

工作室的休闲区域本就是开放空间，隔着仅起装饰作用的木质栅栏，没有丁点遮挡作用，随时都会有人过来看见他们。

　　戚乔的心跳瞬间加快，她抿着唇角，指尖抵在谢凌云的胸口，轻轻地用力向外推，怕他继续犯浑，开口道："你认识。"

　　谢凌云顺从地随着她的动作后退，拖腔带调地问："谁啊，我就认识了？"

　　戚乔毫无还手之力："顾念昱。"

　　谢凌云似是回忆了几秒，才想起来："那小屁孩儿？"

　　"嗯。"

　　谢凌云听到满意的答案，漫不经心地松开拦着高脚凳的手。

　　恰好此时，咖啡师将两杯冲好的瑰夏递过来。他端走一杯，另一杯递到戚乔手中："走了，看会儿你们训练。"

　　戚乔愣了愣，并肩往外走去，低头抿了一小口咖啡，能尝到淡淡的花果香，与刚才那杯普通咖啡豆做出来的冰美式相比，少了很多酸苦的味道，的确不是一个等级。

　　"你不是说是老板专供？"

　　谢凌云回头，眉尾微扬，笑了一下，并没有说话。

　　戚乔却从这一笑中看懂了他的意思，她的脚步不由慢了一分。她停在空调风口，任冷风吹在身上，过了好一会儿，抬手揉了下耳朵。

Chapter 11
他的秘密

集训在七月的最后一天结束。

谢凌云一向不喜在电影开拍前在宣传营销上浪费时间，连官宣都没有，整个剧组一行一百多人，于八月初抵达西南的一座不知名小城市。

电影《偏航》正式开机。

航班落地全组休整，晚间举办了开机宴，第二日正式开拍。

戚乔的戏份最重最多，第一场便是她接受上级任务的，从此扮演另一个身份。

第一场戏并不难，搭档的老前辈都是圈内赫赫有名的老戏骨，戚乔将他们的戏稳稳当当地接住。她入戏很快，台词早已烂熟于心。经过前期准备时写下小传，和剧本围读之时与谢凌云、编剧的研讨，对松年这个人物的把控也愈发游刃有余。

戚乔只在候场的时候能够做旁观者，暗地里偷偷观察谢凌云导戏。他和以前一样，会在拍摄的前一晚画出第二天要拍戏份的分镜图，

在片场时更加不苟言笑。

摄影、灯光、服化道等工作人员都是他的工作室的员工。

中午时分，小年送来一份剧组专门订的餐。

主演的餐食是场务直接向附近的酒店预订的餐食，几道菜都是西南地区特有的酸辣口。

戚乔自己也吃不了，干脆让小年一起吃。她只动了两三口米饭，和唯

——道口味清淡的汽锅鸡。

偏偏另外几道菜看上去色香味俱全,戚乔没忍住,尝了一小口泡椒牛柳,食物没吃几口,水倒是喝了大半杯。

许亦酌也在候场,他是耐不住孤独的性格,拿着饭菜从休息室出来,与戚乔边聊边吃。

谢凌云结束上午拍摄,回来时敲开戚乔休息室的门看到的便是这一幕。

"回来啦,导儿?"许亦酌听见声音回头,关心道,"还没吃吧,要不一起来点?"

谢凌云还真走进来,他的助理很快将饭菜送来。

许亦酌询问自己的工作:"怎么样,顺利过了吧?今天下午和晚上能顺利拍我和戚乔的对手戏吗?"

谢凌云在戚乔的另一侧坐下,瞥了他一眼:"你很期待?"

许亦酌嘿嘿一笑:"当然啦。"

谢凌云淡淡地收回目光,又扫了一眼戚乔面前的饭菜,掏出手机给负责后勤的场务拨出去一通电话,让他以后给戚乔准备清淡口味的菜式。

戚乔微怔,不等她有所反应,一旁的小年和许亦酌已经纷纷将视线投了过来。

戚乔在那两人看不见的地方伸出手去,悄悄地拽了下谢凌云的衬衫衣角,投过去一个困惑的目光:你干什么?

谢凌云直接说出口:"你不是不能吃辣?"说完又扫了眼埋头干饭的小年,淡声说:"下回记得和场务提前沟通。"

戚乔与许亦酌的第一场对手戏在开机后的半个月,一个晚霞漫天的傍晚拍摄。

松年穿着一身洗得发白的旧衣服,一个人坐在人来人往的街边,一双清澈澄净的剪水眸,不断地打量着来往的行人,准备伺机而动。很快,她盯上了一个戴着金表的男人。对方喝了酒,醉醺醺地站立不稳。

她跟了上去,准备趁人不备,偷走那只金表。

这一手技艺,是松年从一个以此为生的小偷那儿学来的。

她聪明又机警,连续一个月来,几乎每天都能有所收获。但今天她"没有"注意到盯上的猎物身边的同伴。

叶骁在松年出手之时，便抓住了她的手腕。

少女孱弱纤瘦，细细的手腕脆弱得不堪一击。

叶骁从上到下打量了她一眼，取下薄唇含着的那支烟，袅袅的烟圈，轻飘飘地吐在松年脸上。

"缺钱？"他问。

松年却没有说话，低头，在他抓着自己的手腕上奋力一咬，趁他吃痛松手，像只兔子似的跑开。

第二次见面依然是同一个地方。这一回，叶骁任她咬也没有松手。他抓着松年的手腕，用另一只手掐住松年的下巴，端详了她一眼，像个纨绔似的，吊儿郎当道："长得倒是有点儿味道。要钱？叫声哥哥，我给你指条路，怎么样？"

松年拒绝了。

叶骁也并未强迫她，吊着那双风流多情的桃花眼，用毫不隐瞒的引诱意味，低声跟她说："想通的时候，再来这儿等我。"

松年把控着与他若即若离的尺度，假装无意经过他常去的酒吧，让叶骁看到她被人欺负时的可怜与无助。

一个月之后，松年出现在他常去的那家酒吧门外，守株待兔。

蹲守三天，叶骁出现了。他将她带去楼上表面不对外开放的会所，交给了一个叫丽姐的女人。

那个会所，表面上是酒吧兼桌球俱乐部，背地里却经营着钱色交易。而松年在他们眼中是误入狼窝的小白兔。

因为叶骁的交代，丽姐对她还算不错，没有像对其他人一样动辄打骂。

松年牢记着自己的目标是叶骁，于是在丽姐要她开始接客之前，红着脸提出第一次的对方要是叶骁。

丽姐看出了她的"少女心思"，好心给叶骁去了一通电话。

…………

内景已经布置完成，许亦酌走入片场时，看过一眼，吹了声口哨，开玩笑道："导演，这布景和灯光好暧昧啊。"

谢凌云正从监视器中检查画面,临时将分镜剧本做了修改,交给场记重新打印并下发给各部门。他听见许亦酌的那句调笑,没搭理。

化妆师给许亦酌精心打理头发,谢凌云扫了一眼,轻声要求:"衬衫的扣子再开一颗。"

化妆师听从要求。

许亦酌羞涩地遮遮掩掩起来:"我还是第一次拍这种戏呢,导演,把我拍得帅一点啊。"

谢凌云撩起眼皮看过去,目光冰冷。许亦酌打了个冷战:"怎,怎么了?上午那几条打戏虽然过程坎坷,但好歹是过了嘛。"

谢凌云抬了抬下巴指向摄影机:"去准备。"

助理拉着许亦酌就走。

许亦酌回头看了好几眼,一脸茫然地问助理:"谁惹谢导了?"

助理挠头:"我怎么感觉谢导对你好像不太满意呢。"

"你说啥?"许亦酌叉着腰,"现在这行业里上哪儿找我这么台词好、演技佳又长得帅的男演员,应该好好珍惜我才对!"

助理赶紧拉着他坐下:"哥,哥,消停点吧。"

戚乔换好那条白色棉质睡裙,改了妆,走过来时便看到坐在监视器前面色阴郁的总导演。

那位爱穿老头儿背心的副导叫曹浪,正坐在他旁边,嘴巴不停地动着,两人似乎是在商量等下那场戏。

戚乔朝一会儿要拍摄的场地走去,是松年在那间会所的房间。

墙上贴着九十年代香港小姐的海报,被微风拂动的淡粉色窗帘,以及灯光师费心布置了很久的旖旎灯光,都是这场充满张力的戏的辅助。

许亦酌在熟悉台词,见到戚乔来,抬头笑着打了声招呼。

戚乔也朝他笑了下。

这是这几年来,她在仪态课上刻意练习出来的标准八齿的笑容,完美无瑕,无从挑剔。

连林舒和小年都无法发觉,旁人更不会。

许亦酌热情邀约:"咱们先来对对戏?"

戚乔点头答应,放下手中剧本,与他相对而坐。

一旁负责记录拍摄花絮的场务机灵地拿起单反相机,打开录制开关,凑近过来。

诸人早已习惯,当那台相机不存在。

许亦酌看了眼台词,语调一改他日常的憨厚,压低了嗓音:"丽姐说你找我?怎么,什么事儿?"

戚乔的手指藏在裙摆间无措摩挲,将白色的衣料捏得皱皱巴巴:"我……反正有事。"

"叶骁"笑得风流:"穿成这样,一个人在床上等我,小松年,跟我说说,你要做什么?"

"松年"支支吾吾,下唇被贝齿咬得留下几片印记。

"叶骁"忽地抬手,托了托松年的下巴:"还没跟别人试过?"

"松年"的耳朵一下子变红,在他注视下,她缓缓地点了点头。

"叶骁"浪荡地笑了声:"我可从来不碰没经验的。"他说着,起身要走。

"松年"心中焦急,怕计划失败,为把人留住,慌乱之下,起身抱住了"叶骁"的腰:"别走。"

"叶骁"将打开的门又关上。

"松年"大着胆子,拉着他的手,两人重新回到床边。

无论是真正的松年,还是她假借身份的可怜少女,在这种事情上都显得生疏青涩。

她挽住"叶骁"的手,笨拙地将自己的小手放在他宽大的手掌心:"你的手比我的大好多。"

"叶骁"看着她将那些丽姐教的技巧用在自己身上,轻轻地勾了下唇角,不急不缓地等待小松年稚嫩的勾引。

还没等下一句台词说出口,一道从扩音器中传来的命令在整个片场响起:"给我撒手。"

戚乔陡然从戏中出来。

方才只是走戏,她与许亦酌并没有将所有的亲密接触都呈现出来,只用简单的动作代替。只有最后比手掌大小是唯一与等下实际拍摄时一比一呈现的效果。

整个片场都被谢凌云突然出声给打断了,全场静默。足足三秒后,曹浪出声,望向紧盯着监视器的那人,率先打破了僵硬的气氛:"你干什么,人好好对戏呢,被你吓一大跳。"

谢凌云扯了扯嘴角,通知所有人:"今儿这场拍完,四十七场和四十八场都给我挪到最后,先拍其他的。"

实际拍摄并不会完全按照影片故事的先后顺序,往往要依照布景和拍摄地点等优先将同一地点的场次拍完。

第四十七场戏和第四十八场戏还有刚才对戏的这场戏都是卧室中发生的,原计划一同拍摄。

曹浪刚与他商量完明天那两场的场面调度与分镜处理,聊得十分之融洽。这才几秒,说变脸就变脸。

曹浪没争辩,本来也就只有这种戏份,谢凌云才用得到他。

曹浪笑了起来,乐得清闲自在,才想问那他明天是不是就能回酒店睡大觉,身边的人拎着导演的专属大喇叭,忽地起身,抬脚进了松年的房间。

化妆师给两位主演补好妆,迅速离开了房间。

两位助理心有灵犀似的退后两步,将空间让了出来。

谢凌云边走边将桌边的道具凳子拎过来,"啪"的一声,放在戚乔和许亦酌中间。

三人呈三足鼎立的状态坐下。

戚乔抬眸,看了好几眼他的脸色。明明自己什么都没有做错,却没来由地涌出一丝心虚的念头。她垂手将其藏在裙子软绵的衣料下。

谢凌云的视线在她身上停留了好几秒,转向另一侧的许亦酌:"叶骁的眼神没那么浪,后面剧本没看过?你刚才演得什么,真拿他当一个贪财好色没脑子的蠢货?"

"我……"

许亦酌明白了,原来谢凌云叫停是因为他没演好。

他低头虚心请教:"那导演,我该怎么演?"

谢凌云淡淡地瞥了眼戚乔:"戚老师怎么觉得?"

戚乔顿了一下,哪有导演让另一个演员给人讲戏的。

可对上谢凌云的视线,她却仿佛从眼前这双深邃锐利的眸中看出另一层意思。

从入行开始,她向来只恪守演员的本分。

"我又不是……"戚乔正要拒绝,藏在白色棉裙下的那只手突然被人抓住。

谢凌云轻扣着她的手腕,让她伸出手来,若即若离地覆在戚乔的手背,腕骨微转,要贴不贴地沿着戚乔的掌侧下移,变成了一个仿佛是戚乔主动握着他的动作,就像刚才,松年技巧拙劣地拉着叶骁,要与他比手掌大小的动作一模一样。

谢凌云的手掌虚握着戚乔的小手,相隔着一二厘米的距离,转到下方时,戚乔清晰地感觉到他的指尖轻轻地抵在了她的手心,甚至有意无意地蹭过她掌心皮肤最敏感的部位,微凉的触感,所到之处却处处点火。

谢凌云的指尖藏在戚乔的掌下,在外人看来,哪怕是离得最近的许亦酌眼中,也只看到相隔一厘米的掌部,只当是一个十分绅士的动作。

戚乔眼睫微颤,试图收回,却见谢凌云扫了一眼剧本,淡淡地说:"松年做出这个动作的时候,你应该有一秒的惊讶,不要太明显,到时候镜头会给三秒的特写,不是跟刚才走戏那样全程拿挑逗的目光看她。"

他在给许亦酌讲戏。

戚乔抿唇,后撤的动作停滞住。

谢凌云话音落下,朝她看了过来,心照不宣一般,戚乔指尖微蜷,用食指在他掌心轻轻地画了个圈。

谢凌云垂眸,眸中闪过一丝本不该出现的愕然与僵硬,在松年察觉前很快又消失。

他扬了扬眼尾,棱角分明的脸庞在旖旎缱绻的暧昧灯光下变得柔和几分,尾音很低:"小松年,我可不是什么好人。"

他在演叶骁。

戚乔咬唇,对台词:"我知道。"

谢凌云的眸色沉了一分,为她下达最后一遍警告:"你不该来招惹我。"

"我知道。"

谢凌云笑了起来,眉眼间染上了三分欲念,他收紧手指,反客为主,将戚乔那只比他小太多的手紧紧扣住:"那就来让我看看,丽姐都教了我们小松年什么。"

他好整以暇地靠在椅背中，目光佻达地望着戚乔。

戚乔进一步，退半步，犹豫而迟疑地朝他靠近。在几乎要将唇贴在谢凌云的唇角时，堪堪停住。

谢凌云抬起另一只手轻掐在她侧颈。戚乔颤巍巍地抬眼，两人四目相对。

谢凌云的眸色很沉，叶骁的三分风流与戏谑尽数消失。

她倏地回神，动作飞快地朝后退去，她试图挣开交握的那只手，却难以挣脱。

戚乔抬眸，飞快地看了一眼许亦酌和室内的其余工作人员，在瞧见场务手中那只仍在工作的相机后加重挣扎的力度，依旧只敢克制着将动作幅度控制在最小范围。

可谢凌云仍然没有松开的意思。

她无可奈何，抬起眸来，刚要瞪他一眼，压制在手腕内侧的力量忽地一松。

谢凌云慢条斯理地放开了她。

戚乔缓缓地舒了一口气，下一秒，感觉到小拇指被两根有力的手指夹住，从指根一寸一寸向指尖移去。滚烫的温度从指尖蔓延至心脏，灼烫了每一寸肌肤。

剧本里没有这个动作。

戚乔心脏怦怦地跳动，仿佛要从嗓子眼跳出来一般。她分不清是因为谢凌云夹着她小指的动作，还是怕被剧组同事察觉他们之间的越线的交集。

直至谢凌云推到她最后一截指节时，她用力抽回了自己的小指，覆在掌心的温热与触感同时消失，余温却经久不散。

戚乔攥紧了那只手，在许亦酌看过来时，飞快地藏在了棉裙下。

"我看明白了，导儿！"许亦酌凑到面前来，露出恍然顿悟的表情，又一笑，拍了下谢凌云的肩膀，"你不出道真的很可惜，是全国，不，全球七十亿观众的损失！"

谢凌云一副若有所思的样子，看了许亦酌好几眼，目光在戚乔的身上停下，扬声喊："曹浪。"

曹浪闻声趴在门边问："咋了？"

谢凌云："这场吻戏……"他一脸正经，仿佛是经过公正无私的深思熟虑后选出的最优解，"删了。"

曹浪："你说啥？"

许亦酌像宣誓一般壮烈："导演，为了艺术，我愿意献身！"

谢凌云利落地起身，往外走去，一副"独裁专断不听忠言"的模样。

曹浪在他身后高声喊道："不是，这场吻戏怎么能删？你是怎么想的？理由，给我个理由。"

谢凌云跟没听见似的。

许亦酌纳闷："怎么一句话不说就走？导演，导演？"

戚乔心说，他要是能光明正大地说出条正儿八经的理由来，也不会撂下那句命令就走。她起身跟上去，在谢凌云进导演休息室前伸出脚，拦住了要关上的门。

"你明明知道松年和叶骁的对手戏有多重要。"

谢凌云没出声。

戚乔又道："我知道，对这个故事的主题和调性而言，剧情当然要更重于爱情，可是也不能草草一带而过，穆心老师创作剧本的时候就是感情线和剧情线并行的，围读会的时候我们不是都聊过了？"

谢凌云抬手摸了下鼻尖，伸手拉开门："进来说。"

戚乔迈步走进。

谢凌云关上门，走到边柜，取了只杯子，接了杯水，给戚乔递过去。

戚乔没接："这场戏是前半部分的重头，所有的伏笔都在为这一场戏服务，你不能让一个观众期待的高潮就这么、这么食之无味地过去？以前导演剧作课上老师都强调过很多遍，一定要用心打磨故事高潮。这场吻戏删掉，节奏都会因此变散。更何况，穆心老师会同意你删掉这场吻戏吗？"

谢凌云低头，干脆拉着她的手将那杯水硬塞给戚乔。

戚乔眼睛一眨不眨地看着他。

谢凌云拿鼻腔出气："我只说删了特写的吻戏，又没有说不拍。"

他说着打开桌面上的笔记本，点开软件，删去了文字分镜中特写的吻戏，改为了长焦，先是远景，拍摄松年主动贴近叶骁，还特意标注了借位。随即切换近景，镜头焦点却落在了墙壁上，在灯光交叠的两道影子上，影子的吻戏。

镜头语言给观众看到的是吻戏，实际拍摄中两位演员连碰都不会碰到。

谢凌云写完，将电脑换了个方向，推到戚乔的面前，尾音稍扬着问："行吗，戚导？"

"你……"戚乔停顿半秒，"这样根本没有原本的安排效果好，你明明知道。"

"我知道。"谢凌云的声音微低，坦白道，"可是戚乔乔，我有私心。"

戚乔顿了一下，她动了动嘴巴，却一时之间不知道要说什么。

谢凌云误解了她的慌乱，以为又要遭到反驳，扬了下眉，低声问："谁是导演？"

"你。"

"那听谁的。"

戚乔闷声道："你。"

谢凌云勾唇笑了。

戚乔慢吞吞地说："但是后面还有床戏，你还要……"

谢凌云后仰靠进沙发，拿来手边的剧本，摊开盖在脸上："我知道。"

戚乔听见他深呼吸时粗重的声音，随即是微沉的声音："所以不是推后了？让我想想更好的表现方式。"

因为仰头后靠着沙发的动作，男人滚动的喉结愈发惹眼。

戚乔的视线凝在那凸起的喉结上，指尖无意识地蜷了下。她仗着谢凌云盖住了眼睛，肆无忌惮地窥探，又在面前的人忽地抬手拿掉脸上盖着的剧本时，很快挪开。

谢凌云像是忽然想到什么，拿来纸和笔，迅速手绘了两张简易分镜图，画完一页，递给戚乔。

他目不转睛地注视着戚乔低头查验时的神情，在看到那对微蹙的眉头渐渐展开时，笑着问："怎么样？"

如果说剧本是一部影视剧的基石，那导演的分镜剧本便是核心。

戚乔看过之后，便已经松了口气。

欲拒还迎的暧昧氛围往往比单刀直入的触碰更让观众欲罢不能。按照这个方式去拍，或许比直白的镜头效果更好。

戚乔的目光落在符号与示意图构成的分镜剧本上，她是导演系的学生，哪怕这么多年都没有再碰过这些东西，可符号闯入视野的瞬间，便已自动转化为视觉图像。

是谢凌云的风格。

五年的时间，似乎没有磨去他一分的灵气。他没有成为中庸的学院派导演，反倒在实拍中将个人风格一步步明晰。

只有真正学习导演，干这一行的人才知道风格化的过程有多曲折坎坷。有人终其一生都在追求个人风格化，却至死夙愿难偿。

但谢凌云似乎没有怎么费力就已经达到了。

她心底早已为他折服，面上却仍秉承保守意见："要看到成片才知道。"

谢凌云撕下那两张新鲜出炉的分镜，打开门唤来场记，叫他立刻拿去复印，然后合上笔记本握在手中，回头瞧见还坐在沙发上仿佛发呆的戚乔，屈指在她的额头上轻轻地点了一下："还不走？"

戚乔骤然之间回神，在谢凌云背对着自己时，她抬起手短暂地摸了一下额头，那个方才被碰到的位置。

曹浪拿到最新的分镜图时，看了好久，最后抬头问谢凌云："所以你叫我来干吗使的？"

谢凌云通过对讲机吩咐摄影、灯光就位，搁下后，看了曹浪一眼。几秒后，他靠在导演椅中，无声地叹了口气，才说："我没想到。"

"没想到什么？"

"没想到……"谢凌云盯着监视器中的人，笑了一声，"理性没能战胜情感。"

曹浪狐疑地觑着他，忽地沿着他的视线方向，落在监视器上，他这才后知后觉地"哦"了声："你克制点吧。"

"克制什么？"

"眼神。"曹浪道，"再这样下去，全剧组的人都得出你什么心思。"

谢凌云只是笑："随便。"

演员、摄影、灯光纷纷准备就绪，开拍之前，他冲曹浪打了个手势："四十七、四十八那两场，按照原定方案拍摄，到时候你在片场盯着。"

"我？"曹浪诧然片刻，"我一个人？"

"那不是你最擅长的戏份吗，还怕？"

"倒不是怕……我当年拍片子的时候一个组哪有这么多人，说实话，我是真有点担心控不住场。"

"我走之前帮你对一遍戏，行了吧？"

"嘿嘿，那行。不过为什么啊？拍都拍了，没躲的必要了啊？"

谢凌云语气没什么起伏地说："眼不见心不烦。"他顿了下，补充道，"不过还是挪到最后再拍。"

曹浪："怎么，怕在杀青前忍不住暗杀小许？"

戚乔在当天晚上的十一点看到了粗剪的片子。她收工回了酒店，卸了妆洗过澡，听见敲门声。

谢凌云似乎也是刚洗完澡，头发湿润，身上只穿着纯白色短T恤和短裤，像是拿来当睡衣穿的，材质绵软轻薄，隐约现出两片薄薄的胸肌。

戚乔只将门打开了一个小小的角度，扫了一眼走廊，小声问："干吗？"

谢凌云也跟着她扫了一下无人的酒店长廊。

这一层，还住着许亦酌以及饰演松年老师和反派的前辈。

"我剪了一段今天的片子，要不要看？"谢凌云压着声线道。

戚乔眼睛微亮，点头："好。"

明明说着再正经不过的公事，两人音量却一个比一个低。

谢凌云说："那跟我过来。"

戚乔转身拿上房卡，走出两步，又回头，在睡裙外套上了一件衬衣。

门轻轻合上门，戚乔跟在谢凌云身后进了他的房间。

专门用来办公的桌上放着还未息屏的电脑，是AE（剪辑软件）的界面。

旁边搁着剧本、分镜本，还有杯喝了一半的威士忌。

谢凌云拿走那半杯酒，拉开唯一的电脑椅，示意戚乔坐，随即点开预览按钮。

戚乔把注意力从那杯威士忌上移开，专心盯着电脑屏幕。

闷热潮湿的夏日夜晚，旖旎的灯光，被微风拂动的蝉翼纱窗帘，颤巍巍晃动的风扇叶片，充满荷尔蒙的年轻身体，时而轻缓时而急促的呼吸。

谢凌云竟然已经加了背景乐。

轻柔缠绵的鼓点与古典钢琴，伴着低磁性感的贝斯与吉他，萨克斯将其独有的浪漫发挥到极致，有一点Bossa Nova（巴萨诺瓦）中的巴西爵士味道，慵懒，舒缓，又不失缱绻。

"音乐这么快就制作好了？"

"没有。"谢凌云道，"这不是为了给戚老师看效果，我把还没编曲的demo（小样）版本要来了。"

戚乔不禁莞尔，压着嘴角，说："我又没有非要按照原本的方案拍摄，反正你是导演，都要听你的。"

谢凌云瞧了她一眼，没拆穿。

窗外夜色沉沉，和北城不同，这座位于祖国西南角的城市的夜静谧美好，霓虹暗淡，只剩远处电视塔闪烁的微光。

谢凌云起身，拉上窗帘，将夜色全部挡在落地窗外。

"第五十六场戏，我打算放在杀青前再拍。"

戚乔怔了怔，道："没关系，只是拍戏而已，我分得清，而且现场灯光会亮很多，周围那么多工作人员，没关系的。"

谢凌云靠在窗边的墙上，隔着室内暖黄色的灯，看着她没有说话。

戚乔颤了颤眼睫，没再继续与他对视，抬手压着鼠标，再次点击播放。

谢凌云不知何时出现在身侧。

他把一只手懒散地搭在电脑椅背上，用另一只手拉开抽屉，取出来一盒柠檬薄荷糖，倒出两粒含在口中，声音因含着两粒糖果而含混几分，却愈发低沉："有要修改的地方吗，戚乔同学？"

戚乔却因为这一句恍然好久，仿佛重回学生时代。

那时他们常常并排坐在学校的剪辑实验室，一同完成短片作业。

戚乔松开握着鼠标的手，轻声道："很好。我……我没有意见。"

糖果在瓶中碰撞的声音再次响起，她侧眸时，谢凌云正好将倒在掌心的两颗糖送到了她的唇边。

谢凌云嗓音低而轻："想到什么就说什么，这儿只有我们两个人，你怕什么？"

"我没有怕。"

"嘴硬。"他说着，抬手。

戚乔闻见柠檬薄荷的清甜，唇瓣碰到坚硬的糖果。

好像所有的伪装，在谢凌云面前都无处遁形。

戚乔心口发软,几秒后,低头,探出一点舌尖,将那两颗糖含入口中。

谢凌云忍着那一瞬的痒意,很快收回手,忽然想念刚才拿走的那半杯威士忌。

他偏过头,端出导演的架子,道:"已经通知下去了,第五十六场戏改在一个月之后再拍。"

口腔四壁被清甜的味道充溢,戚乔只点了下头,声音几不可闻:"好。"

之后的一个月,拍摄过程顺利有序地进行着。

谢凌云出了名的对画面艺术性与演员演技要求高,或许这也是所有学院派导演的特点,剧组又财大气粗,不缺预算,为一个镜头磨好几天是常事。

戚乔虽是女主角,戏份在几位主演中最重,但她好歹还能在候场或拍摄别人戏份时得以休息,而身为总导演的谢凌云则忙得脚不沾地,无片刻之暇。

谢凌云时常在给演员讲戏的时候,随口喊一声"戚老师",让她为许亦酌或其他演员示范讲解。

戚乔起初只吐露出只言片语,慢慢地,话也多了起来。

她隐隐感觉到谢凌云似乎在用一种潜移默化的方式让她迈出只敬业地做好演员的樊笼。

可他的分寸感掌握得太好,剧组的其他人从未觉得奇怪。

只有一次,戚乔在候场,拍摄的是许亦酌与其他演员的戏,他趁演员补妆的时间,穿过片场找到了戚乔的房车,敲下车窗,言简意赅道:"跟我过来。"

长时间盯着电子屏幕,他的眼尾有淡淡的红血丝,今日戴着一副黑色金属半框眼镜。隔着一层薄薄的镜片,那双眼睛中让人沉迷的力量却更加清晰。

戚乔不明所以,但还是下了车。

直到谢凌云让她在监视器前的另一把软椅上坐下她才骤然意识到什么。

戚乔抬眸时,大半的工作人员朝他们的方向投来目光。

戚乔加快的心跳却并非因为那些视线,她的指尖紧紧地抠着导演椅的扶手。

很快,整个片场传遍经对讲机渲染的声音:"准备。"

聚焦的视线逐一消失,谢凌云朝戚乔看来一眼,随后专注地看向监视器,下达指令:"Action(开始)。"

几台监视器中,不同机位的画面整齐地呈现在眼前,戚乔发紧的心渐渐放松下来。她目不转睛地盯着监视器,仿佛见到阔别多年的好友。

开拍不到三分钟,对讲机中的一声"卡"传来。

"许亦酌,你过来自己看看。"谢凌云出声。

导演发话,许亦酌很快走过来。

谢凌云将方才拍摄的视频重新播放,等结束,淡声问:"发现什么问题没有?"

许亦酌弯着腰,手撑在膝盖上:"台词语调不太对,'威哥,我对你绝对忠心耿耿'有点虚了,听着就假。"

谢凌云点头:"还有呢?"

许亦酌挠头:"还有吗?"

"还有这儿,"戚乔拿过谢凌云手中的鼠标,将画面倒退到一分钟前,播给许亦酌看,"这里你脸上的表情又太直白,这个时候,叶骁受到了怀疑,妹妹被抓去做了人质,他骨子里其实重情重义,怕妹妹被杀,心里已经乱了,在威哥面前的镇定有一半都是强撑,所以还是要给镜头一丝马脚,让观众察觉这个人的身份没有表面上那么简单。但你刚才的微表情又太忠心,毫无破绽,后期揭开真相会显得很突兀。"

戚乔说完,指着一帧画面,又看向许亦酌:"另外,你的左半张脸其实比另一边好看点,没有发现吗?这里给镜头的左侧脸再多一点会更好,分割布光一明一暗,恰好打在两边脸上。画面好看,人物复杂性也会更明显。"

许亦酌愣了一秒,随即崇拜又欣赏地看着戚乔,慨叹道:"戚老师,你好专业啊。"

谢凌云用剧本拍了他胳膊一下:"去准备第二条。"

许亦酌听话离开。

谢凌云朝助理要来两杯咖啡,将一杯递到戚乔手中,按下对讲机道:"各部门准备。"同时朝戚乔看来一眼,身体向她的方向倾斜:"戚导。"

戚乔因这声称呼愣了一下。

谢凌云的声音愈发低沉:"戚导当演员真是屈才。"

从那之后,没有戚乔的戏份,或是单纯候场的时间,谢凌云喊她坐在监视器前盯着的次数越来越频繁。

剧组的人刚开始惊讶,后来竟然也慢慢习惯了这一事实。

一个月很快过去。

九月中旬,《偏航》第五十六场戏,正式开拍。

戚乔换上一条深色裙子,走进那间灯光昏暗的房间。

床头开着一盏灯,地面不远处摆着一只用来打造自下而上的逆光的泛光灯,背景中放置着一台柔光灯箱,周围都是工作人员,来来往往,丝毫没有想象中的漆黑冰冷。

她放松一分,在布景中床边的地板上坐下。要用到的女士香烟就放在床头,道具老师走过来,将密码本放在地板的暗格中。

场务开始清场,房间狭小的空间中很快只剩下戚乔和负责打光与摄像的工作人员。

戚乔做了次深呼吸,今天她特意让小年不要跟自己讲话,状态调整得很快。

头顶却忽然落下一道阴影。

戚乔抬眸,谢凌云在她面前半蹲下来。

在他开口之前,戚乔率先笑了下,轻描淡写地说:"放心。"

谢凌云蹙眉:"我不放心。"

"这儿一点也不黑,你不要……"

"我担心的不是这个……"谢凌云打断了她的话。

良久,他抬手,在众人看不见的地方,捏了下戚乔的指节。

"天气预报说今天会下雨。"他留下这么一句,起身回到了监视器前。

场记打板:"《偏航》,第五十六场一镜第一次,Action(开始)!"

灯光暗下来,戚乔的目光空洞,低头看着自己手,仿佛从已经洗净的掌心再次瞧见淋漓的鲜血。她抱着头,将脸埋进膝盖中。许久,慢慢抬起手从床头拿来烟盒。纤细的手指轻轻颤抖着,从里面取出一根烟。

跳动的火苗在黑暗中亮起,那光照在她脸颊上,晦暗不明。她抽完了一支香烟,侧身,望向一片夜色的窗外。乌云层层,月落星沉,只剩无边无际漆黑的夜。

戚乔眸中曾坚定的光也渐渐熄灭。她起身,刻不容缓地从秘格中取出那本密码书。起初只是慢慢地、一页页地撕,到最后速度越来越快,直至片页不剩,小小的空间被火焰的光热吞噬。

戚乔瘫软着身体，倒在床上，疲惫地闭上了眼睛。

"卡，过。"安静被打破，耳中传来工作人员们交谈的声音。

雨声"滴答滴答"地飘进耳中。

戚乔起身坐好，侧身，看到落在窗户上的雨珠。

"下雨了？"

"唉，这天气怎么这么不凑巧，我今晚还想出去吃顿烤肉。"

"还好今天拍室内戏，不然又得打道回府。"

耳中传来剧组其他人的叹息与抱怨。

戚乔低迷的心情却忽然被这一阵雨声扭转。

她入神地瞧着雨势逐渐变大，淅淅沥沥的雨丝从夜空飞驰而下，别的声音仿佛都在刹那间消失，连小年抻开一条薄毯盖在她肩头都没有发觉。

唇瓣上传来的触感将她倏然从雨幕中拉回来，她后知后觉地闻到那股有些熟悉的柠檬薄荷味。

戚乔微微启唇含住后，才抬头，她看见了面前的谢凌云。

清甜的味道压过了口中弥漫的烟草涩味，她彻底从戏中走了出来。

戚乔不是松年。

谢凌云喂给她一颗糖，什么都没有说。

这一天的拍摄意外顺畅，补拍了另外几个机位的画面便提前收工。

戚乔回到保姆车，迟归的小年拿着三盒糖果兴高采烈地走来，分别递给戚乔与司机，说："刚才场务老师发的，每个人都有。我尝过了，超级好吃，乔乔，你也快试试。"

戚乔盯着那盒糖瓶身上的字眼愣了好一会儿。透过车窗向外望去，负责后勤的场务抱着一大箱，乐呵呵地散给经过的每位工作人员。视野中出现半边熟悉的修长身影时，司机却正好踩下油门。

戚乔回到酒店卸妆、泡澡，从浴室中出来时已经快要十一点。

她刷完了牙，再一次看到放在桌子上的盒子。戚乔揭开盖子，将晚上六点之后禁食的女明星金科玉律抛之脑后，指尖捏着两颗糖放进了口中，薄荷清冽，柠檬酸甜。

搁在一旁的手机蓦地响了起来，是一通微信语音。

戚乔很快接通："喂。"

"来窗边。"谢凌云径直道。

戚乔听话地起身："干什么？"

"向下看。"

"你在楼下？这么晚了你……"她说着垂眸，随即整个人都愣住。

细雨早已在半小时前停歇，这个夜晚再次被浓稠的黑包裹。

可此时，戚乔低头却看见一点点闪烁的星光。

不在夜空，不在浩渺的苍穹之上，而在谢凌云的手中。

颀长的身影站在黑暗之中，他握着一支仙女棒，迸射的火星四散开，在沉沉的黑夜中，犹如星光。在一支熄灭之前，又引燃新的一支。

星光在他手中，仿佛无穷无尽。

"看见了吗？"谢凌云的低沉嗓音从听筒中传来。

戚乔的心从未如此急促而猛烈地跳动过，连开口时的声音仿佛都因为视线中的星光微微发抖："你……你买了多少？"

"很多。"谢凌云抬了下头，隔着十几层的高楼准确地找到了戚乔。

他晃了下手中的仙女棒，火星在空中划过一道弧度，像流星的拖尾："天上没有星星，我变给你。"

蝉鸣在日落之后销声匿迹，夏夜的小城镇静谧而安逸，

戚乔趴在窗边，眸中闪过簇簇光亮，是楼下燃烧的烟花在她眼中的投影。

没有人说话，听筒中只剩下仙女棒引燃时火星爆开的细碎声响。几秒前，谢凌云的一句话砸在她心尖最柔软的一处，像在湖水中丢下的一颗石子，涟漪经久不散，一圈一圈地向外，一道比一道重。

"谢凌云。"戚乔低声呢喃，"你好像会读心术。"

夏夜的风将一声轻笑从听筒中送来耳中。

戚乔被传染，也笑了："你去纽约大学一定还进修了心理学。"

"不。"谢凌云道，"是我对戚乔乔了如指掌。"

他说话的时候，黑夜中的仙女棒一直不停地燃烧着，似乎真的永远不会熄灭一般。那样短促易逝的仙女棒，在他手中仿佛获得永生。

戚乔推开玻璃，望着楼下的人。她的心里锁着一头冲动的小鹿，想要义无反顾地冲向一望无垠的草原。

可是，可是……

谢凌云的声音打断了她的遐思："给你放两天假，好好休息下再拍松年的戏份。"

戚乔下意识地拒绝："我没事，不用……"

"我发现个事儿，"谢凌云打断她的话，"这几年戚老师除了演技见长，骗人的本事也越来越娴熟。"

"我有吗？"

"你说呢？"

戚乔沉默半秒。

谢凌云引燃新的仙女棒，火星四射，星光映在眼中，仿佛具有穿透人心的能力。

"去周边转转，看风景，吃好吃的，干什么都行。"谢凌云一锤定音，"去吧，总导演都批了你的假，谁还敢说什么不成？"

戚乔道："你是不是看出什么来了？"

"你是指关于你太容易入戏这件事儿？"

"嗯。"

谢凌云道："七年前在涠洲岛，我就看出来了。"

戚乔陡然间想起那一夜拍摄结束，他们在滴水丹屏瞧见海面上升起满天星辰。

谢凌云拿冰可乐碰了下她的脸颊。

那时他们什么话都没有说，戚乔却记得她因此从虚构的故事中跳出来，做回了戚乔。

她恍然想起今晚拍摄结束时，坐在松年的床上时，谢凌云喂进她嘴巴的那颗柠檬糖。

是一样的意图吗？

小年预订了两张附近景点的门票。

戚乔拍完第五十六场的戏份，对她而言最大的难关已经度过。

松年带给她的影响越来越严重，连身边的助理和司机都感觉得出来。

哪怕拍摄计划已经将戏份先后顺序打得足够乱，但越是拍摄，她沉溺得越是厉害。

"咱们先去虎跳峡和普达措森铃公园,下午可以去独克宗古城,明天的话……"小年兴致勃勃地安排两日游计划,身边的人却心不在焉。

戚乔打开手中的盒子,倒出两粒糖含在口中。

她低头一动不动地看着掌心的瓶子,谢凌云似乎总有独特的办法。

身边的小年忽然问:"乔乔,你笑什么呀?"

戚乔顿了一下:"我笑了吗?"

小年指着她手中的糖,道:"从刚才就盯着它在笑,是很好吃吗?"

"嗯。"戚乔接过她的话头,应付过去,"是很好吃。"

当天晚上,她们在外面吃完饭,接到一通意想不到的电话。

远在横店的江淮也恰好在这几天没有戏份,他跟剧组请了假,特意飞了过来。

戚乔在酒店楼下见到风尘仆仆的江淮,又惊又喜地问:"你怎么过来了?"

"正好这周没我的戏,过来看你一眼。"江淮道。

戚乔读懂他话语中暗含的意图,笑了一下说:"这次还好。"

江淮从她下车便打量着,闻言,并不惊讶地说:"看出来了,不太需要我,不该来的。"

戚乔听出他的戏谑和打趣,没有反驳,跟着笑了起来。

江淮看了眼表:"时间还早,出去走走?"

戚乔应邀,从小年那儿多要来一只口罩,递给了他。

两人谢绝了各自助理的跟随,朝酒店旁边的一处小公园走去,并肩穿过人行道时,谁都没有发现红灯后那几辆刚从剧组收工回来的车。

这座小城市有着得天独厚的自然地理环境,夏天的傍晚,空气也十分清新。

江淮不甚在意地摘下口罩,注视着来往悠然的行人,不由说:"还是这儿生活舒服。"

黄昏时分,暮色四合,他伸了个懒腰,戚乔瞧见江淮脖子上戴着的鲨鱼项链,好奇地问:"你怎么今天会戴它出来?"

"不知道。就放在床头的抽屉,临走之前想找条配饰,随手就抓了它。"

"随手?"

江淮笑了笑："你现在越来越会损我了，是吧。"

戚乔跟着笑。

江淮瞥了她一眼，评价："亏我还担心你又跟之前一样，拍完一部戏后走不出来，特意趁宝贵的休息时间飞来看你。得，白来一趟，看来压根儿不需要。"

戚乔赶紧道："谢谢师兄，师兄辛苦了，走吧走吧，我请师兄喝酒。"

江淮矜持道："我可不是为了那两杯酒。"

"知道了，快走吧。"

两人没去酒吧，只在最近的便利店买了两罐冰啤酒和一些零食。

隔壁的公园还在跳广场舞的阿姨。两位大明星津津有味地看了好半天，畅想自己的老年生活，最后在一棵油麦吊云杉下坐下。

江淮开了罐冰啤酒，有一口没一口地喝着。

戚乔从包中掏出一罐糖，大方地分给他一颗。

江淮才刚含进嘴巴，又伸手："味道不错。"

戚乔抿了下唇角，心不甘情不愿地又倒出两颗。

江淮故意似的，吃完还要伸手。

戚乔错愕道："还要啊？你酒还没喝几口呢。"

"舍不得？"江淮好整以暇地问，"谁给的？"

戚乔感觉被人抓住小辫子，缴械投降，再次咬牙分出几颗，只为堵住他的嘴。

江淮却并不给她喘息的机会，悠悠地问："过了五年，还是两次迈进了同一条河流。"

戚乔抬眼，看向西边天际的霞光。

在江淮面前，她没有什么秘密，所以可以坦荡地承认。

"不是迈进了同一条河流。"戚乔轻声说，"这么多年，我就在这条河里，没有走出去过。"

江淮笑了下："承认就好。"

戚乔低头望掌心淡黄色的糖。

江淮说："咱们都挺没出息的。"

"不是。"戚乔却道，"是他们太好了。"

所以怎么样也忘不掉，意难平就是意难平，无法释怀。

江淮灌了口冰啤酒，凉意渗透脾胃，他望向戚乔，低声说："可我希望你勇敢一点。"

戚乔沉默良久。

几米外，一只流浪狗呆呆地盯着他们这边。

江淮剥开一根刚才买的香肠冲它晃了晃。流浪狗等了很久，确认那根香肠的确是在等它时才跑了过来。

夏日的月亮总是出现得很早，天色还没有暗下去，已经高悬于空。它的身边，提前出现莹莹发亮的星星。

戚乔看着天幕上的唯一一颗星星，声音中带着一丝笑意说："大三上学期的那个时候，我妈还没有做手术，她胃口总是很不好。某天我突发奇想，去给她买了点糖油饼和炸小黄鱼。回去的路上经过一条胡同，那儿有一户高门大院的四合院，独门独户，雕梁画栋，旁边的墙上写着私人住宅，闲人免进。他和他的朋友们一起走进了那道六角门簪，漆着红漆金线的大门。那个时候，我躲在一根杆子后面，只远远看了一眼。"她笑着说，"没有任何一刻比那一秒更让我意识到，我和他从来都是两个世界的人。哪怕我现在早已经不会为几万块的医药费走投无路，但这个事实一直没有改变过。我并没有觉得自卑，觉得自己配不上他，以前如此，现在也没有。只是……只是我知道，行星与恒星之间会有达到最近距离的一刻，可也永远无法真正地靠近。"

她抬头望着头顶的月亮和唯一可见的那颗星。

江淮道："是我看到你在湖边哭的那一天？"

戚乔点了下头。

好一会儿，江淮将那一整根香肠都喂给了流浪狗，小黄狗却没走，蹲卧在他面前不停地摇尾巴。

他伸手揉了揉狗狗的脑袋，发出一声叹息，分不清在说谁："是啊，不是一个世界的人，再怎么努力也不会发生交集。"他停顿了几秒，忽然说，"可我总觉得谢凌云对你不一样。我家小区，还有你门口那两次，他看上去恨不得扑上来咬死我。"江淮的语气逐渐肯定，"戚乔，他喜欢你，没有发现吗？"

戚乔的目光落在他面前的小狗身上，好一会儿，她轻声回答："小狗冲你那么热情地摇尾巴，你怎么会感觉不到他的喜欢呢。"

江淮笑叹一声，想起她刚才的话，声音低了几分："你就是太清醒了，这样会很痛苦。"

戚乔不置可否。

江淮说："可能是我早过了三十岁，我现在倒是觉得注定没有结果又如何，经历过后就算痛苦也没关系。"

戚乔拆开了第二根香肠喂给面前的小黄狗，声音几不可闻："可是……我不想看他难过。"

"几年后会怎么样我不知道。"江淮含笑的声音传入戚乔的耳中，"但他现在好像就挺难过的。"

戚乔蓦地抬起头，沿着江淮的目光转身看向右侧。不远处，谢凌云不知何时出现，目光沉沉地盯着他们的方向。

戚乔还没有回神，他已经走了过来。

谢凌云整个人散发着极低的气压，绷紧下颌，几乎咬牙道："戚乔乔，我给你放假，就是让你来跟前男友约会的？"

江淮挑了下眉："前男友？"他笑了起来，"好吧，那就是前男友。"

谢凌云的视线朝他扫了过来："你什么意思？"

戚乔的注意力被跟在他身后的人分走了一秒，好一会儿，才认出那人。

宋之衍穿着一身商务西装，鼻梁上架着一副眼镜，比大学时干瘦的体型壮了些，也比从前成熟了很多，仔细看，似乎还能看见眼尾下的几道细纹。

"好久不见，戚乔。"他笑着说，"过来出差，听说谢凌云在这儿拍戏，就顺路过来叙旧。"

"好久不见。"戚乔淡笑着回应一句。

宋之衍的目光定定地落在她的身上："所以你在拍的也是他的戏？"

戚乔点头。

宋之衍笑了笑，有一瞬间的微愣，最后也没有说什么。

谢凌云还没放过刚才的话题："说清楚，什么叫'好吧，那就是'？"

江淮故意敷衍："就这意思，你要怎么想都行。"

谢凌云的目光转向戚乔。

戚乔低声道："是你自己误会。"

"什么意思？"谢凌云紧蹙着眉，在这空隙中朝宋之衍扫去一眼。

江淮向前一步,离开之前拉走了宋之衍。

谢凌云堵在戚乔面前,一副严刑逼供的架势:"你今天必须给我说清楚。"

"江淮是我的师兄。"戚乔在他的目光注视下,像是服用了吐真剂,一字一字清晰地说,"也是我最重要的朋友。"

"没有别的关系?"

"没有别的关系。"

谢凌云展眉,垂眸,瞧见她在月光下亮晶晶的眼睛,几分探寻,几分促狭。

他偏开视线,声音沉沉地道:"朋友就朋友,还最重要的朋友。"

戚乔没来由地笑了笑。

江淮与宋之衍的背影早已远去,高耸的云杉下只有他们两个人。

戚乔没有任何铺垫地开口:"谢凌云,你喜欢我吗?"

谢凌云被这没有前因后果的一句打了个措手不及,却也只愣了一秒:"我以为你昨晚就知道了。"

戚乔又问:"那有多喜欢?"

"我从来没有忘记过你。"谢凌云声音沉沉,他低下头,与戚乔平视,"除了你,也没法喜欢上别的谁,每一部电影都忍不住在女主的身上加上你的影子,就连再见面,也眼巴巴地跑去你跟前。"

他屈指,轻轻地刮了下戚乔的鼻梁。

"戚乔乔,"谢凌云低声反问:"你说,我有多喜欢你?"

天边只剩下晚霞,绯红与紫色交织,梦幻得像是莫奈画中才会出现的桃源。

谢凌云眼神灼烫,低头看着眼前的人,像是久行于沙漠之中的迷途者,久旱逢甘霖,一股脑地将他的渴求与委屈倾倒个干净。

戚乔还陷在他刚才的话中走不出来。她忽然想起七年前的那个九月,她回家后没有时间看手机,好几天后才发现的,那一条条滚烫真诚的文字。在很早之前,谢凌云就已经把一颗热诚的心剖开给她看过了。

命运却让他们在那一年渐行渐远。

可惜的是,毕业后没有多久,她的 QQ 账号被盗走,找回后经纪公司直接帮她注销了。那些聊天记录,那四年为数不多的可以用来留念的东西,便又少了一样。

戚乔曾经以为谢凌云对她或许有那么一点喜欢，但只要是个聪明人，一定会在两个选项之间坚定地选择那个与自己在同一世界中的人。

可雏清语是她一厢情愿的误会。

此时此刻，谢凌云一字字清晰地告诉她——这么多年，他从未忘记过她。

戚乔心口发酸，她已经很久很久没有在戏外体会到一如当年的酸涩。

她多么希望自己还是曾经的戚乔。这样哪怕明知他们之间隔着现实的天堑，那个戚乔依旧充满勇气和无畏。可她不再是了，她怕自己终有一天会退缩。那样的话，谢凌云会伤心。戚乔不想看到他难过。

谢凌云久等不到一句回答，一直紧紧地看着面前的人，低声催促："你说话啊。"

戚乔喃喃道："哪有眼巴巴，你那时候少爷病发作，一开口说话就带刺。"

"还不是你气我。"

"我怎么气你了？"

"你喊我谢导。"

"谢导怎么了？以前班上同学都互相这么称呼，而且，别人也都这样喊。"

谢凌云脸一冷，气道："我是别人，还是你是别人？"

戚乔实事求是："五年没有见面也没有联系的同学，不是别人是什么？"

"戚乔乔！"

这一声将戚乔吓了一跳。

谢凌云双手掐着腰，在原地踱步了两圈，看上去又被气得不轻。过了几秒，不知道自己想通了什么，神情又飞快地缓和了几分，他点了下头："行。"

谢凌云忽地走上前一大步，双手各捏住戚乔两边的脸颊。

戚乔吐字不清："你干什么？"

话音落下，捏着她的脸的手一松，人却没有退开。

谢凌云双手捧着戚乔的脸颊，低头凑近："亲过也算是没有联系的普通同学？"

猝不及防的一句，戚乔蒙了好几秒："咱们哪有……"剩下的话卡在喉间，戚乔想起那个雨后清晨的山林，她轻声反驳，"那怎么能算是个吻？"

谢凌云皱眉："怎么不算？"

"都没有碰到嘴巴。"

"戚老师这几年拍了那么多吻戏,连吻下巴都觉得不算是亲吻了?"

戚乔眨了眨眼睛:"那是我的工作……而且哪有很多。"

谢凌云一条一条地数:"2019年的那部偶像剧,还有去年的电影,还有第一次当女主的《冬眠》,不是都有?加起来起码五六场。怎么,戚老师还觉得少?"

戚乔的眼睛弯了弯:"你都看过啊?"

谢凌云:"没有。"他没什么表情地补充,"网上看到过片段而已。"

"哦,好吧。"

谢凌云的掌心用力,一下一下地摁着戚乔的脸颊,眸色深沉,动作却轻柔至极。

戚乔的嘴巴因为他摁压的动作,一下一下地微微嘟起。

谢凌云没有错过这一幕,心情似乎因此好了不少。

"气死我好了。"他低声无可奈何地说,"谁让你是我祖宗,我认了。"

戚乔这才反应过来他捧着她脸的动作持续了多久,连刚才"吵架"都一直没有松手。

她后知后觉地感到耳朵开始发热,伸手握着谢凌云的手腕让他松开。

"回去了,师兄他们都离开好久了。"戚乔扯了下他的衣角,催促道。

谢凌云顺势扣住了她的手腕:"你还没有回答我。"

"什么?"戚乔没反应过来。

谢凌云没好气,伸出一根食指在戚乔的颊边轻轻戳了一下,委婉地提醒:"电影里,这时候男女主就应该互通心意在一起了。"

戚乔问:"那刚才算是表白?"

"怎么不算?"

"明明只是我问了你一个问题。"

"行。"谢凌云轻声一笑:"好像确实是我太着急了。"

他弯腰,与戚乔平视,郑重其事地问:"那戚乔乔,我能追你吗?"顿了一下,又问,"你们公司应该没有不准女明星谈恋爱的规定吧?"

他靠得太近,两人的鼻尖之间只有不到十厘米的距离。

戚乔伸手抵在他胸前推了推。这一次,谢凌云没有让步,纹丝不动。

她故意地问:"要是有呢?"

谢凌云立刻道:"那就收购了,然后在合同条款里增补,允许戚乔乔谈恋爱。"顿了一下,严谨道,"括弧,只准和谢凌云。"

谢凌云伸手,握住一只她抵在自己胸前的手:"准不准啊?戚老师。"

戚乔飞快地抽回那只手,匆匆转身,只留下一句:"看你表现。"

宋之衍的探班时间很短暂。他转了行,听从家里人的安排进了家里的科技公司,十分忙碌,第二日便离开了。

戚乔开工后去片场,坐在监视器后的人喊了她一声。

她走过去,谢凌云从桌上的剧本中翻出一张夹在里面的红色请柬。

昨晚没有时间,今天又早早离开,宋之衍亲笔写好一封空白婚礼请柬,拜托谢凌云转交给她。

戚乔打开看了一眼,诧异道:"宋之衍居然要结婚了?"

谢凌云扫来一眼,音量没有刻意压低:"觉得遗憾?"

戚乔听出他的潜台词:"你又瞎想什么?"

谢凌云轻哼一声,唇角却扬了扬。

戚乔看了看时间,在今年十二月。

《偏航》杀青正好也在年底,工作积压了一大堆,各种商务活动和颁奖典礼扎堆,上半年杀青的那部电影也要上映……

"我可能去不了。"

谢凌云随口道:"去不去无所谓,反正我也不想你去。"

戚乔在另一张导演椅中坐下,翻开剧本熟悉台词,温声笑叹:"心眼比针尖还小。"

谢凌云瞥来一眼,居然顺着她说:"对。"

戚乔又问:"那你要去吗?"

"看时间,应该会,张逸在群里说了到时候专门从非洲飞回来,蔡沣洋也会去。"

戚乔难得八卦:"张逸还真的追着惜乐去了非洲?"

谢凌云道:"谁让他脑子有问题,人家又不喜欢他,一天天屁颠颠地跟个舔狗似的。"

戚乔看了他一眼。

谢凌云对这一眼有点儿敏感，沉声强调："我只说张逸。"

戚乔笑着转移了话题："那到时候你帮我捎个红包好了。"

"嗯。"

这一句对话正好被走过来的许亦酌听见，他凑近八卦地问："什么红包？戚老师，你跟谢导什么时候有背着我的交易了？"

谢凌云淡淡地扫了他一眼，没说话，脸上就差刻着"别来烦我"四个大字。

许亦酌从这一眼中看出了深深的嫌弃。

他躲开谢凌云，绕到戚乔的那一侧，垂眸瞧见那张打开的请柬，视线一偏，又发现导演面前摊开的剧本中夹着一模一样的一份请柬。

"你们怎么都有？"

宋之衍昨天到片场探班谢凌云，许亦酌便已经见过，他那疑惑的目光在戚乔与谢凌云身上扫了好几个来回。

"戚老师，昨天那位谢导的朋友，你也认识啊？"他摸了摸下巴，恍然大悟似的，低声在戚乔耳边询问，"怪不得谢导对你跟对组里别的演员都不一样，原来你俩之前就认识？"

"嗯。"戚乔没有遮遮掩掩。

许亦酌瞪大了双眼："真的？我猜对了？"他迫不及待地问，"怎么认识的？没听说你们合作过啊，私下里朋友酒局遇上认识的？"

他问个不停，戚乔还没有回答。

"许亦酌。"谢凌云开口，"你没别的事做了？台词都背好了，还是戏都走完了？"

正说着话，饰演剧中保育院院长与松年在警队时老师的两位老前辈走了过来。

谢凌云起身走了过去。

今日是两位老师的杀青戏份，都是悲剧结局，不过剧组片场的气氛正好相反。

拍摄一条便过，场记推来谢凌云提前吩咐订下的杀青蛋糕，谢凌云从监视器后起身，亲自捧着两束花递给两位前辈。

戚乔还穿着戏中的服饰，从小年手中接过自己订下的花，也送给了戏中对松年最重要的两位引路人。

"老师们杀青快乐。"

其中一位老师盯着怀里的花，笑了笑，随口说："真巧，你们俩送的花还都是蓝色的，放一起真是漂亮。"

许亦酌道："戚老师喜欢淡蓝色吧？影迷的应援色也是淡蓝色。"

戚乔微微一愣，下意识地将目光投向谢凌云。

谢凌云笑了笑，只是隔着几位演员，意味深长地看了戚乔好几眼。

戚乔飞速地收回了目光，藏在身侧的手蜷缩了下。

为两位前辈安排的杀青宴定在了酒店楼下的餐厅。

戚乔回到房间换衣服时，还在想谢凌云的那个眼神。

小年打来电话，催促她快点下去。

戚乔拉开衣柜，下意识地将手伸向一件淡蓝色的衬衫，愣了好几秒，自己也忍不住笑了笑。随后选择了一件白色裙子，才换好衣服，门被人敲响。

戚乔以为是小年，径直走过去打开门，却看到了门外的谢凌云。

他穿着一件白色短袖，外面套着淡蓝色的休闲衬衫，一如既往地敞着衣襟，衬衫胸口的口袋边有片毛茸茸的白色小狗刺绣图案。

"好了吗？"

戚乔回头进屋拿包："好了，我拿个包。"

酒店房门大敞着，谢凌云只是斜靠在门框上，并没有进去，倏地想到什么，随口问："带了哪只夜灯？"

戚乔从房间走出来，闻言，没有回答。

谢凌云拖腔带调地说："哦，我的。"

戚乔瞧见他飞扬的眉尾，故意道："师兄送的那只我怕又弄坏了，就放在家里了。"

谢凌云又笑了声，顺着说："好吧，我相信了。"

两人并肩往外走，戚乔伸手扯了下他的衬衫衣袖，像是蓄意搞破坏似的，扯得歪七扭八。

谢凌云任由她胡作非为。

到电梯间时，碰到了已经在里面的许亦酌。

戚乔飞快地收回了手。

许亦酌没发现异样，只是问："谢导，吃完饭要不要去楼下酒吧喝两杯？"

谢凌云："不去。"

"那戚老师……"

"她不能喝。"

许亦酌问："为啥啊？"

戚乔笑着解释："我酒精过敏，不好意思，你们去吧。"

做完肝脏供体手术后，医生也叮嘱过她，以后都不能再喝酒。但对外，戚乔依旧只以酒精过敏的理由谢绝酒局。

许亦酌却撒起娇："走嘛走嘛，给你点杯无酒精的，咱们聊聊天唠唠嗑呗，两位老师杀青，好不容易有这个机会放松下。"

许亦酌从电梯中邀请到了楼下餐厅。

戚乔不太喜欢那种场合，但最后连两位老前辈都开了口，只好应下来。

一顿饭吃完，几位主演在楼下酒吧开始了第二轮。

戚乔只点了杯没有酒精的果汁，才喝下第一口，曹浪与谢凌云一前一后走了进来。

许亦酌喝了三杯白兰地，已经上头，大声喊："谢导！你不是说不来吗？"说着将调酒师才做好送来的一杯烟熏威士忌递到他手中。

谢凌云接过，只浅浅抿了一小口，随后在几位前辈的邀请下，到沙发中落座。

空位不少，他却将酒杯搁在茶几的边缘，而后在只有戚乔落座的、窄小的两人沙发上坐了下来。

比较随意的场合，大家也都不在乎主次之分。

有目光从双人沙发上那两位身上扫过，也并未过多留意。

几位演员在聊之后的档期安排，分别为对方评判班底，不时有人提到制片或导演、演员身上鲜为人知的八卦传闻，引得众人兴致盎然，纷纷做起了吃瓜群众。

主座长沙发上热热闹闹，戚乔与谢凌云所在的位置便显得岁月静好很多。

一个多小时过去，不知是谁先开了头，谈论起各自的第一部作品，才将话题扭转回来。

许亦酌说自己当初被经纪公司坑了，出演的那部仙侠剧至今还因为里面过于奇特的造型被人议论。他酒精上头，甚至当众表演起了那部剧中他的经典搞笑场面，一时之间仿佛误入喜剧剧场。

"我的黑历史真的太多了，数都数不清！"许亦酌慨叹道，"欸，戚老师，你好像就没有这样的黑历史，剧和电影里面的造型过了这么多年再回看，还是漂亮得跟仙女似的。"

戚乔说："也没有，刚出道时候的作品，因为剧组穷，服化道很粗糙。"

曹浪道："我看过那部《冬眠》，网上都说剧组穷得要死，但实际效果真的很不错。当年可是引起了青春校园剧的热潮。"

许亦酌点头："那可不，戚老师的荧幕初吻也奉献给了《冬眠》。其实到现在我都还收藏着，之前拍戏，导演说我吻戏一点儿都不唯美，给了我不少参考资料，其中就有《冬眠》。"

"那剧我也追过！"包厢中一位年轻的女演员开口，"真的好看，我还记得采访时戚老师说那既是荧幕初吻，也是戚老师真正的初吻。"

话音落下，众人纷纷起哄。

戚乔从一阵阵笑声中，听见身旁一直懒散靠坐在沙发上的人喉间溢出一声冷笑。

戚乔朝他看了过去。

谢凌云端起那杯放了太久，早已失去最佳品尝时间的烟熏威士忌，只喝了一口，看了眼戚乔，声线压得很低："那可不是初吻。"

"当时只是采访问到，我被记者的话术……"戚乔说到这儿顿了一顿，收敛哄人的意味，声音又轻又低，"而且意外碰到下巴，怎么能算初吻？"

谢凌云道："我又没指那一次。"

戚乔愣了一下。

谢凌云轻轻地笑了，端起酒杯，将半杯口味不佳的威士忌一口饮尽，起身走出了包厢。

戚乔在五分钟后，假借上厕所，从里面出来，看了眼微信，绕过长廊，走到了一片露台。

露台上除了栏杆边的那道修长身影，空无一人。

听见脚步声，谢凌云回头，夜风吹着他黑色的短发。

"过来。"

戚乔靠近，谢凌云拉了下她的手腕，掌心碰到细腻的皮肤，轻轻摩挲。

戚乔忍着痒意："干吗？"

谢凌云道："抬头看。"

戚乔顺着他的视线，仰起脑袋，一眼瞧见夜幕中的漫天繁星。

谢凌云说："今晚有星星。"

戚乔的心微微一动，只看了片刻，她把视线落在身边的人身上："你刚才什么意思？"

一阵风吹来，十月初的凉意擦过裸露的皮肤。

谢凌云松开那只手，却又在下一秒将戚乔圈在自己与栏杆中间，他从后面轻轻地抱着戚乔。

戚乔感觉到肩头抵着的下巴。

谢凌云动了动，下颌搭在裙子衣料没有覆盖的肩颈上："不告诉你。"他的声音融进了夜风之中，"这是我的秘密。"

Chapter 12
偏 离

八月中旬，天气不再变化多端。

谢凌云打完电话上二楼时，沙发边的人抱膝靠着，脑袋一下下地点着。

他干脆踢掉拖鞋，尽可能无声地走了过去。在那颗小脑袋再次缓缓点下，眼看就要点空之时，他伸手捧住了戚乔的脸颊。她的脸太小，几乎一只手就能捧住。

戚乔没有醒过来，谢凌云觉得方才那一瞬间屏息的紧张感消失了。

他单膝跪在沙发上，专注地看着面前的人。

光线从东南两面落地窗中透进来，阴云遮住了盛夏的骄阳，光并不刺眼。偶尔随着风吹云动，一缕浅金色的光芒从云层中投射下来，又很快被遮住。

谢凌云垂眸，捕捉到那一抹光从戚乔的脸颊上划过，睡梦中的人轻轻地蹙了下眉。

他抬起另一只手张开，挡住了照在她眼睛上的光亮。

停在少女颊边的掌心触感细腻光滑，他情不自禁一般，弯了弯腰，靠近一些。

等意识到自己在干什么时，谢凌云如梦初醒，猛地抬起了头，他不齿地在心里把自己骂了一句。

他拿来一只抱枕垫在旁边的沙发扶手上，这才动作小心地让戚乔的脑袋放过去。安置好人，他静静地看了会儿，用手背再次碰了下戚乔的脸颊。

有点凉。

谢凌云调高空调的温度，又走进卧室拿出来一条薄毯盖在了她身上。

他弯下腰，替熟睡的人掖了掖被角，才要松手，外头传来一声模糊的卡车引擎声音。幸好隔音还算好，没有吵醒她。

没有多久，一阵细细的雨声依稀飘入耳郭。

水滴轻轻地打在落地窗上，谢凌云并不意外地看了一眼，很快又将目光转向眼前的人。他在沙发另一头半蹲下来，一只膝盖点地，神情专注地看着她。

他看见戚乔紧闭双眼，卷翘的长睫轻轻搭在下眼睑；他看见少女精巧挺翘的鼻梁，靠得太近，他甚至看得见白皙细腻的肌肤上柔软而细小的绒毛；他看见红润柔软的唇瓣，因挤压着脸颊的睡姿，唇珠微微嘟起，仿佛一颗刚成熟的樱桃。

窗外的雨渐渐变大，谢凌云低下头，在淅淅沥沥的雨声中，亲吻了那颗垂涎已久的樱桃。空气升温，心脏剧烈地跳动，而他不受控地加深了这个吻，甚至探出了舌尖，一寸寸侵略性地舔舐着。

睡梦中的人皱起了眉头。

后面的画面与真实记忆千差万别，他应该在戚乔醒来之前，退开逃离作案现场。

可面对眼前的画面，他仿佛不知餍足，啃咬着，吸吮着，甚至撬开紧闭的贝齿……

戚乔喉中逸出一声嘤咛，轻阖的双眼缓缓睁开："唔……谢，谢凌云……"

谢凌云低喘着，退开一分。下一秒，竟在戚乔的茫然又错愕的目光中轻掐着她的后颈，重重地吻上去。

分不清是谁的喘息，连窗外的雨声都遮挡不住。

谢凌云沉溺地陷入这场犹如幻梦的情欲中，撩开少女肩上的衣带，像要将那颗樱桃吞食干净，一分一厘都不放过。

突然，床头的手机铃声吵闹地响了起来。

谢凌云蓦地睁眼，望见一片熟悉而漆黑的房间，然后伸手拿来床头嗡嗡作响的手机，脸色阴沉地接通，声音低哑地道："李一楠，你有病吧？大清早的，让不让人睡觉了？"

李一楠一句话没说，被迎面而来的怒火烧得神魂离体，好半天，才试探着,询问道:"今天还没起?这不是……以前进组你都醒那么早,我还以为……"

谢凌云的气还没消,他撩开被子,低头扫过一眼,眉头皱得更深,边往浴室走边说:"什么事儿,赶紧说。"

"好嘞,少爷。"李一楠笑了起来,"这不是昨天又拉到几笔投资,今早酒醒了就特意给你报喜,还骂起人来,我真是吃力不讨好。"

谢凌云将手机搁在一旁,开了免提,伸手脱了短袖,才问:"谁啊?"

李一楠道:"金山、飞影,还有杰利传媒,尤其金山他们家,冯巍那么心机深沉的人,居然给了咱们两个点,够大方的。"

"合同呢,签了?"

"当然,昨晚就签了,钱过两天就到账。"

谢凌云:"就这破事儿?"

两个亿的投资,就叫"这破事儿"?

"挂了。"

"哎!先别。"李一楠飞快道,"投资方说想来剧组瞧一瞧,可能十一月底十二月初,或者直接会在杀青宴的时候过来,方便吗?你要觉得不行那我就再……"

谢凌云却说:"随便,不给我塞人就行。"撂下这句,他便了当地挂了电话。

李一楠还想要问候几句近况,都没来得及说出口,也不知道他着急干什么去。

十一月初,《偏航》整组前往东南亚某国拍摄。

谢凌云的嘴巴很牢,戚乔没能打探出来那个秘密,她的所有猜测也都被一句"不是"打发掉。之后拍摄打戏的次数渐多,一天下来,戚乔早已累得全身酸软,再没有心思打听谢凌云的秘密,每天只想要收工后回酒店睡觉。

剧组的保密工作做得十分好,滴水不漏,但在国外拍摄时被几个正好来此处游玩的国内旅客拍到,照片被上传到微博。

恰巧是戚乔与许亦酌对戏的画面,两人的知名度摆在那儿,这则微博很快便登上了热搜。

戚乔知道时，已经是拍戏结束后。她刚想抓住候场的间隙回车上休息一会儿，还没走出去，便听见身边的工作人员奔走相告热搜上的事。

戚乔还没有拿到手机，许亦酌将自己的手机递过来，笑嘻嘻地说："戚老师，网友说咱们般配呢，不过我怎么瞅着，最后这张图里的人不太像我呢。这不是……谢导吗？"

戚乔看向他的屏幕，一张张划过图片，总共三张，偷拍的视角隐蔽，画质模糊不清，但仍依稀可以认出她跟许亦酌，前两张都拍到了他们的侧脸，最后一张却是戏外，一张动图。

戚乔穿着戏中的服饰，坐在椅子上背台词，正面的镜头。

她的面前坐着一人，穿着件进组前批发似的购买了好几件的白色短袖。因坐着的姿势看不见全身，但仍清晰地拍出了男人的宽肩窄腰。

动图拍到的画面，正好是谢凌云撕开吸管的包装纸，在杯中插好，递到她的手中。他们没有说话，一举一动却娴熟自然得仿佛做过了无数遍。

网友没有认出，可是戚乔一眼便看出来，这个人是谢凌云。

这张动图出自昨日下午的片场，戚乔有一段打戏不太顺畅，拍了好几条，大半天的时间都花掉了。导致后面拍文戏时，戚乔的状态一度低迷。

谢凌云喊了卡，戚乔心有愧疚，让小年给全组的人点了甜品和饮料。

她趁休息的时间坐在一旁复盘，将台词演练了一遍又一遍。

谢凌云走了过来，什么都没说，拎过一把椅子放在她面前坐下，将吸管插进杯中递给她，等她喝了第一口才说："戚老师又不是超人，还能每场戏都一条过不成？"等戚乔抬起眼睛看向他，又道，"不行就明天再拍，又不是要急着杀青。"

戚乔小声道："那不可以。"

"我都说了可以，谁还能有意见？"

"你正经点，别闹。"

谢凌云轻笑一声："谁不正经了？"

他忽地抽走她手中剧本，凑近过来，妥协一般说了句："好吧，"又道，"台词已经背得滚瓜烂熟了，不用再看，刚才的问题只是情绪最高点爆发不够……"

他听了戚乔的话，正儿八经地给她讲起戏来。

戚乔认真地听着，等结束时，才蓦然发觉他们之间的距离早已超过正常导演与演员之间的社交距离，就连她手上的咖啡也不知何时到了谢凌云的手中。

戚乔谨慎地看了眼四周，并没有发觉剧组中工作人员的注目，然后偷偷松了一口气。

谢凌云端着那杯咖啡递到她嘴边。

戚乔没有动。

谢凌云便问："不想喝了？"

她谨小慎微地向前，像是做什么见不得人的事情似的，就着他的手，启唇咬住吸管喝了一口。

想起昨日的这一幕，戚乔暗暗松口气，还好后面的这段没有被拍到。

戚乔才想要回车上去，总导演的专属对讲机中传来一声："戚老师，过来。"说完还补充，"来看看刚才那段戏。"

戚乔抬眸，扫了一眼监视器后的位置，过了几秒才走了过去。

许亦酌在戚乔的身后高呼："谢导，我也想看看。"

谢凌云的声音很快从对讲机中传来："你现在最好别来烦我。"

戚乔还以为他要因为热搜的那条微博和底下的评论闹不痛快，谢凌云却递给她一本崭新的剧本。

曹浪望了他们一眼，起身挪开了自己的那张导演椅，去找地方抽烟。

戚乔便在谢凌云身边坐了下来："这是什么？"

谢凌云道："看看想不想拍。"

戚乔的目光落在封面之上：《归途》，编剧穆心。

她翻开扉页，角色表一栏上从上到下写着大大小小的角色，但直到第三个名字，其后的性别才标注着女性，且是一位年纪四十岁的中年女性，也是男主角的母亲，继续往下看，女四号的年龄才是戚乔堪堪胜任的。

她迟疑地看了眼谢凌云，指了下那个名字："你让我演她？"

"怎么可能？"谢凌云单手支在扶手上，指节在太阳穴上按了一下，笑了笑，"我问戚导想不想拍？"

戚乔几乎没有思考，将崭新的剧本合上，抿唇坚决地说："我不拍。"

谢凌云脸上的笑渐渐淡了下去："为什么？"

"没有为什么。"她说完起身欲走，却被人捉住了右手的手腕。

"好，不拍就不拍。"谢凌云飞快妥协。

戚乔紧紧攥着的拳头却没有松开。

谢凌云一根一根掰开她掐着自己掌心的手指，拉着人，让她重新在身边坐了下来，松手之前，指腹在戚乔的细腕内侧多停留了两秒，开口道："戚乔乔，你的心跳有点快。"

戚乔没有说话。

谢凌云又问："还是不能告诉我？"

好久，戚乔逸出一声鼻音极重的答案："嗯。"

"好。"谢凌云很快说，"我会等的。"他侧眸，目光深邃地望着身边的人，"但不要让我等太久，可以吗？"

他的声音很轻，仿佛一根羽毛划过戚乔的心尖，她抬眸，只短暂地与他对视了一秒，便又逃离。

在这之后，他再也没有提过这件事，那本《归途》却留在了戚乔的身边。

她用了几个晚上的睡前时间看完了整个故事。

是穆心一向擅长的文艺故事，不够商业，不够迎合绝大多数观众的喜好。

但戚乔没有办法不承认，谢凌云选来的剧本是她偏爱的风格。

在后期拍摄过程中，她在无人看见的地方将崭新的剧本翻得卷了边儿。

可那道坎，始终没能迈出去。

转眼就到了杀青前的一周。

今天拍完松年在最后的任务中，举枪击杀贩毒集团幕后黑手的戏码后，便只剩下四十七和四十八那两场她与许亦酌的对手戏。

早晨从酒店出发前，戚乔在楼下见到了谢凌云，他只身一人，连助理都没带。

对方瞧见戚乔的商务车，走过来道："车抛锚了，戚老师捎我一程？"

当着外人的面，他总是一口一个"戚老师"喊着。

小年坐在副驾驶座位上，忍不住往后面看来了几眼。

戚乔视而不见，让开了自己的位置，往里面坐去，谢凌云迈步登上来，整个人气压很低。

戚乔自觉将他的坏心情归因于之前在片场他们之间发生的不愉快。

车行到半途,都没有一个人开口说话。

她看了他好几眼,在快要抵达片场时,主动开口:"我看完剧本了。"

谢凌云睁开双眼,偏头瞧了过来。

"谢凌云。"戚乔轻轻地呼出一口气,"我已经快四年没有写过一个剧本,没有画过一张分镜图,甚至连镜头都没有打开过了。"

"怕什么?"谢凌云很快道,他只说了这三个字,洞察戚乔的整颗心,而他似乎对戚乔口中的四年也并不奇怪。

车在剧组的停车区熄火,谁都没有动。

谢凌云望着戚乔,他知道她在怕什么,一字字地说:"我给你当副导演,这几年落下的,我帮你补回来。"

戚乔双手紧紧地攥在一起,指甲几乎要在手背上掐出血印。

谢凌云伸手,覆在她交叠的双手上。他的动作温柔得不像话,慢慢地,一寸寸地掰开了她相互折磨的手。

"我不知道具体发生了什么,但是才四年而已。你也一样学了四年的导演,该会的技能一个都没有落下,你知道怎么拍电影,知道怎么将文字转换为镜头,你那么聪明,又那么努力,有什么事情会做不成功?"

小年表情惊恐地从副驾驶座位上转头,瞪大了双眼瞧着后座的人,和司机疯狂交换眼神。

谢凌云垂眸,借着车窗外的晨光,揉了下戚乔手背上刚才被她掐红了的地方,继续说:"以前有个小孩儿告诉我一个词,这么多年我都没有忘,现在我也想把它送给你。"他抬头,望进戚乔的双眸,低声道,"努力就会有回报是拿来骗小孩儿的,可我还是希望,我的戚乔乔能一直勇敢下去,所向披靡,功不唐捐。"

他倾身靠近,在与戚乔只剩下三厘米距离时又停了下来,目光扫过戚乔的红唇,又很快移开。

只在戚乔耳畔留下一句誓言般的许诺:"我谢凌云永远为戚乔乔保驾护航。"

小年一脸欲言又止地坐在戚乔的身边,嘴巴张了无数次,都没能成功蹦出一个字。

戚乔化妆时从镜中瞧见她好几次都准备开口，又硬生生憋回去的模样。

在化妆室只剩下她们两人后，她笑了下道："想说什么就说吧。"再憋下去身体都得出问题。

小年轻手轻脚关上门，保险起见，还拧上了门后的锁，这才走到戚乔身边，睁着一双好奇的眼睛，小声问："乔乔，你和导演……你们怎么回事？！"

戚乔想了下道："就你看到的那样。"

小年拣最重要的问："那你们是已经在一起了吗？"

戚乔微顿，斟酌之后实话实说："还没有。"

小年很会抓关键词："还？"

戚乔不禁莞尔，点点头，重复："嗯，还没有。"

小年作为助理十分称职，听见这一句，她已经开始联想到长远的未来，要是没有在一起倒还好，如果到时候真的恋爱了被人拍到，那对乔乔的事业肯定会有影响。

小年殚精竭虑，替戚乔将多种可能性想了一遍，最后还是忍不住道："好吧，虽然我也知道，谢导是长得挺好看的，才三十岁就拿了不少奖，据说还是富二代，可是，可是……他平时在组里看上去冷冰冰的，不苟言笑，总黑着一张脸，脾气真的好差，凶起人来好可怕。"

戚乔原本还只是看着剧本，有一搭没一搭地听着，到了后头，她脸上的浅笑逐渐加深。

"不到三十岁。"

小年："这是重点吗？"

"而且……"小年看了她好几眼，心中大呼"完蛋了完蛋了，这回是真的完蛋了"，她着急道，"江老师怎么办啊？！"

戚乔一脸无奈地看着她。正好此时，有人在外面敲门，小年过去打开，便一眼看到高瘦的男人堵在门前，莫名其妙得更加心虚，仿佛从哪里吹来一阵阴风。

小年马不停蹄地抱着包跑了，只给戚乔留下一句"我去车上等你"。

谢凌云回头扫了眼一溜烟就没了影儿的人，皱了皱眉："你助理看见我怎么跟见着鬼似的？"

戚乔轻声道："谁让你总是冷着脸，凶巴巴的样子，她现在好像有点怕你。"

谢凌云笑了声，靠在门口喊她下楼开拍，等戚乔走到自己的旁边，才降低音量，掌控在只有他们两人才能听见的范围内问："我很凶吗，戚乔乔？"

戚乔笑着摇摇头，从下车之后，她今日的心情似乎变得意外明朗了几分，唇角微翘的弧度一直没有放下去。

谢凌云很满意，伸手在她脸颊上戳了下，又拖腔带调地明知故问道："戚老师，什么事儿这么高兴啊？"

戚乔立即抿唇："没有。"

谢凌云："骗人不是乖宝宝。"

戚乔望了眼四周，察觉无人之后，迅雷不及掩耳地伸出手去，在谢凌云侧腰抚了一下，一触即离。

谢凌云的表情一瞬间变得复杂万分，侧腰传来的痒意酥酥麻麻地沿着脊椎骨传到大脑。他扣住了纵火的罪魁祸首，咬牙问道："打哪儿学的？"

"忘了，好像是之前演过的一部电视剧？"

谢凌云嗤笑了一声，在戚乔的挣脱中乖顺地松手，嘴上却不依不饶的："戚老师懂得真多。"

戚乔好笑地看了他一眼，两人并肩往外走，她小声问道："你怎么不问我什么时候给你答案？"她是指早晨在车上时他们谈论的话题。

谢凌云："我知道。"

"知道？"

"或早或晚，"谢凌云说，"你都会答应。"

戚乔愣怔地看了他一眼，随后清澈的双眸渐渐盛满了笑意。

两人一齐下了楼，身影从楼梯口消失的同时，身后的走廊中藏着的一颗颗的脑袋默契地探了出来。

摄影助理、化妆师、服装，还有一位混在其中的女演员。

"看吧！我就说！"

"在谈吧？这就是在谈吧！"

"我跟你们讲，那天在片场更明显，谢导捧着戚老师的杯子递到嘴边给戚老师喝，那个眼神真的太宠溺了！他们还怕被人看见，藏着掖着的，但我刚好躲在摄影机后面，嘿嘿，他们还以为没人看见呢。"

"我也看到过一次,戚老师补妆,谢导过去讲戏,就特别自然从她手里接过小镜子帮忙举着,咱剧组里谁还有这待遇?"

"其实我也看到过……"

"快说快说!"

背后的这些讨论内容,当事人毫不知情。

第一场戏拍完,李一楠带来个消息,下午投资方的几位负责人会过来瞧瞧,之后也会出席杀青宴。提前打声招呼,叫大家不用紧张,又放话说中午给全组都点了小龙虾,李大制片人自掏腰包。

寒暄完不到一秒,对讲机传来总导演一句"说完了吗",成功将调动起来的气氛降到原点。

许亦酌将一口小血包含进嘴里,为即将开始的戏份做准备。

等待调试灯光的时间,他跟离得最近的戚乔唠嗑:"谢导这两天心情好差啊。"

戚乔也发现,最近这两天有人的心情差得过于离谱。这个想法才从脑袋中划过,许亦酌嘴里突然吐出一口鲜红的"血"。

"啊,怎么破了!"

"血迹"沿着嘴角流出来,许亦酌一下子从椅子上跳起来,脖子以最大幅度前倾,以免弄脏任何道具和服装。

这点儿事落在别人眼中或许还是个搞笑插曲,尤其是许亦酌刚才的反应,加上他震惊又滑稽的表情,天生自带搞笑效果。但偏偏总导演最近心情不太好。

许亦酌的小助理战战兢兢地望向导演的方向,恨不得找个盾牌挡在身前。

"许亦酌。"谢凌云不冷不热地开口,"好玩儿吗?要不要回家慢慢玩儿?"

许亦酌还在拼命漱口,道具老师准备的假血颜色太正,他现在就像个血盆大口的魔王,奈何碰上了阎王爷,只剩下柔弱可怜又无助。走投无路,只好将唯一的希望寄托在离得最近的人身上。

戚乔被许亦酌充满期望的眼神看得无可奈何,只好在谢凌云再次开口之前,佯装将空间让给替他化妆的工作人员,拿着剧本去找导演"探讨"。

僵硬的气氛戛然而止,众人都松了口气。

十几分钟后,在许亦酌高呼"小松年,来杀我吧"后,《偏航》第七十二场第一镜正式开拍。

贩毒集团内部争斗，交易三番两次被警方侦破，多名贩毒分子被捕之后，他们内部开始怀疑内鬼，松年、叶骁，均在内鬼的猜疑之列。

松年决定将计就计，利用对方的猜疑心理，陷害贩毒集团的二把手叶骁。

最终，幕后黑手私下找了松年，一番钩心斗角的谈话之后，确认松年并非内鬼，反而肯定那个人是一直跟在自己身边的叶骁，他给了松年一把枪，让她亲手杀了叶骁。

可松年在一枪杀死叶骁之后，才发现她原本准备的"证据"不翼而飞，让反派相信叶骁才是那个内鬼的最后一把刀是原本在松年的房间，如今却出现在叶骁家中的密码书。

临死前，叶骁满身血污地躺在松年的怀中。

他说："第一次见你，我就知道你是谁。"

他说："我们之间如果必须死一个人，我希望，那个人是我。"

他说："如果，如果还有下辈子，我们……"

他没有说完，抬起的手还没有碰到松年的脸，便无力地垂了下去。

松年也是在这之后才知道，原来叶骁才是警方暗中一直在保持联络的那个代号为破晓的线人。

许亦酌当初试镜之时便表演的这一场戏，他一向擅长这种情绪饱满的戏份。

导演的一声"过"传来，戚乔都没能从戏中走出来，早已哭红的眼睛上还挂着泪水。

许亦酌吐着血笑道："好了，小松年，来抱抱，不哭了，我这不是又活过来了？"

戚乔破涕为笑。

许亦酌还张着手臂，虽然还有两场比较特殊的戏份没拍，但今日的氛围太像告别，戚乔被戏中的情绪传染，刚想要与他礼貌性拥抱告别，谢凌云不知道什么时候走了过来，在众目睽睽之下，他拉住了戚乔伸出去的手，阻止了这个拥抱。

戚乔还没有来得及回神，场外传来几道浑厚的男声。

"好！"

几人转身的同时,谢凌云用警告的目光看了一眼戚乔,拇指的指腹在她的手背轻轻摩挲着。

戚乔不由弯了弯眼睛,小声嘀咕:"又没有真的抱。"这一句音量压得太低,却仍旧准确无误地传到了谢凌云的耳中。

他用手指钩住了她的小指,往自己的方向拉了一下。面向众人之时,又蓦地松开。

戚乔嘴角翘了翘,主动地用小指钩了下他的手,幅度极小地晃了晃,像是哄人。

谢凌云成功被安抚好,脸色好转。

戚乔收回手,这才看向李一楠带来的那群人。

李一楠正向众人一一介绍,某某影视公司的CEO(首席执行官)、制作部总监、著名出品人等,轮到最后一位,他提高音量,着重强调。

"金山影视就不用多说什么了吧?这位是大股东冯巍冯总,大家欢迎!"

片场响起一阵接一阵的热烈的掌声。

戚乔整个人却在瞬间僵住,她的目光落在最后那人身上,周身陡地被刺骨的寒意浸染,甚至忘记了呼吸。她的视线在空中停滞,而被簇拥着的冯巍笑盈盈地不偏不倚看向了她。

对上那含着笑意的阴森目光,戚乔不受控制地打了个寒战,紧紧地握住了拳头,用力拿指甲抠自己,都没有能够缓过来。

幸好那群投资人的主要目的在谢凌云的身上,一个个前赴后继地伸出手,谢凌云寒暄了两句。

戚乔很快从短暂的僵硬中恢复过来,唇角抿着标准的笑容,在许亦酌主动与投资方社交时,仍像个吉祥物似的站着。

有位投资人说他的女儿喜欢戚乔,请求合影与签名时,她才动了一下。

谢凌云主动接过相机,为他们拍照。他站远了几米,拍完合照,戚乔在原地没有动。

身边的那人去找谢凌云看拍摄好的预览图。

"戚老师,好久不见。"一声问候从耳后方传来。

戚乔身体僵硬,转身时,看见冯巍脸上一如既往的笑容,表面和善温和,实际阴森恐怖。

戚乔没有出声。

冯巍又说:"这么几年没见,戚老师把我忘了?"

"冯总,看来您和戚乔以前认识?"

冯巍道:"算吧,我以前投拍过一部电影,好几年前了,那会儿戚乔还是配角。"

戚乔静静地站着,没有说话,她的脸上维持着标准的笑容,可只有自己知道紧紧攥着的掌心早已虚汗淋漓。

直到冯巍转头去找另一人聊天,有人走到了她的身边,手背无意中碰到了戚乔。

谢凌云问道:"怎么这么凉?"

戚乔维持了好几分钟的假笑消失,却也只是轻声道:"有点冷。我等会儿先回酒店,行不行?"

戚乔知道,这种场合恐怕是个叫得出名字的演员都得去设下的饭局点卯,可此刻她一分一秒都不想多待。

谢凌云轻易察觉了她的异样:"好,可以。一起回去,我也不去。"

戚乔点头,皱着眉看向他:"你不去可以吗?"

"有什么不行?别担心了,走吧。"

这话说完,那几位投资人却像商量好似的,将谢凌云前后夹击,势必要让他同去喝一杯。

谢凌云没办法,只能又去应付了十分钟。他连口酒都没喝,应酬结束赶回酒店时,从楼下瞧见戚乔房间灯光明亮。

他简单冲了个澡,换下沾了烟酒气的衣服,才去敲开了隔壁的房门。

等了一分钟,里面的人才打开。

戚乔刚刚在洗澡,身上还裹着一条浴袍。

谢凌云顿了一秒,站在门口没有进去,问:"还没睡?"

"嗯。"

谢凌云又问:"下午那会儿怎么了?"

"没什么事。"戚乔抿了个笑,道,"只是觉得有点冷。"

谢凌云伸手捏了下她的脸颊:"戚乔乔,你知不知道这样笑一点都不像你。"

戚乔愣怔地看着他。

谢凌云下了句结论："你今天有点儿不对劲。"

晚风从房间打开的窗户穿堂而过，去聚餐的人大多还没有回来，整个世界仿佛只剩下他们两个人。

良久，戚乔低低地说："再过一段时间，等……等我能平静地说出口，到时候我就全部都告诉你，好不好？"

谢凌云却改了口："不告诉我也没关系。"

他低着头，身上青柠罗勒的香气飘进了戚乔的鼻息之中，让她从见到那人之时便惴惴不安的心跳竟然慢慢地平和下来。

"如果是让你觉得无法说出口，再回忆都觉得痛苦的事情，那我不知道也没有关系。"

他的话却让戚乔心头的酸意更加汹涌。

谢凌云从口袋中取出来一朵回来时在路边摘的栀子花，握着戚乔的手，放在了她的掌心。

"我明天不去片场，买了后天的机票，咱们坐同一趟航班回北城。"

"怎么了，你有其他事情？"

谢凌云蹙眉道："眼不见心不烦。"

戚乔不禁莞尔。

谢凌云睨着她："还笑？"

"这是拍戏，是假的。拍摄技巧而已，你又不是不知道。"

谢凌云："假的我也不舒坦。"他抬腕看了眼表，随即双手按着她的肩膀，将人掉转了方向，"不早了，戚老师，晚安。"又咬着牙，出于私心地加了一句，"不准再接床戏。"

戚乔吹干了头发，回到床上，夜灯发出暖黄色的光，她抱着那只小狗，看了好久。

睡前，她从床头的柜子中拿出来一瓶香水。这瓶香水她一向随身携带，今天确是在进组《偏航》以来第一次使用。

她往枕头上和被子上都喷了好几次。最后，在开着灯的夜晚，伴着青柠罗勒的味道辗转反侧许久，终于在凌晨两点时进入梦乡。

第二日的拍摄片场,谢凌云果真没有出现。他提前将分镜剧本交给了曹浪,如何拍摄,也在前一天与曹浪商定妥当。

昨晚他还特意在剧组的群里嘱咐所有人听从曹浪指挥。听剧组其他人说,李一楠带着几位投资方去周围的著名景点游玩赏景。

戚乔垂眸,咬着吸管,一点一点将整杯冰美式喝完,在场务提醒现场已经准备就绪后,很快起身,走了过去。

许亦酌今日打扮得西装革履,前一场戏正是他假扮成一名律师提着公文包,送完一批货回来。

这是一场松年主动挑逗叶骁的戏。

叶骁起初冷淡拒绝,可少女越是青涩笨拙地勾引,越像是一团明明灭灭的火焰。

他在忍耐许久之后,心火如燎原之势燃烧,随即扯开主动坐在他怀里的松年,将人大力丢在床上,掐着腰压了下去。

毕竟只是拍摄,借助镜头的角度和有技巧的站位,便能够达到效果。

何况谢凌云最偏爱艺术性的画面效果,分镜剧本早已安排好场面调度与各个机位,而曹浪更是拍这种戏份的专家,很会把握尺度,加上还要考虑能否过得了电影局的审查,自然不会过于露骨。

戚乔走进去时,许亦酌已经穿好衣服严阵以待,他嘴里嚼着口香糖,看上去神情凝重。

"戚老师,等会儿冒犯了啊。"许亦酌握拳。

场记打板,正式开拍。

松年鼓起勇气上前,轻轻地坐在叶骁腿上。

叶骁冷淡地瞥了她一眼:"下去。"

松年摇头:"我不。"她伸手,抱住了叶骁的脖子,又慢慢凑过去,在他耳郭上轻轻地吹了口气。

叶骁眸色一沉,大掌掐着松年的细腰,扛着人将她扔到了床上。

房间里只开了一盏白炽灯。

叶骁压在松年身上,嗓音沙哑,才撩起一点她的衣襟,却看到身下少女的身体轻轻颤抖,他笑了声:"现在知道怕了?"

松年手脚并用向后退去,却被男人毫不费力地抓了回来。

戚乔感觉到自己的心和手在发抖。她知道,这不是因为表演,然而下一秒,许亦酌忽然解下颈间的领带,绑在了戚乔的眼睛上。

这是剧本中没有写的内容,是许亦酌的临场发挥。

戚乔眼前突然陷入一片没有尽头的黑暗,她伸手挣扎,想要解开,却被人抓着手腕按在床上。

面对一个成年男性,她毫无还手之力。

戚乔浑身都在颤抖,冷汗从额间渗了出来,唇色几秒之间变白。

她推着许亦酌,想要让他退开,可对方以为她在戏中。

戚乔感觉到冷意从四面八方涌来,将她整个人裹挟起来,犹如置身于不见天日的冰窖。一如四年前,那个她再也不愿意想起来的漆黑寒冷的冬天。

监视器前盯着特写镜头的曹浪第一个发现了不对劲,然而对讲机还没有递到嘴边就被人夺走。

谢凌云大步流星往前走,他握着对讲机,声音又急又快:"Cut,停!"

他越走越快,到最后直接跑了起来,闯进了那个房间,将才听到命令还没有来得及起身的许亦酌从床上扯了下来。

"我叫你停,没听见?"

谢凌云上前,飞快地解开了蒙在戚乔眼睛上的黑色领带,侧眸,压着火气,冷冷地看向许亦酌:"谁准你擅改剧本的?给我出去!"

这一声不只喝走了还在发蒙的许亦酌,连同摄像、灯光和场记一干诸人,都被吓得跑了出去。

谢凌云弯腰,朝戚乔伸出手。

戚乔几乎是在看见他的瞬间,紧紧地抱住了面前的人:"谢凌云……"

"没事了。"谢凌云一只手轻轻地按在怀中人单薄的脊背上,一只手动作温柔地揉了揉她后脑的头发,只是重复,"没事了,我来了。"

戚乔喉咙发堵,开口时已经无法控制哽咽:"你不是说不来吗?"

"我怎么可能放心?"

戚乔将他抱得更紧,仿佛要汲取身边唯一的暖意。

谢凌云松开一分,捧着她的脸颊,用手指擦掉戚乔眼尾的泪水,将她额头上渗出的虚汗一寸寸拂去。

"谁欺负你了？"他沉声问道，一个个数过昨日前来的那帮投资人，"飞影的总经理，那个姓张的，还是冯巍？"

戚乔再也无法控制，在他问出口的瞬间，眼泪夺眶而出。

她再一次躲进了谢凌云的怀中，用尽了全力抱着眼前这个人，这个问她是不是受欺负了的人。戚乔将脸颊埋在他的颈间，嗅到熟悉的、温暖清冽的青柠罗勒的气息。

"谢凌云，"她只是低声说，"你不要这么聪明好不好？"

曹浪紧盯着监视器，负责侧面机位的摄影师刚刚被谢凌云那一声吼给吓得忘关了机器，此时房间里的画面全部投在了监视画面上。

"去去去！都看什么看？"曹浪挥手赶走了聚在跟前的一堆人。

这事儿传出去可是桩大新闻。

曹浪虽然也控制不了自己的好奇心，仍旧关掉了监视器。

许亦酌这才反应过来，茫然地问："他，他们这是什么情况？"

曹浪笑问："都抱一块儿了，你说什么情况？"

许亦酌愣怔了好几秒，才喃喃道："我明白了，怪不得谢导刚刚那么生气，原来是因为……"他捋了把头发，烦躁道，"我刚才怎么就没看出来戚老师反应不正常，浪哥，你也不知道提醒我？"

"怪我？"曹浪无奈道，"离得最近的人就是你吧。"

许亦酌还想要说什么，一抬头，谢凌云从房间里走了出来，两人正好对上了目光。瞧见他透着凉意的眼神，许亦酌讪讪低头，单方面拒绝了这个对视。

随后便听见谢凌云冷声吩咐："今日拍摄暂停，全组回酒店休息。"

曹浪和一直跟组的监制老师闻言便上前劝阻。

停工一天的后果远不止这么简单，一两百人的一日花销都是小头，还有场地、机器等，何况原本的拍摄计划只剩下两天，后勤连退房时间都跟酒店那边打了招呼……这么一来，所有的准备都得重新筹划。

谢凌云在他们开始长篇大论之前，便抬手打断："多出的花费都算个人。剩下戏份不多，曹浪，我稍后会给一份名单，名单外其余人员可以按照原计划先回国。"

他说完便要转身,余光瞧见曹浪想要再次开口,直接道:"我很清楚我在做什么,不用再劝,通知收工。"

他走进房间,没有再遮掩,当着所有人的面牵着戚乔的手走出来。

两人都没有说话,并肩上了车。

戚乔知道以自己今天的状态肯定无法继续拍摄那种戏份。

回到车上,她给小年发了消息,让她去找李一楠,停工多出的花销,她来承担。

谢凌云没有喊司机,亲自开车将戚乔送回了酒店。抵达房间门口时,遇见了等在门外的许亦酌。

他扛着谢凌云冷冰冰的目光走上前,歉然而真诚地对戚乔说:"对不起,戚老师,我当时脑子搭错了筋,也不知道怎么的就抓起了那根领带。"

谢凌云不像一些对自己的剧本与镜头要求一丝不苟的导演,他会允许演员适当合理地发挥,也因此,许亦酌才敢放开了表演。

但这次,的确有他的错,但凡他能早一点发现戚乔不正常的反应⋯⋯

想到半个多小时前戚乔苍白的脸色和额上的冷汗,许亦酌低下头:"戚乔,你打我一巴掌消消气吧。"

戚乔顿了一顿,被他夸张的举动弄得无措,无奈笑道:"也不是你的错,只不过我⋯⋯没关系,别太放在心上。"

许亦酌闻言,这才松了一口气,抬头却又撞上了导演冰冷的目光,不敢再待下去,连招呼都没跟谢凌云打就走了。

戚乔用房卡刷开房间的门,她顿了一顿,轻声说:"明天我能正常拍摄。"

谢凌云说:"别想这些了。"

戚乔站在门口:"我很快就能调整好的。已经过去了那么久,而且我没有你想的那么脆弱。明天拍完,就不用再耽搁大家了,而且⋯⋯"她顿了一顿,眼底浮现出一丝真切的浅笑,"我不想别人说你。"

谢凌云也笑了一下:"我都不怕,你怕什么?"

"不怕是不怕,但我还是不想要让别人误会你是个不专业的导演。"

谢凌云弯腰低头,与戚乔平视,眉尾微扬,笑问:"你很喜欢我吧,戚乔乔?"

戚乔愣了一下,眼神飘向别处,轻声道:"也一般。"

"一般啊。"

"嗯。"

谢凌云伸出一只手，鬼使神差一般捏了下戚乔的鼻尖："那也行吧。"他故作认真，"那我只好再努努力，让戚乔乔再多喜欢我一点。"

回到自己房间时，谢凌云接到贺舟的电话。

贺舟大概记得谢凌云是最近几天杀青，打来问他到底什么时候回北城，要约吃饭。

谢凌云只回复了大概日期。

二十多年的发小不是白当的，贺舟从他说话的语气中轻而易举听出来一丝别样的情绪。

"怎么了，少爷？听着情绪不高，不应该啊，这都快杀青了。难不成是因为杀青了就不能天天见到人家小乔妹妹？"

谢凌云从酒柜中拿出来一瓶伏特加，倒了半杯，往里加了几块冰，喝了一口，没搭理他的调侃，问："冯巍这人，你有印象吗？"

"哪个冯巍？"

"开了个影视公司，好像叫什么金山。"

"金山影视……等会儿，我瞧瞧。"

没几分钟工夫，贺舟便回来了："我当是谁呢。原来是个干传媒的，2012年辞职后创立了金山影视，你别说，人家这财运还挺顺，投拍的项目一个个都火了，没几年就做大了，现在也算得上是有头有脸的人物了。"

谢凌云道："没问你他那破公司，这人身上有什么传闻？"

"那我得找人给你查一查。"

"行，谢了。"

"今儿还挺客气。"贺舟调侃道，"但我得问一句啊，你查这人干吗？"

"李一楠拉了笔冯巍的投资，随便查查而已。"

贺舟没被他糊弄过去："你什么时候还关心过投资这档子事？到底什么事儿，说出来哥们儿也好有个重点。"

谢凌云将剩下半杯伏特加一饮而尽，望向客厅窗外，顿了一下，道："重点查查冯巍私德。"

"我真有点儿好奇了,到底为什么查这个人?"

谢凌云没心思跟他瞎侃,只道:"查完告诉你。"

"得嘞,少爷,回来的饭你请客啊。"

"嗯。"

电话挂断,谢凌云又倒了一杯酒。他在沙发上坐下来,拿来笔记本,打开了一份文档文件。是六月时他让人查来的关于戚乔的资料。

那个夏夜,他第一次发现戚乔怕黑之后,私下找人拿到的东西——一份关于戚乔的调查报告。

戚乔第一次走入大众的视野,是因为在一档真人秀综艺中的露面。江淮穿着玩偶服安慰湖边哭泣的少女,至今还被网友们津津乐道。

而她真正走红,是在2017年播出一部电视剧后。清纯的长相加上出众的演技,轻松地抓住了观众的视线。当时她还只是一个小配角。

在这之后,戚乔开始接演戏份更多的角色。

2018年的年底,戚乔与前经纪公司解约,在观众视野中消失了大半年,直到之后上映的一部电影才再次露脸。

江淮主演,向导演推荐了戚乔。

那个角色人设很好,戚乔的表演又十足吸睛,在这之后,她拿到了对她事业影响最大的《冬眠》,从小演员成为了家喻户晓的大明星。

后来的经历没有什么特别,无非是更上一层楼的事业,以及外界对她与江淮之间关系的诸多猜测,尽管已经澄清多次,但拦不住网友八卦的猜测。

这些事情,谢凌云不用这份报告都知道得一清二楚。唯一特别的事情便是四年前戚乔在观众视野中消失的大半年。

谢凌云是找的曾经在圈子里声名鹊起的娱乐记者调查这些事,但他想要知道的东西在这份资料中一个字都没有提及,或许真正的原因是被人故意抹去。

之后几天的拍摄出乎意料地顺利。

戚乔只花了一天就调整好了自己的状态。

而导演又连夜修改了分镜本,将镜头一再简化,床边更是新增了一条欲盖弥彰的薄纱帘,镜头只隔着那道模糊的床纱,部分镜头的拍摄,谢凌云第一次用了替身演员。

杀青的当天下午，戚乔与谢凌云搭乘航班回国。

谢凌云没有与戚乔同行，提前走 VIP 通道，在车里等人。

戚乔含笑与影迷们告别，抱着他们送的两束花还有一堆信上了车。

小年将袋子抻开，将几十封信全部收好，接过花准备先放在最后一排，一转头被吓一跳。昏暗中，一身黑衣的谢凌云不知道什么时候静静地坐在后排。

小年被吓得叫出了声，抚着胸口想，还好这人坐在靠门的一侧，车窗上贴了防窥膜，应该没有被影迷们发现。回头看自家艺人，倒是一点都不意外的样子。

小年十分有眼色地起身，与谢凌云交换了座位。

谢凌云随手拈起无意中从小年怀里掉出来的一封信。

淡蓝色信封，写着"亲爱的宝贝戚乔收"，落款是喜欢戚老师和江老师的小可爱。

谢凌云将信夹在指间，往戚乔眼前晃了下，语气不咸不淡："不是说影迷都很有分寸感？"

戚乔被他逗笑："这你都知道？"

谢凌云轻嗤一声，没回答，递给了她："不打开看看？"

戚乔接过来，下一秒就交给了后座的小年让收着。

谢凌云一手支在扶手上，瞥去一眼："对，帮戚老师好好珍藏。"

"人家只是个落款，内容又不是那种。"戚乔解释，"我生日快到了，一般这时候的信都是祝我生日快乐的。"

"这么肯定？"谢凌云酸道，"跟喜欢的人一起当明星，怎么样啊，戚老师？"

戚乔："什么喜欢的人？"

谢凌云纠正："那就曾经喜欢的人，还严谨吗，戚老师？"

戚乔看了他一眼，忽然好奇问道："你怎么总是这么确定我喜欢过师兄？"

谢凌云："师兄？叫得这么亲热，江准算你哪门子师兄？一个导演系一个表演系，八竿子都打不着。我休学一年，还算比你高一届，怎么没听你喊我一声'师兄'。"

车里静默的三秒后,后排忽地传来一声憋不出的笑。戚乔与谢凌云同时回头。

小年立即捂嘴,诚恳道歉:"对不起,谢导,我实在是……没忍住。"

谢凌云收回目光:"喜欢过就喜欢过,有什么不好意思承认?我还会说什么不成?"

假的都已经这样了,要是她"承认"那还得了?

"师兄以前帮过我很大的忙,所以对我来说,他是个很重要的朋友。"戚乔已经是第二次认真地解释这件事。

身边的人听见,依旧一副"勉强相信你"的姿态。

在戚乔解释过当年的那个生日在餐厅碰见,她只是假装江淮的女朋友后,他的表情才变化了一下,追问了前因后果之后,神情松动了下来。

"就是因为当时江淮的前女友在场?"

戚乔点头:"嗯。"

谢凌云靠坐在座椅中,指尖在扶手上点了点:"原来是这样。"

他舒了一口气似的,过了几秒,眸色却又沉了下去,低喃地一句:"要不是……"剩下的话却没有说出口,低叹了一声,"可能是当年老天爷看我不顺眼。"

戚乔正低头欣赏怀中的花,只听见模糊的几个字:"你说什么?"

"没什么。"谢凌云转移了话题,"李一楠说杀青宴定在后天,你想去吗?"

戚乔听出了他的话未说完。

谢凌云低声说:"冯巍也会去。"

好几秒后,戚乔点了下头。

谢凌云伸手,覆在了她抱着花的手上,轻轻摩挲:"不去也没关系,没人会说你什么,随便找个理由,其他工作,或者有私事,随便什么。"

戚乔却道:"我拍了四五个月的戏,还是女主角,干吗要为了躲着他不出席杀青宴?"

"行。"谢凌云笑了声,眼中微光闪了闪。

谢凌云在第二天去了趟工作室,开完一小时的会,他就钻进了剪辑室,盯着工作人员按照指示剪辑样片,压榨得人家午饭都没吃。不过还算良心未泯，叫助理给几位剪辑师点了三星米其林的外送。他自己却只去咖啡店要了一杯瑰夏，搭着几片三明治糊弄了一餐。

李一楠从会议室出来，敲门进了三楼最边上谢凌云的办公室，便瞧见了这一幕。

"就吃这个啊？"他看了眼表，都午后两点半了，"走吧，谢大导演，我请您出去吃大餐。给员工点米其林，自己委屈地啃两口面包，不知道的还以为谁虐待你。"

谢凌云连那一小块三明治都没吃完，神情恹恹："没胃口，不去。"

他递过来打量的目光，将李一楠看得浑身起鸡皮疙瘩，忍不住问："怎么这么看着我？"

谢凌云干脆放下那半块味道寡淡的三明治，抽一张湿巾，一根根擦干净手指，随后，朝李一楠勾了勾手指。

李一楠凑近："到底什么事儿？"

"怎么找到冯巍的？"谢凌云问。

"也不是我找的，几个月前在饭局上碰到，当时我正跟其他公司的老总聊投资，冯总听见，就主动来找我了？"

谢凌云淡声道："他们金山不是一向只投商业片，什么时候也对我的电影感兴趣了？"

"别谦虚啊，大少爷。"李一楠笑得很谄媚，对自己的摇钱树十分尊敬，"虽然不是商业电影，但你拍的哪部电影票房不高？何况投资的片子拿了奖，对外地位都不一样。与其说是冲着利润，不如说那群人都是为了奖项。上赶着来找我的人多得数不清，怕你骄傲，这些我都没告诉过你而已。"

谢凌云嗤笑了一声："冯巍恐怕都没冲着这两样来吧？"

李一楠笑容僵硬，却也并不意外。

工作室的其他事务都由他处理，谢凌云虽然只管拍片，但这并不代表他不懂商业和人情场上那些事。

"他是想搭上你，赶明儿杀青宴，冯巍那老狐狸要是主动找你，你可别太不给人家面子啊，随口应付几句糊弄敷衍过去就行，反正咱们只要他金山的资金到账。"李一楠笑得讨好，"至于他要是提别的要求，你不答应不就得了？当初我也只是应承地说只能保证让他跟你搭上话，成不成可没打包票。"

谢凌云瞥了李一楠一眼："你可真会做生意。"

"我还不是为了咱们都好，就敷衍几句行吗，少爷，算我求你。"

谢凌云冷笑："他不只是想搭上我吧？"他加重了"我"字，眼神嘲弄，"还想认识谁？我爸，还是我爷爷？"

"他哪敢？"李一楠发觉他语气中有些怒气，赶紧劝说，"他哪有那个胆子？听说今年上半年金山的几个重要项目都因为各种原因搁浅了，我估摸着他是想要拓宽人脉，之前跟着的那位老板不太管他了。"

谢凌云挑了下眉："之前跟的谁？"

李一楠扫了眼四周，凑近他的耳边说了个名字。

谢凌云身体后倾，靠在沙发上轻轻地笑了一声："前一个老板跑路了，所以这才要找下一个？"

李一楠"啊"了一声，压低音量道："跑路了？"

谢凌云却没再多说，叫他在明晚的杀青宴上将冯巍与自己安排在同一桌。

李一楠异样地看了看他。

谢凌云抬了抬下巴，说完便送客："出去的时候帮我把门带上。"

正好助理叩门："老板，您朋友到访。正在一楼等候，要现在请上来吗？"

"哪位朋友？"

"姓宋。"

谢凌云看了眼手机，这才发现在剪辑室工作的时候，宋之衍发来一条微信，说下班时顺路送喜糖过来。

他延迟地回了一句，又嘱咐助理请人上来。

宋之衍穿着一身黑色商务西装，印着"囍"字的红色喜糖礼盒提在手中显得格格不入。敲门进来，他便冲谢凌云扬了扬手中的东西："在忙？"

"没有，你来得正好。"

宋之衍将东西递过去："来之前，我爸跟我说一定要请你到场，当年要不是你借我那两百万，我家那小公司早就没了。"

"小事儿，跟叔叔说不用总惦记。"

谢凌云都快忘了请柬上的日期，重新问，看了眼行程表，勾画出来。

"行，一定到。"他侧眸，瞧见桌上显然多出来的一份喜糖，问，"怎么两份？"

"另外那份是给戚乔的,她的微信早就换了,这份喜糖就麻烦你捎给她。"宋之衍笑问,"你肯定知道她现在的地址吧?"

谢凌云眉峰微扬,只"嗯"了声,将东西放在一旁的办公桌上。

宋之衍瞧见他理所当然的神情和眉眼中的三分春风得意,眼色微变,又很快换上笑容:"看来是有好消息?"

谢凌云谦虚道:"跟你这个都领证了的人比差远了。"

宋之衍在谢凌云对面落座,助理敲门进来,送来两杯淡茶。

宋之衍举起杯,与谢凌云碰了碰:"那就恭喜了兄弟,这么多年,终于如愿以偿。"

谢凌云笑了一下,与他碰杯,以茶代酒:"谢了。"

宋之衍的动作却顿了好久,视线掠过办公室墙壁上的一张电影海报:"你对《雨中曲》这张海报似乎情有独钟,从前宿舍也贴着,现在办公室里也有。"

谢凌云沿着他的目光看过去:"我以前也没那么喜欢,甚至觉得讨厌。北城很少下雨,但是我妈走的那年夏天一直在下雨。"他低声缓缓地说,"我总是想起她在那个雨天里虚弱的样子。"

快要二十年了。如今再想起,他终于能够这样平静地对外人讲起。

"后来每逢下雨,都会让我想起我妈离开的样子,所以我以前真的很不喜欢下雨天。"谢凌云笑了下,话音一转,"不过有个人,她很喜欢雨天,我也不知不觉地变得没有那么讨厌这种天气了。"

宋之衍笃定道:"是因为戚乔?"

"是。"谢凌云坦荡地承认,他收回视线,看了眼宋之衍。

宋之衍笑说:"放心,我一个马上要结婚的人怎么可能还惦记着学生时代喜欢过的人?"

谢凌云懒散地靠坐着,轻笑一声:"我又没说什么。"

宋之衍换了个姿势,搭在椅子扶手上的手紧了紧,半分钟后又直起身,将腿交叠起来。

谢凌云察觉,问:"怎么了?有话就说。"

宋之衍笑意微僵,轻叹一声:"其实是很早之前的事,我在犹豫要不要告诉你。"

"磨叽什么,有话就说。"

宋之衍放在桌子下的手不断摩挲着："当年我跟你说过的，戚乔的那个日记本……"

"老板。"门外助理再次敲门，宋之衍的话被打断。

"进来。"

助理推门，温声提醒："剪辑室那边说遇到点问题，请您过去看看。"

"好，跟他们说马上过去。"

助理严丝合缝地关上门走了出去。

谢凌云站起身，眸色淡了一分，声音却低沉而坚定："她喜欢过江淮又怎么样，他们都没有在一起过。何况，就算在一起过又怎么样，现在只不过是朋友。那个时候她碰到江淮……"他顿了一下，只道，"喜欢上他也不是不能理解。"

字字句句传到宋之衍耳中，他脸上的笑意滞涩，随即在谢凌云看过来时调整妥帖。

宋之衍说："我是想说，或许当年是我看错，毕竟就那么一眼，现在再回头想，倒觉得……那上面的名字不一定是江淮。"

谢凌云已经不再关心："过去这么久你还能想起来看错？刚才的话一字一句都是我的真心话，不用瞎编这些安慰我。"

他脱下外套，从抽屉里取出眼镜盒，赶时间下楼去剪辑室盯梢。

"不送你了，我去忙了。"

宋之衍定定地看着他离去的背影，双手紧握着拳。许久，他颓丧地靠在椅子上，抬头又看了一眼墙上的电影海报。

现在他再回头纠错，恐怕都太晚了吧。

如果谢凌云发现，他还能拿自己当朋友吗？

宋之衍自嘲地笑了下。

当晚，谢凌云回到碧水云天。

贺舟交给他一份金山影视账务的材料。

他走出电梯，连家都没有回，转身走向戚乔的家门口，才准备敲门，听见从里面传来模糊的类似争执的声音。隔音效果太好，他听不清里面的人在说什么，只能分辨出在说话的人似乎是江淮。

谢凌云微顿，下一秒，屈指大力扣响金属门。

没半分钟，戚乔打开了门。

谢凌云只低眸看了她一眼，随即望向里面怒火中烧的人。

不等他开口，江淮先发制人走过来，抓着谢凌云的领口一字一句问："你那电影找了冯巍投资？"

戚乔没想到江淮会直接冲过来，拉着他的手向后："师兄，和谢凌云没关系。"

另外两人却没一个搭理她的意思。

谢凌云直直地望着江淮："她告诉你的？"

江淮怒道："戚乔要是会主动告诉我还好了，都传遍整个业内了，还想瞒着人？"他深吸了口气，松开了抓着谢凌云领口的手，语气沉沉，"谢导，别的投资方都无所谓，冯巍不行，他……"

江淮没有继续说下去。

"我知道。"谢凌云说，"放心，你担心的事情绝对不会发生。"

江淮撤开一步的距离，探寻地打量着他："你知道？"

戚乔开口："他不知道那件事。"

谢凌云看向了她，目光很深。

江淮道："你的保证在我这里没有效力，如果当初知道你要与冯巍合作，我绑着人都不会叫她与你签约。"

"合作？"谢凌云给了他一颗定心丸，"马上就不是了。"

他举起手中的资料走进屋内，打开给两人看。上面记录了金山影视经济犯罪的细节，涉及金额足以将法人代表冯巍送进去。

戚乔在看完后，才问："你怎么拿到的？"

谢凌云轻描淡写："简单，一通电话的事儿。"

一个小时后，两人才一前一后从戚乔的房子离开。

江淮已经走去电梯间。

谢凌云的脚步在门口停了下来，他回头垂眸看着戚乔，低声问："他怎么什么都知道的比我多？"

戚乔笑了下，一本正经道："我跟师兄是彼此最亲近的朋友。"

闻言，谢凌云板起张脸，长睫垂下来，看了一眼戚乔。下一秒，他又低下了头,动作很快,不等戚乔反应,轻轻地掐住了她的侧颈,在两人的唇瓣之间不到一厘米的距离时,停住动作。

戚乔下意识地屏住了呼吸,只感觉到轻柔摩挲着自己脖颈的手指。

谢凌云"啧"了声,拇指的指腹搭在戚乔侧颈的动脉血管上。他无意识地用指腹轻蹭着,低声呢喃:"晚上去找贺舟拿东西的时候在他那儿喝了杯酒。"话音落下,他惋惜一般松开了手,直起身朝戚乔道,"进去吧,明晚有我在,不用担心。"

戚乔笑了一下,却觉得微妙。哪怕他没有说什么,对于明天要见到冯巍这件事,她似乎都没有从前那么恐惧了。

戚乔低声道了句"晚安",关上了门。

谢凌云转身,朝对面的房门走去,经过电梯间,看到了还没有离开的人。

江淮指间夹着一支烟,抬眸:"聊聊?"

两人乘电梯,去了天台。

十二月的北城,冷风猎猎,两人吹着风,谁都没有先开口。

一分钟后,江淮将手中的烟盒递给了他。谢凌云抽出了一支,咬在唇间。

江淮摁下打火机,点燃了一直没有抽的那支烟,又笼着火苗伸出手。

谢凌云低头,轻轻地吸了一口,猩红的火星在夜空中闪烁。

"看着挺熟练。"江淮道。

谢凌云抬手,指间夹着烟取下来,微微仰头,将袅袅白雾送去空中。

"会是会。"他只说,"很久没试过了。"

江淮比谢凌云更早抽完烟,分不清是因为这一支烟,还是情绪使然,他的嗓音有些低哑:"明天别让戚乔跟那姓冯的老变态见面。"

谢凌云错愕于江淮对冯巍的称呼,他隐约地猜到几分,取下齿间咬着的半根烟,望着江淮,沉沉地问:"四年前发生了什么?"

"我不能告诉你。"江淮说,"如果戚乔愿意,有一天她会告诉你,我不能说。"

谢凌云问:"你在场?"

江淮摇了下头:"我到的时候已经有点晚了,否则戚乔现在也不会怕黑怕成那样。"

谢凌云低头,徒手掐灭了手中的烟。

江淮离开后，他一个人在天台吹了很久的风。

杀青宴在晚上七点钟正式开始。

谢凌云的车与戚乔的车一前一后抵达，酒店外蹲守着闻风赶来的记者们。

两人也没有刻意避嫌。

谢凌云下车，等戚乔到身边，才一同并肩走进去。

丽思卡尔顿酒店的整整一层宴会厅都被剧组包了下来。

他们上楼时，主桌的位置已经快要坐满，只剩最重要的主角没有落座，导演与女一号。

李一楠招呼着两人坐好，便去充当这种场合的氛围组，作为制片人洋洋洒洒讲了一大段。他带头起哄，喊总导演谢凌云上台。

谢凌云很给面子，接过话筒，言简意赅，感谢了全组上下一百八十二名工作人员，说正是因为有了他们五个多月的努力与付出，才有《偏航》的顺利杀青。

谢凌云回座之时，正好遇上服务生前来倒酒，对象自然也包括戚乔。

不等她主动开口，谢凌云伸手将她的高脚杯倒扣在桌面之上，一点儿不在乎主桌上其他人的目光，说："她不能喝。"

同剧组的主演早已在聚餐时知晓他们俩的事，纷纷交换了个眼神，笑盈盈地。

坐在一旁的飞影影视的董事长却笑称："杀青宴这种大好日子，怎么能不喝一杯呢？戚老师，来，我亲自敬你一杯，我的面子你总得给吧？"

戚乔："抱歉，我……"

"我说了，她不能喝，没听见？"谢凌云强硬道。

戚乔顿了一下，桌子底下的手按在了他的手上。

谁都看得出来，好好的杀青宴，导演的情绪非但不高，甚至隐约地含有几分克制的怒意。

李一楠笑着站起来维持场面，说谢凌云今天早起胃不舒服，心情不爽了一天了，请大家见谅。

戚乔握着谢凌云的一根手指轻轻地晃了下。

谢凌云闭上了嘴，没再发脾气，但仍冷着脸靠在椅子上。

在这间隙中，坐在对面的冯巍忽然笑说："看来戚乔还是酒精过敏？"

谢凌云撩起眼皮，看向了他。

戚乔僵了一秒，很快又说："是。"

"冯总怎么知道？"有人笑问。

冯巍望了眼戚乔，道："偶然而已。"

余光察觉到什么，他正视前方，看到了谢凌云落在自己身上冷若冰霜的视线。

冯巍笑着，冲他举了举杯。

谢凌云一动未动。酒过半巡，主桌最中央的人除了抿了几口红酒，筷子没有动一下，连周围纷至沓来的敬酒也一一谢绝。

桌上的人少了一半，宴会厅氛围热闹了几分，这种场合人们都在互相走动着交际。

戚乔起身去卫生间，谢凌云拉住了她的手，喊来小年，见两人一起出去，才收回目光，回了头。

这一幕被离得最近的一位投资方看到，他八卦道："看来谢导和戚乔有情况？"

谢凌云没有正面回答。

对面，冯巍起身，端着酒杯朝他走来，又亲自为谢凌云添满一杯白酒："谢导，我敬您。"

谢凌云坐着没有起身，轻笑了声："冯总比我大出了一个辈分，怎么担得起您这一句敬。"话这样说，冯巍举着酒杯递到他的手边，他却看都没看一眼。

当着这么多人的面，被人驳了面子冯巍也面不改色，笑说："哪里的话？要是只论年纪辈分，这圈子里可就要乱了套了。"

谢凌云抬眸，目光冷漠地扫了他一眼。

冯巍凑近一分，借机将那杯一直没有被接过去的酒杯放在了谢凌云手边的桌面上，低声又问："戚乔现在是谢导的人？"

"她是她自己。"谢凌云起身，上前一步，在冯巍的耳边一字一顿地道，"但我谢凌云永远站在她的身后。"

冯巍眼中透过一丝惊诧，又在瞬间调整好自己的表情。

口袋的手机振动，谢凌云一边朝外走，一边接通。

贺舟的声音从听筒中传来："查到了，你……要不要听？"

"说。"

贺舟提前打预防针："这可是你要听的。"他顿了一下，才开口："冯巍这人在十年前搭上了的那位老板在业内有点地位，你也知道，最近他正在被调查，要么圈子里私下都叫他老狐狸呢，调查的时候检方那边硬是没找到一丁点儿跟冯巍有关的证据。"

谢凌云的脚步在酒店长廊的尽头停了下来。他拉开了一扇窗，任凭冬日的冷风打在身上。

"他那影视公司除了做项目，也会签艺人。至于之前提过的私德方面……我查到的就是关于他们公司的那些艺人。你说巧不巧，足足有六个早都不在娱乐圈混的女孩在这几年间先后举报过相同的事。"

贺舟停了下来。

谢凌云沉声道："继续说。"

贺舟："举报的内容都是金山影视董事长冯巍迷奸。"他顿了几秒，继续说，"这些女孩里，还有一个人是戚乔……"

谢凌云挂了电话，几乎没有犹豫，转身，大步流星重新朝宴会厅走去，拐过一道弯，听见两人的议论声从吸烟室的没有彻底关上的门缝中传出来。

"冯总好像对戚乔格外关注？"说话的是刚才那位飞影的董事。

谢凌云停下了脚步，没有等太久，他听见了冯巍的回答："几年前见过而已，那时可比现在单纯多了。"

"冯总小心隔墙有耳，您今晚难道没看出来，谢凌云跟戚乔关系很不一般。"

"怕什么？"冯巍笑了笑，"2018年那会儿，她拿着剧本要来找我投拍她的电影，说她虽然先做了演员，但正儿八经是电影学院导演系出身的。你说一个小姑娘写出来的电影剧本有什么投资的价值？"

另一人笑声猥琐："张某虽然孤陋寡闻，倒也听说过冯总一些风流韵事，这个戚乔，难不成也……怎么样？"

"这张总可就想错了，才刚灌了酒让人给我绑上去，她居然还醒了，挣扎着打了我好几巴掌。"

"真的假的？还挺烈。"

"呵,她居然绑着眼睛都听出来了我是谁,说要报警,你说可不可笑。就是可惜啊,要不是后面陪她一块儿来的那个叫江淮的找了上来,也不会没让我得逞。开了灯又看到那身上果然一片一片的红疹子,还给我留下了心理阴影,之后好长一段时间没碰人。可惜了……啧啧,当年的戚乔可比现在纯……"

话音落下,掩着的木门被人一脚从外面踹了开来。

冯巍还没有来得及反应,就被人扯着衣领勒住了脖子。

呼救声甚至没来得及喊出口,一记重拳带着劲风砸在了他的脸上。

"谢凌云,你做什么?"戚乔看见后,急匆匆地跑过来。

谢凌云还想上前,冲着冯巍挥拳,戚乔不管不顾地冲了进去,奋力地抱住了谢凌云的腰。她用尽全身的力气,将谢凌云扑倒在了一旁的地面上。

赶来的李一楠脸上布满阴霾,冲戚乔勉强投去了一个安抚的眼神,说:"人已经安排都从另一边散了。"

冯巍被揍了一拳,脸上带伤。李一楠紧急将他送去了一家私人医院。

杀青宴的人被疏散得很快,除了那位起初与冯巍一同待在吸烟室的飞影董事外,其余闲杂人等没有听到一丝风声。

李一楠忙前忙后,联系酒店,将所有当时在吸烟室附近的工作人员都封了口,又亲自与那位董事座谈了半个小时,在对方答应对今晚之事守口如瓶后,他才长长地松了一口气。

小年送来从附近药店买来的碘伏和创可贴,目光忧愁地看了好几眼吸烟室沙发上的两人,最终还是关上门走了出去,将空间留给了他们。

戚乔拧开碘伏瓶子,伸手将谢凌云的右手拉过来,低头用蘸了药水的棉签小心地涂在他被冯巍衣服上的扣子划破的伤口上。

谢凌云垂眸,蹭破了一点皮而已,要不了多久便能自愈。但他还是听话地任她处理。

两人谁都没有说话。

戚乔将一张创可贴贴好,处理完后,她还是低着眼睑,连呼吸都十分微弱。

谢凌云伸手,双手捧着她的脸颊,让戚乔抬起头时,才看到她微红的眼眶。

他没心没肺地笑了声:"干吗啊,戚乔乔,这不是也没出事儿?"

戚乔反问："还要多严重才算出事？你知不知道，要是你真的……我……"她停在这里，没有说下去。

谢凌云捧在她颊边的双手揉了两下，他安抚似的说了一句："放心，我有分寸。"他说完，便看到戚乔生气的眼睛。

她冲进来时看到的情况的确让这句话变得毫无可信度。

他笑了一下，改口："何况这不是还有你拉着我？"

戚乔握住了他一只手腕，说："下次不要再这样了。我很害怕，谢凌云，哪怕冯巍永远得不到应有的惩罚，我也不想要你出事。"

谢凌云低头，贴近几分："又是跟谁学的？"他眸中带着一丝笑，"戚老师讲起情话来真是让人招架不住。"他说着，忽地伸手拉着戚乔的手贴在了自己的左胸口，"你听听。"

急促有力的心跳隔着衬衣薄薄的衣料，传到了戚乔的掌心。

她被他突如其来的动作弄得反应不及，还没来得及说话，吸烟室的门被人敲响。

李一楠拧开把手，推开了半边，才迈进来一条腿，便看到了沙发上两人的亲昵动作。他只愣了半秒，随即退回门外，重新关上门。

一分钟后门再次被敲响，得到一声回应后再进来，沙发上的两人已经相安无事一左一右地坐好。

李一楠开门见山："医院那边打来了电话，说只是外伤，不算太重不严重。"

戚乔问："他有说什么吗？"

李一楠摇了摇头，松口气："没有，应该是不准备追究……他心里忌惮。"

戚乔却皱了下眉，冯巍那么睚眦必报的一个人……

谢凌云从她的一个眼神便看出来戚乔在想什么，伸出手去，握着了她的手腕，将人从沙发上拉了起来。

"我还会怕他不成？"他云淡风轻地说，"甭担心，走了。"

李一楠提醒："外面还蹲守着一堆记者，估摸着都是看散场时你和戚乔没出去，所以没一个离开的。我叫司机把车停在地库了，等会儿小年装成戚乔从大门出去坐原来那辆吸引记者，你们直接去地库，别走大门。"

十分钟后，两人成功躲开记者，登上一辆狗仔并没见过的跑车。

司机升起了隔板，后排的空间彻底变成了私密的世界。

谢凌云打开微信，给贺舟发了几条消息。他没有说今晚的事，只请贺舟帮忙，将曾举报过冯巍的女生手中的证据收集好，如果她们愿意，最好能够出面做证。

全程文字编辑，戚乔并不知道他在干什么。

车子引擎发动，推背感袭来，她才终于将紧绷了一晚上的神经放松下来。

私密的狭小空间，暖风绕在周身，以及谢凌云的存在，都让她觉得自己像是柔软的蚌肉，缩回了自己的壳内。

戚乔将目光转向了右手边的人，没有任何铺垫地开口："2018年的那个冬天，我拿着毕业后完成的第一个也是唯一一个剧本去找投拍公司。"

谢凌云看了过来，意识到这是戚乔在回答他之前的请求——等她愿意说的时候，再告诉他。

可此刻，谢凌云却没有犹豫地说："但我现在不想让你再想起了。"

"忘不掉。"戚乔笑着摇了下头，"让我告诉你吧，我答应过你。"

这也是她第一次对人讲起这件事。

"当时的经纪公司不支持我要转行去拍电影的打算，后来为了全身心画分镜本，之后的戏约我都没有接，经纪人说老板妥协了，他说为我引荐影视公司的制片人，去的地方却是一个酒局，也是在那个酒局上，我第一次见到了冯巍。"

冯巍那年刚到四十岁，从外表来看，当真只是一个斯文儒雅的商人。

起初，他对戚乔的剧本表现出了浓厚的兴趣。没有让戚乔等太久，冯巍的助理便发来短信，说他们公司有意愿投拍，可约时间详谈。

戚乔将这个"好消息"第一时间告诉了江淮，江淮却并不放心，要跟她一块儿去。只不过戚乔没有想到，后来她抱着剧本满怀期待地赴约时，等待她的却是早有预谋的陷阱。

江淮被支开，她被灌了酒，被人蒙着眼睛，带到了冯巍常住的酒店套房。

她向酒店长廊中遇到的服务生求救，请他帮忙报警，对方只是与绑着她的手腕带她来的那个人对视一眼，吹了声口哨，熟稔至极地说："冯总今晚又有艳福了。"

戚乔那时才明白，恐怕那一整个酒店都是冯巍的庇护伞。

那人把她丢在了酒店的床上，临走之前，用一根皮鞭，绑住了她的两只脚踝。

呼吸不觉急促起来，陌生而恐惧的感觉从心口蔓延开。可她的手脚被绑着，眼睛被蒙着，她只能绝望地感觉到自己逐渐因为酒精变得无力发软的身体和体内犹如火烧的灼烫。

没有多久，她听见有人推开门，脚步声由远及近传了过来。

她听见那人的笑，随之而来的是含着嘲讽的话："不是想拍电影？你要是听话，我可以考虑给你投资，怎么样？"

戚乔听出那是冯巍的声音。她努力地挣扎，即使是被绑着手脚，蒙着眼睛，也不管不顾地想要逃离。

她的额头撞在床头的柜子棱角上，身体从床上滚了下去，朝远离那道声音的方向爬。

脚步声不急不缓地靠近，戚乔听见冰块碰撞的声音，随后是倒入液体的水流声。

冯巍像是观赏到手的猎物无谓的挣扎，戏谑地看了眼戚乔："听说你是学导演出身的？依我看，这张脸做演员却更合适。"他笑了声，道，"你那剧本我倒是看了两眼，像你这么大的，还是个女孩儿，能写出什么好东西来？戚乔，你来说说，我会放着成熟的项目不投，来给你一个刚毕业没几年的学生砸钱玩儿？"

冯巍端着那杯酒，看着戚乔漫无目的又不肯放弃地在地上挣扎，他淡笑着欣赏了会儿，走上前去："不过你今晚要是懂事，也不是不能给你几千万玩一玩，怎么样？"

戚乔咬牙说："我要报警，冯巍，你这是意图强奸。"

冯巍笑出了声，他直直地立着，下一秒，将手中的酒杯倾斜，加了冰块的酒液悉数浇在了戚乔的身上。

白色的裙子立刻染上了红色的酒液，湿淋淋地贴在女孩的身上。

她被捂着眼睛，什么也看不见，只剩刺骨的寒冷与黑暗。

后来，是赶来的江淮踹开了套房的门。他冲了进来，看到眼前的场景，拎起床头的一盏台灯用尽全力砸在了冯巍的脑袋上。

他昏了过去。

江淮脱下身上自己的大衣，裹住颤抖的戚乔。

他伸手解开绑在戚乔眼睛上的黑布，还有手腕脚踝上的皮鞭，一遍遍地告诉她："没事了，戚乔，没事了，咱们走。"

…………

戚乔简短地讲述了四年前的那个夜晚。她的话说完，车内的空气都仿佛停滞了。

谢凌云一直在看着她。戚乔刻意地回避，等说完这些，才转头望向他。他却又很快偏过了头。

戚乔看到谢凌云紧绷的下颔和牢牢握着拳、青筋暴突的手。

她看见谢凌云脖颈上的青筋也显露出来，然后吩咐司机道："开快点。"

戚乔知道他想要干什么，她伸手握住了他的手，轻抚着："我不会让你回去找他的。"

谢凌云的怒意便愈发压抑，他紧咬着后槽牙，说："我不去找他。"

"才不信你，"戚乔轻声道，"我不会放手的。"

她费力地一根根掰开他的拳头，将崩开的创可贴按好，伸手在谢凌云头发上摸了摸。

"我现在不是好好的吗？你乖乖的。"戚乔道，"冯巍一定会得到惩罚，但是谢凌云，我不想你成为那个代价。咱们选择更好的方法，好不好？"

谢凌云的目色沉沉地望着她。

倒退的车窗外，路灯的光一段一段地透进来。

谢凌云蓦地伸手，将人抱在了自己的腿上。

戚乔喉间溢出一声轻轻的低呼，却在反应过来后笑了一下。

谢凌云一只手掌按在她的后背，将人抱进了自己的怀里。

戚乔搂着他的脖子，低下头，将自己全身心地贴进他温暖的怀抱里。

黑色轿车缓缓行驶在长安街上。

过了很久，她终于感觉到谢凌云的情绪逐渐平息。

戚乔的下巴搭在谢凌云的肩头，她轻轻地吸了吸鼻子。

谢凌云感觉到颈间的呼吸："闻什么呢，跟只小狗似的？"

戚乔小声说："你才是小狗。"

谢凌云笑："嗯，我是戚乔乔的小狗。"

戚乔心速加快，低声喃喃道："哪有人主动给别人当小狗的啊？"

谢凌云臂弯一松，退开一小段距离，看着戚乔清澈的眼睛，他声音低哑地说："七年前给过你了，就永远是戚乔乔的。"

戚乔愣了一下。

谢凌云揽着她的腰，加重一分力道，沉声要求道："这次不可以再丢下我。"

尾音像动物毛茸茸的尾巴划过皮肤一般，挠在戚乔的耳郭上。

谢凌云低声诱哄："跟着我说，戚乔乔永远不会再丢下谢凌云。"

戚乔此刻很乖，跟着他念："戚乔乔永远不会再丢下谢凌云。"

谢凌云笑了笑，一只手捧着戚乔的侧脸，在将要吻上去时，又一次停住。他烦躁地皱眉："今晚又喝酒了。"

戚乔弯了弯眼睛，轻轻地说："不许张嘴巴。"说完，她主动凑近，吻住了谢凌云。

谢凌云感觉到唇上贴过来的柔软触感，像被风吹动的柔软水波，像夏日晴空时蓝天的云团，像软绵绵的糖果。

这一瞬间，他的脑海中涌出一个接一个的形容词，总之所有的字眼是他迄今为止体验过的世界上最美好的事物。

他的呼吸间充满了清甜，像甜津津的蜂蜜、凉丝丝的冰激凌、成熟的汁水饱满的荔枝……可他又觉得，这些东西的甜度都无法与她比拟。

外界的一切消失了，他的脑海，他的感官，他全身的每一处，都完全地被戚乔占据。

同2015年的那个夏天他偷走那个吻时一模一样。

但这一回，他真的将她抱在了怀中。这一认知，让谢凌云身上的每一个细胞都在刹那间颤抖起来。仿佛觉得两颗古老的恒星发生碰撞而释放出巨大的磁场与能量，亿万计的金辉射向宇宙中的每一处空隙。那耀眼的光芒将他整个人都包裹起来，而谢凌云只想要伸手接住夜空下散落的满天星辉。

谢凌云情不自禁地微微启唇，舌尖不听大脑指挥地探出去："唔……"

戚乔的掌根抵在他肩头，身体未动，只将脑袋向后退了几厘米。

路灯白色的微光从车窗透进来，照在她绯红的脸颊上："你干吗？"

谢凌云重新闭上了嘴巴，过了好几秒，才声线低哑地慢慢吐出句："没忍住。"

戚乔的唇上沾着一点儿莹亮的水光。

谢凌云的眸色渐沉,贴在细腰后的那只大掌上移,沿着微凹的脊柱沟,流连于戚乔的天鹅颈后,指尖渐渐收拢,扣着她的后颈让她再次低头。

"再亲会儿。"

车速渐渐减慢,最终汽车在碧水云天的地下车库停了下来。

白皙的手指落在男人侧脸,戚乔闭着眼睛,在谢凌云的唇角落下一个蜻蜓点水般的吻:"到了,咱们该下车了。"

谢凌云的手指穿过她柔软乌黑的长发,黑发如水流一般从他指缝中淌过,最后一缕发丝流走前,他曲起指节,将她的长发在自己的中指上缠绕了两圈。他凑近,呼吸带着烫意,鼻尖碰了碰鼻尖,薄唇停在一个要吻不吻的微妙距离。

戚乔推了他一下。

谢凌云像个第一次尝到糖果的小孩,不知餍足:"那回去再亲?"

戚乔不想承认,可她自己好像也有点沉溺。于是,在谢凌云幽邃的目光下,她微红着脸,慢慢地点了下头:"嗯。"

她要从他身上起来,才抬起一点点,侧腰被两只大手掐着又按了回去。

"戚乔乔。"

"嗯?"

戚乔疑惑地看了他一眼:"又怎么啦?"

谢凌云问:"现在,我是谁?"

"谢凌云啊。"

"不对。"

戚乔才想说"哪有不对",却被他认真而深沉的眼神看得一愣。

他的掌心有一下没一下地在她侧腰抚弄着,仿佛不急不缓地催促。

"痒。"戚乔向后躲。

他的手便也紧随其后地追上去:"答对了就放过你。"

戚乔忽然明白了他非要追究一个清楚的答案的原因。哪怕曾经他们谁都没有明确地向对方确认,但在那个夏夜的海边,她说过,她要那只小狗。

那时候他们都没有想到,那是曾经他们最靠近的时刻。

站在谢凌云的角度,她似乎就是个答应了却又丢弃了那只小狗的坏人,而他甚至没有立场要一份诉状。

戚乔心中软成了一片,那些未来或许会发生的,潜在的现实问题她都不想要再管了。此时此刻,这个夜晚,她只想要毫无保留地爱他。别的一切,都不重要,都没有他重要。

　　她曾经以为自己与谢凌云是两条永远不会产生交点的平行线,他们存在于两个不同的世界。可重逢以来,谢凌云让她看到的一切,他所做的每一件事,每一次靠近都让戚乔感觉到——他在朝着她走来。

　　不需要她努力地触碰他的世界,谢凌云总会朝戚乔走过来。

　　此时他似乎在以一种强硬的姿态,逼迫着她承认,可戚乔分明被包裹在小心的试探和卑微的祈求中。

　　她的心软得不像话,终于她不再克制自己外露的情绪。

　　戚乔低头,再一次吻了吻谢凌云的唇角:"是男朋友。"她笑着,一字一字地说,"我的男朋友。"

　　谢凌云心满意足,他重新揽着戚乔,他的呼吸喷洒在她的颈间。

　　好一会儿,戚乔才听到谢凌云低沉的声音:"戚乔乔,这些年是不是受了很多委屈?"他陈述地说了这么一句,又道,"以后都不会了,谁都不能欺负你。"

　　戚乔的鼻头泛起酸意。她已经很久很久都没有这样的感觉了。

　　这一次,却不是因为外界加在她身上的锋利的刀,只为谢凌云的话。

　　他们在车里紧紧地相拥,却不知道此时,外面闹翻了天。

　　一个新注册的微博账号在五分钟前发布了一段监控视频,是偷拍的安保室监控画面。

　　画面没有声音,前十秒钟,只看得见两位男士在吸烟室平静地聊着天。

　　然而就在第十一秒,吸烟室的门被人从外面一脚踹开,一名高瘦的男子闪电般冲了进来,二话没说,拎起靠窗坐在沙发上的那名中年男子就打了一拳。

　　视频的画质并不清楚。

　　但在谢凌云转身回头的那一秒,摄像头拍到了他的侧脸,由于过于具有辨识度的长相,他很快就被网友认出。

　　那条微博以风驰电掣的速度被全网转发扩散开来。

　　两人踏进电梯间时,谢凌云的手机响了起来,是他爸打来的。

　　谢凌云没接,不想破坏此时的心情。但随即,微信接二连三的好友消息轰炸了他的手机。

贺舟的电话打进来。

戚乔的手机也在同时弹出来一条来电，是小年。

两人同时接通，一个平静一个震惊，同时问："你说什么？"

戚乔的脸色顿时变白。

小年的话像一记重锤落在她心上。

谢凌云却并不十分意外的模样，言简意赅地说了两句今晚的事，对于背后原因，却只字不提，然后便转接了李一楠焦急的来电，他平静道："我知道了……嗯，你冷静点，慢慢说……"

戚乔提着一颗心，打开了微博热搜。

近来风平浪静的网络被一条视频砸得波涛汹涌。

戚乔握了握拳，点开了词条，一眼看见那条最开始发布的微博。

在这么短的时间内，这条视频的转发量竟然已经破五万。

已经有人爆料，被打的主人公正是金山影视老总冯巍，显然这一切都发生在今晚电影《偏航》的杀青宴上。

戚乔整个人都僵立在原地。这件事像一颗鱼雷入水，在夜半时分将原本平静的网络激起了千层浪。

戚乔闭了一下眼，好一会儿才睁开，看向一旁依然在讲电话的谢凌云，他自始至终都很平静，仿佛对这件事的传播速度毫不惊讶。

李一楠乱了阵脚，听筒中传出来的声音磕磕巴巴，语句错乱，反倒是谢凌云还在出声安抚他。

戚乔紧紧地抿着唇，脚步朝他又靠近了半步。她伸手握住了谢凌云垂在身侧的那只手，心中却早已慌乱不堪。

舆论在分秒之间甚嚣尘上，已经将罪名为谢凌云拟好。

电梯抵达二十七楼，谢凌云与李一楠的电话终于结束。

轿厢门打开，戚乔像一只木偶，等他扣着她的手往出走，才亦步亦趋地跟上。

"谢凌云……"拐弯时，戚乔停了下来。

谢凌云回头："嗯？"

戚乔将措辞在心中斟酌无数遍，却没有一个结果。

她宁可冯巍依旧好端端地站在那儿，也不要谢凌云成为代价。可现在，他们离这个结局越来越近。

然后反而是谢凌云先开口，安慰她："别担心。"

戚乔紧紧地抓着他的两根手指，掌心因担心与紧张渗出了细细密密的冷汗，好一会儿，她才说："我还留着当年的证据，我发微博揭发冯巍曾经做过的事，这样的话，大家就不会……"

"不行。"不等她说完，谢凌云便打断，"不用这样。"

戚乔却认为这是最直接有效的方法，让大家都看清冯巍的真面目，所有人便都会知道谢凌云今晚的行为事出有因。她可以告诉所有人，他是为了她。

戚乔想到这里，便准备实施，才转身，却又一次被谢凌云紧握着手腕拉了回去。

"不行。"他斩钉截铁地说，话音落下，手机再次振动。

谢凌云低头，又是谢承，他接起电话，扣着戚乔的那只手仍然没有松开："爸。"

"为什么动手？"谢承开门见山，"你知不知道自己在做什么？"

谢凌云说："我知道，我很清楚。"

"原因。"

"没什么好说的。"

"谢凌云！"

沉默数秒，听筒中传出一声沉沉的呼吸："你二十八岁了，不是十八岁，还当自己是个做事不用负责的小孩子？"

谢凌云道："我会为我自己的行为承担一切责任。"

谢承无言片刻，厉声通知："这件事我不会管，我也会拦着你爷爷和姥爷，免得家人被你拖累。"

谢凌云笑："行啊，我也没打算让你们替我收拾摊子。"

"谢凌云！给我端正你的态度，我没听出来你有一丁点儿自省反思。"谢承深呼吸，怒意倾轧而来，良久，命令的语气说，"去警局自首，不要等人家亲自上门。"

谢凌云沉默了许久，没有回应。

当晚，谢凌云主动去派出所投案。戚乔因为担心他，无论谢凌云怎么劝说自己,她都要跟着。

在警方询问时,戚乔甚至直言不讳地说谢凌云是为了自己才对冯巍动手的,还表示自己就是当事人,目击了整个过程。

当时媒体也在场,直播拍摄了这一幕,将戚乔所说的话传播出去,在网上引发了不小的动荡,纷纷猜测戚乔的话中到底有何意义。

警察对谢凌云的讯问没有二十分钟就结束了。

他对揍冯巍的过程直言不讳,没有一分隐瞒,却在警察问起动机之时,一个字都没有说。

隔壁询问室,女警官看到戚乔从进来后便一直苍白的脸色,贴心地为她倒了杯温开水。

戚乔道谢。

女警官温声开口:"当时的情况,谢凌云已经在审讯室交代清楚了,但他对自己动手的原因闭口不提。你说你也是当事人,所以你知道他对冯巍动手的原因?"

戚乔点了点头。

女警官示意一旁的记录员准备。

"2018年的时候,我认识了冯巍。"

戚乔一五一十地将四年前那个夜晚发生的事情全部告诉了警察,比她之前对谢凌云说的版本更加详细。

那些面对他时无法开口的细枝末节,她都告诉了面前的警察。

同样的话,她四年前报警时便已经说过,但后来却不了了之。

一个小时后,戚乔才从询问室走了出来。她朝隔壁的审讯室走去,那门严丝合缝地关着,她什么也看不到,同样也听不到。

戚乔两只手在身侧紧紧地攥着,她并没有离去,仿佛石像似的站在外面。

走廊拐弯处传来一阵阵的脚步声。

"已经带来了,正在审讯室……是,没有违抗,是自己下来的,有自首的意愿……伤者已经送到了病房休息,鉴定伤情的专家已经过去了,不过您可以放心,并不重……"

戚乔抬起头,一眼看到为首的人,一身正装,衬衫领结一丝不苟,外头的黑色长大衣上还佩戴着一枚徽标。

他的身后跟着秘书与两位警卫人员。

为首的人面无表情的模样,和谢凌云太过相似,戚乔一眼认出来,来人正是谢凌云的父亲,谢承。

她轻轻地抿了下唇。

视线中,局长低声凑到谢承耳边说了句什么。

谢承冷着眼眸,声音沉沉:"该怎么办就怎么办。"

戚乔感觉到心脏瑟缩了一下。

下一秒,谢承抬起了眼睛,朝她的位置看了过来。他朝后抬了下手,周围的人便都停下脚步,他朝着戚乔走来。

"人在里面?"谢承问。

"嗯。"

谢承负手站得笔直,并没有要求进去看,他的目光朝戚乔偏了过来:"你说是因为你?"

戚乔顶着那道压迫人的视线,看着谢承点了头:"是。"

谢承轻笑了一声。

戚乔以为他还要说什么,起码问她一声为什么,但下一秒,谢承却转身,阔步朝外走去。

谢承离去后没有多久,贺舟、李一楠便前后抵达,一同前来的还有傅轻灵。

贺舟从家中赶来,睡衣都没换,面色焦灼地叉着腰在大厅走来走去。傅轻灵坐在戚乔身边,朝他勾了勾手:"得了,过来坐着,晃人眼。"

贺舟趿拉着拖鞋,才坐下,就咒骂道:"冯巍那老变态,打他几拳怎么了?这算为民除害,得给颁个匡扶正义奖。"

戚乔看向了他:"你知道?"

"也算是了解一点儿。"贺舟往后靠着,后悔道,"我就知道告诉他,他得急。"

傅轻灵问:"你们打什么哑谜呢?"

贺舟看了眼戚乔,没告诉她,只说:"这事儿没法跟你讲。"

傅轻灵并未追问,但到底是发小,了解谢凌云是什么样的人,从戚乔的模样中便也猜出了几分。

几人中最愁苦的是李一楠。他叫工作室的人做舆情监测，却没把得到的结果告诉他们中的任何一个，独自一人承担着，不停地在用手机与公关部的人商讨对策。

审讯室的门终于被人打开，穿着制服的警官走出来。

戚乔立刻上前："我能见一见他吗？"

警官公事公办："不行。"

贺舟问："要怎么处置啊，警察叔叔？"

这件事引起的舆论已经扩散到了全网，不是一桩娱乐新闻，而是社会事件，且引起了重大的社会关注。警察如实坦言，恐怕只会从重处理。但伤情鉴定结果出来后，如果受害者愿意和解，也能大事化小。

等警察离开后，戚乔便问李一楠："冯巍在哪个医院？"

"你难道想要去找他签和解书？"

戚乔默认。

贺舟却一屁股在旁边的椅子上坐了下来，老神在在道："他恐怕不会和解。"

戚乔疑惑地看了他一眼。

贺舟道："明天你就懂了。"

"你和他约定了什么？"戚乔问。

贺舟一笑，一开始的紧张和担忧全不见了，调侃道："小乔妹妹，谢狗为了你可算豁出去了，你这回总得给他点儿好吧。"

戚乔忽略他的打岔，刨根问底："他要你做什么，用那些税务材料揭发冯巍？"

"何止啊。"

傅轻灵却插了一句："你们有冯巍经济犯罪的证据？"

话音落下，不等回答，江淮从警局门外走了进来，身后还有一脸严肃的林舒与小年。

贺舟一瞥见江淮，脸拉下来，阴沉地看了眼戚乔。

"你还没跟他分手啊？"他怒火冲冲地吼了一句，下一秒，又好气道，"得，真是够了，是不是还想上赶着当小三啊。"

戚乔："我和师兄一直都是朋友。"

贺舟的目光转向江淮："真的？"

江淮皱眉望向戚乔："你没事吧？"

戚乔摇头。

"谢凌云呢？"

"还在审讯室。"

"微信不回电话不接，阿姨都打给我了，知不知道你妈看到了多担心，还不给她老人家回通电话，这个点估计都没睡等你呢。"

戚乔这才想起来，坐车来警局的路上，她的手机就被无数的电话和微信消息占据，大多数是从前拍戏合作过的演员。她当时心烦意乱，干脆关机没有再看，这才错过了妈妈和江淮的消息。

戚乔立刻给妈妈回拨了电话，四年前的事情只有江淮知晓，她报喜不报忧，时至今日也都只是语气轻松地编纂了个善意的谎言安抚杜月芬。

她回来时，却见贺舟眉飞色舞地策划着什么。

傅轻灵问贺舟："东西在哪儿？"

"我家。"

"走，拿着东西跟我去找冯巍。"

两人说走就走。

"他们要去干什么？"戚乔问。

江淮："找冯巍拿和解书。放心，他们有办法。"

戚乔立刻猜到："用之前谢凌云给咱们看的那些东西交换？"

江淮点头："差不多。"

签订和解书需要警察在场。

不到两小时，贺舟开车，傅轻灵亲自推着坐在轮椅上的冯巍回到了警局。

当着警察的面，冯巍很快签了和解书。

将他送走，贺舟和傅轻灵脸上挂着的假笑立刻消失。

舆论的压力太大，谢凌云的事情在网络上沸沸扬扬，现在需要的是让舆论反转。

戚乔回了趟家，从保险箱中将四年前的东西拿了出来。

冯巍方答应她投资拍片时的短信记录，以及之后她报警、举报均不了了之的记录,最重要的还有一支录音笔。她后来去找冯巍时,佯装报警无果后精神崩溃,套出了他的话,录音里冯巍亲口承认了那天晚上自己的行为。

戚乔——收好。

经纪人林舒并不同意她公开这些。

戚乔知道她有她专业的考量。但在她这儿,她更想要谢凌云安全无虞地回到她身边,至于以后或许将要承受什么,她不怕。

林舒最后劝她:"你要想好。"

戚乔低头看着面前保存了四年的东西,良久,轻声说:"舒姐,这些东西我留到现在,就是为了能有这么一天,让它们成为我的武器。四年前他逃脱了,现在所有人都关注着谢凌云这件事上。网友们义愤填膺,但如果到最后,发现为其主张正义实际上是一个罪行昭昭的人,大家又会怎么想呢?他们的愤怒会来得更重,到时就算冯巍找任何办法也无法逃脱了。"

"舒姐,这是最好的机会。"戚乔的语气坚决而果断,"遭受过那些的女生不止我一个,甚至我还算幸运。我想没有谁比我站出来发布更能引起公众的关注。我等了四年,不停地工作,让自己走到现在的位置,就是为了能让冯巍得到应有的惩罚。"

戚乔松了口气,朝林舒笑了下:"有我做先锋的话,肯定还会有更多的受害者愿意站出来,对不对?"她一字一句地说,"舒姐,我是为了谢凌云,更是为了我自己,还有和我一样……受过伤害的女孩。"

林舒最终被戚乔说服。她帮戚乔将那些证据一一扫描,整理归纳。戚乔撰写了一篇长达五百字的文章,林舒看过,又让公关部的专业团队加以修饰。

整夜无眠,桩桩件件准备就绪之时,天边的朝阳破开了云层。

发布之前,戚乔给妈妈打了一通电话。她怕杜月芬在毫无准备的情况下看到她的微博内容会情绪崩溃,于是在时隔这么多年之后,第一次对妈妈讲起了那件事。

杜月芬在电话中泣不成声,止不住地说:"是妈妈害了你。"

她心中对女儿存有莫大的愧疚,这些年午夜梦回,总会后悔当年的自己太脆弱,竟然为了戚怀恩那样一个人渣想要轻生,最终受苦的只有自己的身体和女儿。她总是觉得,要不是为了她,戚乔不会放弃了做导演,那么这些苦难便都不会经历。

戚乔安慰了妈妈好一会儿。挂断电话之后，她登录了自己的微博账号，输入内容与照片。点下发送按键时，她的心情竟然前所未有地平静。

　　大家好，我是戚乔。

　　2018年12月，我认识了冯巍。我带着我的剧本寻找投拍公司，金山影视表示有意愿投资，邮件与短信电话内容见图一。

　　2018年12月5日，金山影视明确表示愿意出资一千万，合同事宜需详谈，他们与我约定在七号晚上见面。出于担忧，我的师兄江淮陪我前往。信息往来与聊天记录见图二。

　　我怀着期望赴约，但那时没有想到，等待我的是人生最漆黑冰冷的一个夜晚。冯巍命人支开江淮，随后让人绑着我带到了酒店房间。是我的师兄冲进了房间救了我。

　　2018年12月8日，我前往辖区派出所报警，警察询问了事件的全过程，但之后不了了之，冯巍甚至不曾接受调查。

　　2018年12月16日，我与冯巍再次见面。链接为当时全程录音，六分二十五秒，冯巍亲口承认了当晚他的所作所为，并扬言警察都不能拿他怎么办，我一个小小的没什么名气的"戏子"，又能拿他怎么办？

　　以上所言，句句属实。

　　在最后，戚乔编辑新增了一段话：谢凌云昨晚的行为是因为得知四年前这件事，是为了我。我们相识于2013年，我了解他，并非网上传言所说，他是一个很好很好的人。

　　这条微博一发出来，戚乔的手机便涌入成千上万条消息。她干脆息屏，下楼开车，再次前往警局。

　　这条微博迅速地登上了热搜，并以火箭般的速度攀升。

　　林舒派人做舆情监测。

　　戚乔的那条微博的数据在十分钟内便高达数万。

　　影迷们心疼，网友们震惊又同情。

　　当然，也有一小部分人群注意到戚乔所说的剧本和拍电影，以及与谢凌云相识于2013年的事。他们这才发现，戚乔并非电影学院表演系科班出身，她学的是正儿八经的导演系，与谢凌云是同班同学。那么为了同学与朋友，谢凌云的行为也合情合理了。

这条微博发出后的半个小时,某官方新闻账号推送,金山影视创始人冯巍涉及经济犯罪的金额高达数亿元。

是贺舟找媒体爆料的。冯巍被送上了风口浪尖,戚乔开车再次抵达警局时,网上已经发布了已对冯巍立案调查的公告。

贺舟奔波忙于这件事,李一楠负责工作室,只剩傅轻灵一个人。

戚乔到警局时,谢凌云已经被从审讯室转移到了临时留滞室,傅轻灵拿着手机,在给他看网上的消息。

他面色很沉,应该是看到了戚乔的微博。

她的脚步微顿,谢凌云却似乎感应到,抬起头朝戚乔的方向看了过来。

戚乔冲他笑了下。

谢凌云道:"你是不是要气死我?"

戚乔走过去,隔着一道拦路的栏杆,看了一眼四周的警察,蹙眉问:"他们怎么又把你关到这里了?"

谢凌云闻言并未回答,他将两只手从栏杆的空隙中伸了出来,低头捧住了戚乔的脸颊,揉捏了一下,隔了两秒,又加重了力道。

戚乔的嘴唇不自觉嘟起。

谢凌云低声道:"怎么这么不听话?"

戚乔把一只手搭在了他的手腕上:"你捏疼我了。"

谢凌云一眼看出她在假装,自己的力气控制在恰好的范围,但他还是松了一分,揉着掌心触感细腻的脸颊,垂着眼睫道:"但是戚乔真的很勇敢。"

戚乔的眼睛微弯,正要开口,一旁观看了全程的傅轻灵忍无可忍道:"注意下场合行吗,两位?"

谢凌云一动不动,戚乔强行扯着他的手放下来。

"冯巍呢?人抓住没有?"谢凌云问。

"还没有。"傅轻灵道,"贺舟说跑了,不过警方已经实施抓捕了,放心吧,他跟老三几个也都跟着去了。"

上午十点钟时,一群身着警服的人来找戚乔。林舒与律师跟在他们身后。

来人是上面成立的专案组,为调查戚乔在微博上公开发布的冯巍一事。

戚乔跟随专案组的人去配合调查,录口供,提供了所有物证,江淮也来做了人证。

当天下午四时，警方抓住了已经逃逸到了天津一处码头的冯巍。

戚乔看到消息后才真正松了一口气。她回到谢凌云被关押的警局时，在门口又一次撞见了谢承。

秘书为他打开车门，谢承迈步下来，看到戚乔，招了招手示意她过去。

戚乔走过去，便听谢承问："你是戚乔？"

她点头。

谢承的目光在她身上微微一顿，他忽地又问："当年我见过的那个小姑娘也是你？"

"是我。"

谢承默然数秒，再启唇时，声音温和了许多："你很勇敢。放心，冯巍会受到法律制裁。"

戚乔轻抿着唇角。当年的那一面似乎给她留下了一丝心理阴影，她对谢承有点怕。

谢承却并未感觉到，迈步向前，又随口道："走吧。"

戚乔只好跟上。

谁知才不到二十四个小时，网上的风向便一百八十度大转弯。

所有人的重心都转移到了冯巍经济犯罪的事情上。

谢承一进去便被请到了办公室。

办公区留滞室的谢凌云看见，问戚乔："你怎么跟他一块儿来了？"

"门口碰到的。"

谢凌云烦闷道："又来干什么？一碰到他就没好事儿。"

"你怎么总是这么说你爸爸？"戚乔好笑道。

谢凌云："说他什么了？我孝顺他还来不及。"这语气可听不出半分孝顺的意思。

戚乔从手中的袋子里取出一块欧包。这是她在来的路上买的，特意让店员切成了小块。她拆开，一小块一小块地喂给谢凌云。

谢凌云乖乖地张嘴，又低声道："派出所的饭好难吃。"

戚乔问："他们还没有说什么时候放你出来吗？"

谢凌云摇头。

办公室里的谢承与局长一前一后走出来。

办公区的警察都被支了出去,没有外人。

谢承应该也已经知道了事情的原委。

她不禁朝谢承看去一眼。身旁的警官还在和他讲严办的流程:"拿到了和解书,按理来说就可以放人了。最重的话,我们这边也只能行政拘留……"

谢承扫了一眼戚乔和谢凌云,淡淡地打断了对方的话:"差不多行了。"

谢凌云很快被放了出来。

谢承请戚乔先去外面等待。

戚乔走出大门之时,她听到谢承教训道:"意气用事,不计后果,我就知道以你这狗脾气,在那种圈子里迟早惹出事情来……"后面的话,随着她走远,都听不见了。

戚乔有几分担忧地站在门口。没过几分钟,门外的路边停下一辆黑色轿车。

两名老人从后座上下来,后面紧跟的七座商务车下来的人过来搀扶住了两位老人。

"妈,我都说了不会有事儿,我过来瞧两眼就行,您还非得亲自来。"

戚乔总觉得那群人的面相有些熟悉。正要细看,谢凌云的声音由远及近。

"我就这么冲动,就这脾气,没你那么缜密的心思,行了吧?"

谢承气道:"一天天不务正业,说你两句跟头倔驴似的尥蹶子,也不知道像谁。"

谢凌云已经走了出来,听见这话回头:"像我妈,至于为什么不像你,那也不能问我啊。"

门内飞出来一个纸团,伴随着谢承气极的怒吼:"小兔崽子!"

谢凌云偏了下头,躲开。

谢凌云已经走过来,牵住了她的手:"我们走。"

戚乔亦步亦趋地跟着他。

"凌云。"声音是车上下来的老人口中喊出来的。

谢凌云停下了步子,朝声音来源看过去,便皱眉:"又是谁告诉你的啊,老太太?腿脚不利索还爱跑来跑去。"

老太太两眼泪汪汪的:"我乖孙子在里头吃苦了没有?"

谢凌云转头跟戚乔道:"我爷爷奶奶,还有……"他一顿,扫过那一大帮子人,居然还有点不好意思起来。

这场面仿佛小学生在学校跟人打架，老师叫家长，别人都是爸妈过来，而他的身后七大姑八大姨，兴师动众得差点让老师以为是去闹事的。

戚乔顿了一下，没有等他松开，便用另一只手推了下谢凌云："快过去吧。"

他刚过去，谢承也从警局里面走了出来。他在戚乔身边停下了脚步，询问道："谢凌云现在和你是什么关系？"

戚乔微愣，没想到对方这么直接。她有点看不透谢承对她的态度，而且她和谢凌云才刚刚确认关系，就这样猝不及防地见了家长……何况，从谢承刚才与谢凌云的讲话，说他"不务正业"云云，戚乔猜测恐怕谢承不太看得上娱乐圈的工作。

但她还是在谢承紧接着问"在谈恋爱吗"后，点了下头，承认道："嗯。"

谢承对她颔了下首，看上去只是表达"知道了"的意思，并没有再说别的。

戚乔有点不明白他到底什么意思。

另一边，谢凌云正哄着老太太，安抚两位年迈长辈的情绪，说自己什么事儿都没有。

奶奶放下心来，凑到他耳边又问："刚才跟你站一块儿那姑娘是谁啊？"

谢凌云刚才就是怕这么一大群长辈吓到戚乔，才没让她过来，然而这会儿回头却只看见谢承站在不远处跟秘书通电话。

他的心突然一紧，他条件反射地想起了大二时的那一晚。

他赶紧连哄带骗地叫爷爷、奶奶、姑姑、舅舅回家去，当然也包括他认为的罪魁祸首谢承。等人都散了，谢凌云才给戚乔打去一个电话。

那边很快接通："喂，怎么了？"

戚乔还接他的电话，谢凌云松口气："你在哪儿？"

戚乔从警局走出来："我去了下卫生间。"

谢凌云挂断电话，莫名地笑了一声："吓死我了，戚乔乔，我还以为你又跑了。"

他正想要走过去，牵住戚乔的手，一群不知道从哪里窜出来的记者举着麦朝他们涌过来。

"请问你微博上对冯巍发布的指控都是真的吗？"

"谢凌云你真的是因为戚乔的事情才出手打冯巍的吗？两位现在是什么关系呢？"

"戚乔，金山影视创始人冯巍已经被立案调查了，对此你有什么想说的吗？"

闪光灯不停地闪烁，戚乔连口罩都没有戴，记者们的问题就像机关枪似的一个接一个。她神情自若，这么几年下来，面对这样的场面也已经游刃有余。

她只是淡淡地笑了下，回答了最后一个问题："希望法官严惩不贷。"

谢凌云一个字都没有回应，拨开人群，揽住了戚乔的肩膀，以一种保护性的姿态护着她往外走。

周围记者的问题简直像鞭炮似的在耳旁响起。

但两人默契地置若罔闻。

临上车前，一位娱乐记者拔高嗓子，声音脱颖而出，大声道："四年前就发生的事情，戚乔，你为什么偏偏选在现在曝光呢？当时为什么没有公开？"

谢凌云已经将戚乔送上了车后座，闻言，他回了下头，身高的压迫感在此时体现得淋漓尽致。他低眸，面无表情地瞥了眼那位记者，以及他身前的工作牌，毫不遮掩地警告一句："别太过分。"

车将要开回碧水云天，后座的人脸还黑着。

戚乔都已经不再生气，她伸手，在他小臂上一条微微凸起的淡青色血管上戳了一下，轻声问："干吗呀你？"

谢凌云靠坐在座椅上，闻言才缓了神色。他捉住了戚乔的那根手指，一寸寸地握紧，又觉得不够，干脆分开她的手指，将整只小手都扣在自己掌心。

戚乔抬眸看了眼前座的司机，用眼神暗示谢凌云。

谢凌云却装瞎，握着戚乔的手，给贺舟打了一个电话。

冯巍已经在被带回来的路上，畏罪潜逃，罪加一等，铁板钉钉的事。谢凌云挂了电话，指腹在戚乔的手背上蹭了蹭："后面的事儿，你都不用操心了。"

戚乔点头："嗯。"才说完，打了一个绵长的呵欠。

她本应该还精神紧绷着，时刻关注着网上的舆论风向，和后续官方对于冯巍的调查，甚至于还有没有其他受害者陆续公开发声等……但此刻谢凌云牵着她的手，在车内狭小的空间里，全身的细胞似乎都莫名放松了下来。一夜未眠的后遗症迟钝地发作，脑袋昏昏沉沉，她只想要睡觉。

她的哈欠也传染给了谢凌云，戚乔抬起手，指尖触碰到他下颌上冒出来的青色胡楂。被在审讯室关了一晚上，恐怕谢凌云也没有合过眼。

"很丑吗？"谢凌云抓住了她那根手指。

戚乔的确更喜欢他没有胡子的模样，但还是说："还好。"

谢凌云"哦"了一声："那就是你觉得丑。"

戚乔笑了笑："我明明说还好。"

谢凌云已经松手，掏出手机，借着屏幕整理自己的容貌，摸了好几把下巴，大概是自己也觉得形象落拓不羁，最后拿来口罩，遮住了自己的眼睛，往后一靠，像条咸鱼一样放弃挣扎。

戚乔不禁莞尔，她伸手，将两座中间的扶手箱搬起来，主动地靠谢凌云的怀里。她将自己的手放进他的掌中，脑袋靠在谢凌云的肩膀上，很快便睡着了。

呼吸声均匀起来，谢凌云扯下自己脸上的口罩，他的唇角扬了扬，身体微微倾斜，偏过头，互相倚靠着，在车窗外不断倒退的景色中，渐渐睡着了。

抵达小区车库，谢凌云在司机的低声呼唤中率先醒来。他原本没打算叫醒戚乔，从车里要抱她出去时，她却已经醒了。

戚乔还蒙着："到了？"

"嗯。"

戚乔清醒了几分，在不小心瞥见司机大哥不停偷瞄后视镜的眼神后，她毅然决然地拒绝了谢凌云抱自己，主动下了车。

电梯直达二十七层，戚乔挥手跟谢凌云拜拜。

谢凌云在她要进门前，堵在门口，问："我等会儿能来找你吗？"

"我要睡觉了。"戚乔问，"你不困吗？"

谢凌云点头，但是说："那我来找你睡觉。"

戚乔愣在原地。

"不是，戚乔乔，你想什么呢？"谢凌云笑了起来，"单纯地睡觉，行吗？"

戚乔迟疑地问："会不会也有点太快了？"

谢凌云哪知道正经谈恋爱都是什么流程？他此刻只是遵照自己的内心，脱口而出："我想一觉醒来就看见你。"

他的嗓音有些低哑，尾音仿佛带了一把小钩子，挠在戚乔心尖。

她愣了下，瞬间清醒几分，心跳速度不断加快，但还是镇定道："那你打地铺。"

谢凌云点头，十分顺从："好。"

他答应得太快，让戚乔忍不住觉得自己好像上了他的当。

二十分钟不到，谢凌云便重新敲响了戚乔家的门。

戚乔还没有去洗澡，一开门，便看见已经洗完澡，连胡楂都刮得干干净净的谢凌云。

黑色的短发发尾还滴着水，戚乔让他进来，又找到吹风机递过去。

她将投影的遥控找出来给他，又道："我要去洗澡了。"

"嗯。"

戚乔谨慎地多看了他一眼。

谢凌云掀眸，眼底含笑地望着她，语气漫不经心地说："我可没打歪主意，你瞎想什么呢？"

戚乔否认："谁瞎想了……"

"放心。"谢凌云按下投影开关，准备找一部影片打发时间，随口道，"我可是正人君子。"

戚乔问："那我的初吻是在什么时候？"

谢凌云愣住，撤回刚才的自我标榜："好，我不是，洗澡记得锁门。"

戚乔洗完澡出来的时候，沙发上的人竟然已经睡着。谢凌云枕在沙发上的一只抱枕上，旁边的落地灯不知何时被打开。许是觉得光芒刺眼，他抬起一只手，掌心朝上遮着眼睛。

戚乔在沙发边蹲下来。在淡黄色的灯光下，她伸手，碰了一下谢凌云盖在眼睛上的那只手。

谢凌云被掌心传来的痒意弄醒。他放下了手，骤见光亮，眼睛微微眯着，朝戚乔看来。

"怎么在这儿睡着了？"

她想要收回手，却被谢凌云抓住了那根方才作恶的手指，声音低哑："困。"

戚乔想要抽回被他捏住把玩的手指，谢凌云非但不松手，反而更紧地握住。

"亲都亲过了，手还不让牵啊。"他谴责般地说了一句。

房间里只有他们两个人，一盏落地灯。灯光很暖，笼在他们身上，像是凭空为他们创建了一个温暖的私密空间。

戚乔的心跳微微加快。谢凌云明明只捉住了她的一根手指，她却犹如置身危险而迷人的热带雨林。

戚乔借着灯光佯装出一副镇定模样，轻声问："你不困了吗？"

"困啊，"谢凌云垂眸，终于适应了光线，眼皮懒散地垂着，"三十几个小时没睡觉了。"

戚乔抿了下唇："那你松开我。"

谢凌云缓慢地放开手，又低声轻叹："戚老师好绝情。"

戚乔无声笑了一下，忽地低头在他的颊边轻轻一吻。

谢凌云眨眼的动作都暂停了一刻，他撩起眼睫，定定地看向面前的人，然后便听戚乔道："你还是回自己那儿去睡吧，好不好？"

谢凌云的目光一顿，收了回来："我说你怎么突然这么主动，原来在这儿等着呢。"他说着翻了个身，面朝沙发内侧，"不去。"

戚乔扯了一下他的衣袖，笑着解释："我睡觉要开着灯的，你会睡不好。"

谢凌云转了回来："那我提前适应适应？"

戚乔："你正经点。"

谢凌云低声笑了下，起身从沙发上站起来，按着戚乔的肩膀，将人半揽着送到卧室。

"安心睡觉吧，都困成什么样了？"他打开了放在床头的那只小狗形状的夜灯，又将戚乔的手机反扣在桌面上，"网上那些东西今晚都不要再看了，好好睡一觉。"

他在床边坐了下来，动作温柔地把戚乔的手放进被子里。

谢凌云把一条手臂撑在戚乔身侧，弯下腰。他是想要亲她的，在将要碰到她的唇前又移开，只在戚乔的额上轻轻地落下一个吻。

谢凌云仿佛耳语般说："晚安，戚乔乔。"

戚乔问："那你呢？"

"回隔壁睡觉。"他说完，惋惜似的补充，"但我真的很想明天一觉睡醒就看到你。"

谢凌云抬手顺了顺戚乔散落在枕头上的长发。

"但戚乔乔好像有点儿紧张。"他眼底含着轻浅的笑，呢喃道，"还是算了，怕你今晚又睡不好。"

戚乔的眼睫颤了颤。

谢凌云坐直了些："睡吧，等你睡着我再走。"

"密码是一二二二。"戚乔却忽然开口，"门锁密码。"

谢凌云笑："我生日？"

戚乔眼神躲藏，纠正道："是我生日。"

"好吧。"谢凌云不再追究，与她交换，"我家密码也是一二二二。"又声明，"是你生日。"

接下来的一周，冯巍事件都是全网热议的话题。

冯巍被暂时押往看守所，社会记者与娱乐记者纷纷出动，将冯巍手脚均佩戴镣铐，穿着重刑犯蓝色马甲，被多名特警押进看守所大门的一幕全方位记录。

戚乔只是在网上看过这些新闻播报。

四年了，她终于在此刻感受到彻彻底底的放松。

休息室的门被人推开，林舒走进来："打过招呼了，今天没有采访环节，到时候下台前记者们问，我会带人拦住，你一个字都不要开口。"

他们怕有些只要热度的记者询问一些伤害戚乔的问题。

戚乔点头。

今日要召开上半年拍摄的那部电影的映前发布会，正好撞上了冯巍被押送进看守所。外头的记者将采访间都挤得水泄不通，摩肩接踵，绝大多数是为了她而来。

哪怕林舒早已让主办方通知今日戚乔不接受任何与电影无关的采访，那些人还是不愿意走，就是为了伺机发难。

小年送进来两杯咖啡。

林舒在戚乔的身边坐下来，与媒体记者打交道这么多天，终于得以休息。她接过咖啡，吸管都没有要，揭开杯盖灌下去大半杯。

她的目光扫见戚乔搁在化妆台上的手机屏幕上弹出来一条微信消息通知，才想起来这几天夹杂在工作事务中，险些被她遗忘的一件事。

"对了。"林舒转向戚乔，"你和谢凌云……"她迟疑着没有指明。

戚乔却直白地告知："我们在恋爱。"

林舒错愕半秒，随即笑出了声："我看网上说你们还是大学同学？"

"嗯。"

林舒又问："所以是复合了？"

戚乔顿了一下，摇头："应该不算。"

"什么叫不算？"

戚乔笑了笑："我们那时候并没有在一起过。"

"行。"林舒起身，八卦过后，又恢复了日常雷厉风行的工作姿态，"但是最近还是先不要公开，记者问也不要说，打太极遮掩过去。"

戚乔疑惑："为什么？"

"你们应该是才在一起？"

"嗯。"

林舒公事公办的语气："哪有刚在一起就公开的？先谈着再说吧。况且最近大家都在议论冯巍的事情，这时候爆出恋情又该被转移视线了。咱们又在电影宣发期，也免得被人在头上扣一顶炒作的帽子。"

戚乔一副受教的乖学生模样。

林舒话音一转："要公开那也得等你们的《偏航》上映，到时候被说炒作我们也认。"

戚乔不禁笑了下。

林舒望着她脸上的笑，微微愣神："你最近的笑好像跟以前有点不一样了。"

"有吗？"

林舒用征询的目光望向小年。

小年点头："有！感觉变甜了好多，舒姐，乔乔可以走甜妹路线欸！"

"下回红毯叫造型师试试。"林舒还真听进去了，说完又道，"最近的剧本又递来不少，明天让小年给你送去，瞧瞧有没有喜欢的。"

戚乔犹豫道："过一段时间吧，我先休息几天。"

林舒颔首："也行，今年还没有放几天假，正好年底活动多，电影开拍也都在明年年初，不着急。"

戚乔却在想另外一件事。说曹操曹操到，谢凌云的语音电话打了过来。

她独用的休息室里没有外人，戚乔很快接起来。

谢凌云的声音从听筒中传来:"戚老师几点忙完?"

戚乔保守估计:"晚上九点左右,发布会结束,有个杂志封面拍摄。等拍完应该很晚了。"

"明天呢?"

"跟导演和另外几个主演去录一档节目宣传电影,要去一天一夜。"

"后天?"

"后天晚上是视频平台的年度盛典。"

对面半天没有再发出声音。

戚乔试探着:"谢凌云,你还在吗?"

谢凌云拖腔带调地说:"戚老师行程好忙。"

"年底都是这样的,等过了这个月就好一点了。"戚乔笑了下,"你在干吗?"

听筒中忽然传出来一道熟悉至极的声音:"叶骁哥哥,你等等我呀。"是她自己的声音。

"粗剪这么快就完成了?"

"还没,在盯着剪辑赶工。"谢凌云话语一顿,"戚老师喊'哥哥'怎么这么……"

"这么什么?"

谢凌云的声音中夹杂着似有若无的笑:"这么甜。"

戚乔的心跳陡然停了一拍,她抬眸扫了一圈休息室的小年和林舒,两人都在忙自己的事情,应该是没有听见,但她还是心虚地站起身,推开门走了出去,准备换个地方。

谢凌云的声音从贴在耳边的手机中幽幽地传来:"每次喊我就'谢凌云''谢凌云',冰冰冷冷的三个字,都没有变过。"

戚乔:"那是戏,编剧老师写的。"

谢凌云置若罔闻,斤斤计较,从鼻腔逸出一声短促的气声。

戚乔走到了走廊的尽头,小声问:"那你要听什么?"

谢凌云骄矜道:"还要我教吗,戚老师?"

戚乔在心里琢磨了几种不同的称呼,被自己肉麻到,无论如何也不愿意喊出口,轻声说:"别的称呼好不习惯。"

谢凌云说:"喊别人倒是挺习惯的。"

戚乔:"你怎么这么阴阳怪气?"

"有吗?"

"有。"戚乔眉眼弯弯,"跟我家球球一样,我看《忠犬八公的故事》,盯着屏幕上的小八多看几眼,它都要在我怀里哼哼唧唧地叫。"

"又暗地里说我是小狗,嗯?"

戚乔听着他的控诉,小声道:"小狗。"

谢凌云的语调一顿,他轻笑了一声:"不喊'谢凌云',我就得来一个小狗?"

戚乔声音轻快:"嗯。"

"戚乔乔,你现在真是越来越无法无天了。"谢凌云的声音低低沉沉,一丝笑意蕴藉在话中传来,"下次最好当着我的面喊,后果自负。"

"会怎么样?"

谢凌云说:"会被打屁股。"

戚乔怔了好几秒,才反应过来谢凌云刚才说了哪几个字。

她微红着脸斥责:"你说什么呢?"

谢凌云的脸皮厚多了,他面不改色,反倒觉得期待:"下次可以当着我的面喊吗,戚老师?"

与听筒中几乎重叠的一声"戚老师"响起:"怎么在这儿,戚老师?"是要上映的这部戏的男主角。

戚乔回头,对方才看到戚乔在讲电话,抬了下手,示意打扰了,目光掠过戚乔的脸颊,又不禁道:"戚老师的脸怎么有点红,发烧了?"

"没有。"戚乔连忙道,"是室内暖气太热。"

"确实,我都恨不得穿短袖了。"那名男演员很快道,"发布会马上开始了,我先过去,戚老师别忘了。"

"好,谢谢。"

那人才刚走,电话中谢凌云调笑的一句话传来:"戚老师怎么脸红了?"

戚乔气得直接挂了电话。

走回到休息室门外时,微信消息进来。

谢凌云:生气了?

戚乔才准备打字回复,他又发过来一个双眼水汪汪含泪的小黄脸表情。

林舒催促她补妆准备上台,戚乔便只能在匆忙中挑选了一个简笔画的马尔济斯生气的小表情发给了他。

谢凌云学习速度很快,紧接着发来一张同系列中白色小狗狗哭唧唧的表情,旁边还有三个小字"我错了"。

戚乔忍不住笑了起来,一抬头看见经纪人和助理均是一言难尽地看着她,又立刻恢复一本正经:"走吧。"

另一边,谢凌云放下了手机,视线扫过剪辑师一干人等,挑了下眉,问:"看我干什么,素材都在我脸上?"

助理敲门进来,送进来几杯饮品。第一杯是瑰夏,亲自递来给大老板。

谢凌云道:"你喝吧。"

助理开开心心地收回手,放在旁边,准备等下端出去放在工位上再细细品味。

谢凌云提笔在脚本上备注下几条要求,看了一眼腕表,起身道:"照脚本剪辑,我还有事儿,有问题直接打电话。"

助理委婉提醒:"半小时后有个会,李总之前说想要您出席。"

谢凌云道:"今天不行,你去……"话音一转,"算了,我亲自去说,正好有件事问问。"走出去两步又回头,伸手拿走了刚才还说送给助理的瑰夏,"你去楼下重新要一杯。"

李一楠正在办公室看财务报表。

谢凌云敲门走进去,通知等下的会议他不参加,有别的事。

李一楠张了张嘴巴,本来还想挽留,话到嘴边叹了口气:"行吧。"

谢凌云又道:"后天晚上是哪个视频平台的年度盛典?"

"你不是不爱参加这种晚会?我早都拒了。"

"我现在特别喜欢这种活动。"谢凌云很快说,"帮我接了吧。"

谢凌云满意地望了眼李一楠桌上堆积成山的各类报表与项目计划,将那杯咖啡放在他手边:"特意为李总送来的,您继续忙,我先走了。"

李一楠咬牙腹诽:"狗东西!"

Chapter 13
春天与樱桃树

门铃响起的时候,戚乔刚要准备睡觉。

从猫眼中看到是谢凌云,才打开门。

他应该是才洗过澡,顺毛,发丝还没有干透,身上也只穿着一件黑色高领毛衣,灰色运动裤,脚踩着拖鞋。

戚乔诧异地看着他:"这么晚了……"

谢凌云不等她说完,走上前一步,伸手扣住了戚乔的腰,将人紧紧地抱住。

两人都只穿着拖鞋,他的下巴正好搭在戚乔的发顶。

体型差的原因,谢凌云几乎要将戚乔整个人都包裹起来。

戚乔闻见青柠罗勒的淡淡香气,小半张脸都埋在他的肩下,毛衣上的温度和柔软的触感仿佛将她同化。

她伸手抱住了谢凌云的腰,声音又轻又小:"才从工作室回来?"

谢凌云"嗯"了一声,然后,肩膀低下来,脑袋埋在了戚乔的颈间,他轻轻吸了下鼻子:"戚乔乔,你好香。"

呼吸喷洒在颈间,带来一阵阵难耐的痒意。

戚乔心跳快了一秒,手无从落点,只好抵在他侧腰上,试图将人往外推:"痒……"

谢凌云顺从,松开了禁锢着她细腰的臂膀。

他的目光从戚乔粉色的唇瓣上扫过,眸色渐渐加深。下一秒,听从内心指引。

谢凌云一手轻掐着戚乔侧腰，一手捧着她的脸，将人重新拥入怀中，随即低头，急不可耐地含住了日思夜想的柔软。

　　戚乔反应不及，脚步后退，谢凌云便追着她向前。

　　两人从门口转移到了房内。

　　谢凌云腾出一只手，关上了那扇门。他的后背抵靠着触感冰凉的门，双腿微微分开，揽着戚乔的身体，卡进腿间。

　　另一只手搭在她颈间，指腹摩挲着，掌控着不让她后退。

　　谢凌云从柔软至极的唇瓣上厮磨。他轻喘着，退开一分，声音低沉，请求一般问道："能伸舌头吗？"

　　谢凌云请求般问完，等不到答案，迫不及待地低语了一句"今晚没有喝酒"，便随即探出舌尖，撬开了戚乔的贝齿。

　　他吻得很重。

　　戚乔都没不及换气，便被这个深吻拽入了一个让人越陷越深的沼泽。

　　房间很安静，只剩下交缠又炙热的呼吸声。

　　谢凌云扣着戚乔的腰，长腿一迈，两人掉转了位置。

　　戚乔情不自禁地陷进了这个湿热的长吻中，抬起手臂，环住了他的脖子。

　　他们像两只互相攫取呼吸的小鱼，在沉溺地向水下坠去。

　　谢凌云扶着戚乔的腰，掌心借力给她，才不至于让她从怀里滑走，仿佛站在神秘而美丽的雨林入口，而他是背着行囊的探险者，全身上下的每一个细胞都在叫嚣着，要冲破咒语的禁锢，进入梦寐以求的乐园。

　　谢凌云承认，他是凡夫俗子，此时此刻没有办法控制自己的情动。

　　戚乔靠着最后一丝理智松开了环着谢凌云脖颈的手，拦住了他继续向上的手指。

　　谢凌云缓缓地睁开眼睛，他的动作微滞，假装咳嗽了一声，将戚乔被推上去的衣服拽了下来。

　　"要不……"他有些不自在，用商量的语气说，"你找根绳子把我的手绑起来？"

　　戚乔的掌心抵在他的胸前推了推，她的耳朵很红："我又没有这种癖好。"

　　谢凌云笑着，单手捧着她的侧脸，在唇角落下了一个亲吻："戚乔乔，你每次都这么乖，很容易让我得寸进尺。"

戚乔问:"你还不够得寸进尺吗?"

谢凌云的眼睫低垂,眸若点漆,他的视线定定地落在戚乔的身上,仿佛第一次拥有了一个完全属于他们两人,不必在乎外界任何人任何事的夜晚。

他伸手将戚乔鬓边的一缕长发挽至耳后,含着笑,带着几分缠绵的意味说:"可是你今晚好漂亮。"

四目相对,戚乔被他看得心跳加速。

谢凌云再一次低下头,像是吻不够一般。

碰到唇瓣之前,戚乔伸手捂住了他的嘴巴,红着脸说:"我明天还要早起去录节目。"

谢凌云的声音堵在她的掌心,变得含混不清:"我又没有想做别的。"

戚乔抬头,眼睛有点儿亮,音调中也仿佛藏着一把小钩子:"那你还想要做什么?"

谢凌云顿了一下,随后眉尾轻挑,才要开口,戚乔先发制人地紧紧捂住了他的嘴巴,没有任何威慑力地瞪了他一眼。

谢凌云笑了起来,最终也只是克制地在戚乔耳侧亲了亲,低声说了一句:"晚安。"

节目录制在另一个城市,戚乔早起便搭乘航班,前往一千三百公里外的杭城。

真人秀类型的综艺,戚乔与节目组只签了一期的飞行嘉宾。

节目录了整整一天,当晚戚乔在杭城的酒店休整一夜,又马不停蹄地乘坐最早一班的飞机回了北城,连家都没有回,便去公司试穿晚上七点晚会的礼裙。

收到谢凌云的微信消息时,戚乔正好试穿结束。

戚乔干脆将照片也发给了他,问:哪套好看?

谢凌云在半分钟后回复:红毯选第一套,内场选第五套。

第一套的确是很适合走红毯穿的大裙摆礼服。饱和度很低的淡蓝色,裙摆由层层交叠的薄纱堆叠而成,从后腰处缀着两条像是鱼尾的宽大带,长长地拖到地面上,尾部嵌着一颗颗水晶,像是美人鱼的尾巴,熠熠生辉。第五套则完全是另一种清纯又性感的贴身小礼裙。整体纯白色调,抹胸的款式,裙摆曳地，腰线掐得严丝合缝，曲线尽显。这一套的重点则是灯光下闪烁着细碎光芒的衣料，仿佛披着月光在行走。

戚乔敲字回复：我的经纪人选了那条酒红色的裙子。

谢凌云：上次不是穿过酒红色？

戚乔：都半年前的活动了，你还记得？

谢凌云：我连你开学那天穿的什么都记得。

戚乔发了个问号过去。

谢凌云却没有立刻回复。

戚乔追问：穿的什么？

谢凌云：浅蓝色裙子，高马尾。

戚乔：你是不是临时瞎编的？我自己都忘了。

谢凌云发来一条语音。

戚乔认真检查确认是听筒模式，才将手机放在耳边点开，只听他轻哼一声道："不信算了。"

戚乔是真的完全没有印象，恰逢林舒与造型师这时问她意见。

戚乔鬼使神差地按照方才谢凌云所说，开口："第一套和第五套。"

造型师一拍手："我就说这两套你肯定满意。"

她坐在化妆间等化妆师试妆时，江淮敲门进来。

两人身边的工作人员都互相熟悉，他亦没有见外，熟稔道："阿姨什么时候放假？"

戚乔回答："过完元旦两周，不过等能来北城还要再多等一周，学校还有些改卷之类的工作。"

江淮点头，又问："球球到时候也让阿姨带过来？我下周有个工作要去海城一趟，顺路正好去看看阿姨，要不要我先接回来？"

"不用，让球球多陪她一段时间。"戚乔思忖着，"我妈很喜欢球球，她又总是一个人在家，我也在想要不要给她买一只猫或者狗。"

江淮接过话："我给阿姨买吧。"

戚乔对他并不见外："那你送她，我可不抢你的功劳。"

江淮笑了起来，又想起另一件事："你生日那天有没有工作安排？"

"有电影点映，不过下午就结束了。"

"老师说让咱们俩去她那儿吃饭。"

"好呀,我也好久没有见周老师和支老师了。"

江淮点头:"行,那我现在就跟他们说一声。"

他坐在一旁,捻了一颗小年给戚乔准备的葡萄吃。

桌面上的手机铃声响起,是谢凌云。

戚乔在化妆,走不开,只好先接通,怕他又语出惊人,提前打招呼:"我在化妆。"

谢凌云"嗯"了一声,语气十分正经:"我想问问戚老师,下周四有没有空?"

戚乔翻看日历,才发现他拐弯抹角说的下周四是冬至那天。

"那天下午有点映仪式,晚上……"

"晚上怎么了?"

"刚才答应师兄晚上一起去周老师家里吃饭。"

谢凌云声音沉了下去:"那留给我的时间呢,戚乔乔?"

他的声音透着莫名的委屈,戚乔难得被噎住,好一会儿,才带着几分心虚问:"你不和家人一起过生日吗?"

谢凌云:"谁二十八岁还和爷爷奶奶姥爷一起过生日?"

戚乔莞尔:"那等我和师兄去见完周老师,咱就见面,好不好?"她的语气中不自觉地就带了几分哄人的语气。

江淮瞥了她一眼,有点嫌弃地起身:"再不走我得被肉麻死。"

谢凌云的耳朵灵敏:"江淮在你旁边?"

江淮故意凑近了手机麦克风,不高不低地开口:"我不能在?"

谢凌云:"听别人谈恋爱,你是不是哪里有点毛病?"

戚乔解释道:"师兄也在为今晚的晚会试礼服。我们的工作室隶属于同一家公司,就在楼上楼下。"

"我又没说什么。"谢凌云恨不得用鼻音显示自己的不快,又抓住了一句信息,追问,"江淮今晚也去?"

"嗯。"

谢凌云:"我也要去。"

江淮无奈地走了,戚乔这才带着一点无奈问道:"你干吗老是对师兄充满敌意?我不是都跟你解释过了。"

谢凌云的态度变得温顺:"没控制住。"

他都这样说了,她好像也不能再说什么。

"你晚上真的要去参加晚会?"

"真的,前两天就让李一楠接了,我可不是因为江淮要去也跟着去。"谢凌云道。

戚乔最近一个月都会忙得脚不沾地,能在工作的时候顺便见到谢凌云,她当然是开心的。

"那等结束,咱们一块儿回家?"戚乔说完又补充道,"但是你要等我换下品牌方的礼服。"

谢凌云当然答应。哪怕明知道她说的一起回家仅仅是指一起回同一个小区,他还是被那几个字迷得神魂颠倒。连生日那天只留给他可怜的一点儿时间都不计较了。

电话挂断,戚乔还没有将好心情维持太久,远远坐在沙发上的林舒友情提醒:"今晚晚会是直播,你俩最好不要有超过导演与演员正常交流外的亲密举止。"

当着镜头和那么多观众与影迷的面,戚乔当然不会旁若无人,她很快点头应了下来。

晚会的走红毯活动于晚上六点半正式开始。

由于是在室内举办,也因此免去了不少因十二月的严寒天气造成的不便。聚光灯耀眼夺目,记者媒体的长枪短炮将红毯的沿路铺满。

相较于男明星们寡淡雷同的西装革履,女星们的各色礼服裙子便是每场晚会最大的看点之一。

戚乔压轴出场,除了媒体和记者,场外红毯边还等候着她的不少影迷。戚乔朝影迷们所在的方向挥挥手致意,没有停留太久,便走到了拍照与采访的专用位置。

主持人很专业,只提问了几个与作品相关的问题,丝毫没有关心前段时间沸沸扬扬的戚乔曝光冯巍的事。

戚乔从通道步入内场,便看见自己与江淮紧挨着的座位。她落座,江淮将一件提前准备好的披肩递了过来。

戚乔接过披好。

江淮低声问:"谢凌云人呢?不是说要来?"

戚乔忽略他故意八卦的目光:"他不喜欢走红毯,已经在后台休息室了。"

她张望四周,寻找他的座位。还是江淮指了一下,才看到同一排隔着四五个位置的椅背上贴着谢凌云的名字。不过直到正式开场,谢凌云都没有出现。

戚乔今晚被安排做颁奖嘉宾,她起身去后台更换礼服,才从小年手中拿过自己的手机,点开微信编辑一条发送:你来了吗?

沿路遇到一个艺人,戚乔寒暄着,走到了自己的休息室。

消息还没有得到回复。

她推开门走进去,想要再发送一条,便听见小年口中传出一声低呼。

戚乔抬眸,这才看到谢凌云半靠着沙发,坐在她的休息室里。

西装外套搭在一旁的衣帽架上,领带还没有系上,松散地和外套挂在一处。

戚乔很快转身,低声叫小年先出去。小年一步三回头,乖乖合上门离开。

戚乔轻手轻脚地靠近沙发上的人,才要捏住他的鼻子,阖着眼假寐的人醒了。

"你装睡?"

谢凌云握住了她的手:"不装睡怎么抓得到戚老师试图谋杀亲夫?"

戚乔红唇嗫嚅:"你瞎说什么?我只是想捏你鼻子。"

谢凌云低声笑了:"我还以为你要反驳我最后那两个字。"

她掉进了陷阱,气恼地将自己的手指从他手中抽回,送客:"我要换衣服。"

谢凌云顺从地站起,转身从衣帽架上将自己的西装与领带拿下来,三两下打好领带,把外套搭在臂弯,准备迈步之前又退回来,揽着戚乔的腰,在她的唇角轻轻一吻:"戚老师今天很漂亮。"

直到男人的身影从门口消失,戚乔耳朵上的热意都没有完全消失。

小年温馨提醒着上台时间快到了,唤来造型师,很快帮戚乔换好了第二套礼裙。

她站在后台的入口候场。

台上主持人朗声宣布颁奖嘉宾,戚乔听见了对自己的介绍,惹来台下影迷们的阵阵高呼。

原定颁发这个奖项的嘉宾只有她一个人。

戚乔伸手提了下裙摆，正准备在主持人的介绍中登台，下一秒，又听台上另一位女主持话音一转，扬声道："另外一位颁奖嘉宾大家也都不陌生。他是最具潜力的青年导演，是多次拿到奖的天才导演，他是谁呢？"

戚乔蓦地怔住，耳边传来脚步声。她微微转身，谢凌云穿着一套私人订制的黑色西装朝她走来。

戚乔已经失去一半的思考能力，台上主持人已经高声宣布："让我们掌声有请演员戚乔与导演谢凌云，为年度最受关注作品颁奖。"

她只能凭借着最后一点冷静的神志，在谢凌云朝她伸出手时，抬起指尖，轻轻地搭在了他的掌心。

谢凌云收紧手指，向前迈步，从后台的暗处步入聚光灯下的一瞬，他牵着她的手，放在了自己的臂弯。一个没有丝毫亲密意味，任何男女同台都会绅士礼貌地相互配合的礼节。

一黑一白的身影并肩站立。

戚乔瞥见了他西装领上别着的一枚羽毛形状的钻石胸针，与她腕上的手镯出自同一品牌的同一系列。

但在此之前，谢凌云并没有问过她佩戴什么首饰，那些照片中也没有搭配手镯项链之类的东西。

所以，一如当初的月桂叶冠冕与胸针，是单纯的巧合。

戚乔心中微动，不禁弯了弯眼角，然后听见台下传来的尖叫声。

在谢凌云侧眸看过来的同时，戚乔跟上了他的脚步。

两人走到舞台中央的立麦前，默契十足地同时收回手和臂膀。

"大家好，我是戚乔。"

"大家好，我是谢凌云。"

主持人举着麦克风从舞台一侧走了过来，例行热场采访："相信观众朋友们和我一样，也是前段时间才知道，原来戚乔和谢导是大学同学？"

他的麦克风递到了戚乔身边，戚乔便回答："嗯，同班同学。"

另一位主持人站在谢凌云身边："之前完全没有想到，那我就有个问题得问一下谢导了，大学的时候追戚老师的男同学多不多？"

谢凌云没有犹豫："很多。"

台下的影迷中传来尖叫与欢呼声。

戚乔无奈道："哪有很多？"

谢凌云说："要我给你数数吗？"

戚乔立刻道："不要，算了。"

他们两人的互动实在太自然，引起影迷此起彼伏的尖叫，连主持人都惊讶道："看来两位关系真的很好啊，那我也有个问题要采访下戚老师。网上一直有传言说，谢导电影里总是喜欢给女主角出场时弄高马尾的造型，裙子也多以白色与浅蓝色为主，大家都说是因为谢导的初恋，这是真的还是只是传言？"

戚乔顿了一下，看了一眼谢凌云，把棘手的问题抛给他："是真的吗，谢导？"

谢凌云笑了一声，压低立麦道："是真的。"

主持人都没有想到他能当着这么多观众和直播的镜头就这样直白地承认，仿佛看到了直线攀升的直播观看人数，笑得嘴角都合不拢，又沿着大学的话题，继续深挖："以前还真是从来没听说过两位是同学的新闻，今天起也从冷知识变成热知识了，那谢导或者戚老师，有没有对方大学时候的照片？团建合影，毕业照都行，或者黑历史都可以，耳麦里的导演告诉我直播间的弹幕都表示十分好奇，尤其想要看大学时候的戚老师。"

谢凌云说："有是有。"

他的回答引起现场戚乔的影迷的高声欢呼，甚至还有一位嗓门嘹亮的影迷喊道："发给我！"

谢凌云回应："不会发的，别想了，是我的私藏。"

谢凌云此话一出，台下不止影迷，连嘉宾们脸上都不约而同地露出了意味深长的笑容。

主持人在谢凌云那句堪称直白的话之后，多年来养成的职业素养都没能绷住，目光探究地笑着看了两人好几眼，将主场交给了戚乔与谢凌云颁奖。

很快走完过场。

两人均是一副专业嘉宾的姿态，除了眼神之间的交流，别无其他。

导播便将所有的摄像机都对准了领奖的主角。

作为颁奖嘉宾的两人退到舞台旁边，戚乔才侧眸问："毕业那天宋之衍拍的照片？"

谢凌云配合她的身高，微微低头，听见这话勾了下唇角，说："何止，你再想想？"

戚乔迟疑地问："上课时候的？导表实践和片段汇演，老师都会给我们拍照。"

谢凌云摇了下头，示意她再猜。

戚乔轻蹙着眉，几秒后笑了下："你是说咱们去北海和涠洲岛拍的短片？"

谢凌云"嗯"了一声，下一秒又问："没了？"

戚乔的确已经绞尽脑汁，将能回忆起的所有可能性都说了个遍，正要问他，余光中忽然感觉到有一片阴影靠近，抬眸发现是正在直播与录制工作中的摇臂摄影机。

她顿时抿唇，准备下台再追根究底。

主持人示意退场的声音响起。

谢凌云在身旁说："走这边。"

台下高朋满座，他在下台阶时将手伸了出去。

戚乔一只手低头提了下裙摆，将另一只手递给了谢凌云。他握住，牵引着她走下了舞台的阶梯。

谢凌云没有回自己的座位，脚步跟着戚乔，在她身边另一个正好无人就座的位置坐了下来，然后解开西装外套的扣子。

没有了聚光灯，戚乔也放松了许多。

谢凌云低声问："冷吗？"

室内暖气充足，戚乔摇了下头："还好。"

谢凌云脱下了身上的黑色西装，要亲手给戚乔披上的动作微顿，在空中停顿一秒，转而矜持地递到了她的手中。

戚乔展开西装外套披在肩头，低头看到他胸口的那枚羽毛胸针，抬起左腕，将上面佩戴的那只手镯与胸针做比较。同一品牌的同一系列，除了是不同款的配饰，形状设计自然一模一样。

戚乔弯了弯眼睛。

江淮扫来一眼，轻笑着提醒："你俩差不多行了，瞎子都看得出来。"

戚乔的动作收敛几分，她将左腕藏进了黑色西装下。

谢凌云却隔着戚乔，朝江淮看过去："你管得着吗？"

江淮再次无奈,看向戚乔,诚心发问:"平时看着像高岭之花似的一个人,回回碰到我就发疯,什么毛病?还是对我有什么意见?"

谢凌云:"确实有。"

"说来听听。"

"对人气男明星看不顺眼。"

恰逢江淮的经纪人过来,请他去后台候场。

临走之前,江淮回头问戚乔:"今晚去喝酒,有没有时间?"

戚乔点头:"有。"

江淮道:"那结束后微信上聊。"

"好。"

等他走后,戚乔将视线收回来,才看到谢凌云古井无波的眼神。

"他不是知道你不能喝酒?"

"知道,所以每次都只是师兄自己喝,我只是陪着他而已。"

谢凌云有点阴阳怪气地说:"明知道你没法儿喝,还次次都喊你?他安的什么心?万一你不小心拿错了杯子呢?"

戚乔无奈地笑了出来:"谢凌云,你干吗老是吃师兄的醋?"她温声解释,"而且师兄每次喊我陪他喝酒,都是他心情不太好的时候,他一喝酒话就会变得特别多,要找人倾诉,所以才会经常约我。"

谢凌云低眉不语,话语一转,道:"你们去哪儿喝?"

戚乔回答:"师兄认识的一位朋友开了家酒吧,有时候会去那儿,不过大多数情况都在师兄家里。"

谢凌云道:"带我去,我陪他喝。"

晚会结束之时,已经九点,戚乔换下礼裙,又卸了妆,与谢凌云到江淮的住处时已经是一个小时之后。

戚乔提前打过招呼,江淮看到谢凌云也没什么意见。何况谢凌云手中还提着一瓶红葡萄酒。

江淮亲自下厨,煎了牛排,还做一道最近新研究出来的杏仁豆腐,专门给戚乔的。

戚乔熟门熟路地去拿了酒杯和醒酒器。

江淮把专门给她准备的低糖低卡零酒精的饮品递给了谢凌云。

戚乔预估了一番这两人今晚的阵仗,说:"我先去厨房将醒酒汤煮上。"

她走后,谢凌云等醒酒完成,亲自倒了两杯,递给江淮一只高脚杯。

江淮好整以暇地看着他:"戚乔说你今天陪我喝?"

谢凌云没有说话,端起自己的酒杯,压低杯口,与他相碰,随后端起,抿了一小口。

江淮笑了声:"你这是敬我?"

谢凌云瞥了他一眼:"你喝不喝?"

江淮道:"哪有人敬酒只抿一小口的?"

"这酒那么喝叫牛嚼牡丹。"谢凌云起身,从餐边柜上将一瓶打开过的伏特加取下来,"不然喝这个?"

江淮笑了:"你酒量怎么样?"

"还行。"谢凌云没有夸大。

江淮打开冰箱,取来两只冰镇过的洛杯。

谢凌云拧开酒塞,分别倒入半杯。

清脆的一声玻璃声响后,两人各自饮尽。

戚乔在厨房里询问蜂蜜在哪里,江淮扬声回答,而后轻笑着看了谢凌云一眼。不用语言铺陈,他似乎便明白谢凌云方才的行为用意。

"冯巍会怎么判?"

"我哪儿知道,庭审还早?"

"你都不知道,谁还能打听得到消息?"

谢凌云靠着吧台,又倒入伏特加,呷了半口,他淡声道:"这是他应得的报应。"

江淮微微一笑,靠在椅子里,整个人都仿佛放松下来,抬起手中的洛杯,一口饮尽,目光微沉:"我总是在想,当时我要是聪明点,没有被冯巍支开,或者更早一点发现不对劲,会不会……"

谢凌云长睫微垂,两人沉默了好几秒,他才重新举起手中酒杯隔空与江淮一碰:"谢了,师兄。"

江淮轻笑:"谁要你谢?还有,谁是你师兄,别恶心人。"

谢凌云走过去,在另一只高脚凳上坐下,神色慵懒,语调却很轻快,不让他喊非得喊:"下次喝酒直接喊我,行吗,师兄?"戚乔出来时,吧台上的那两人已经转移了阵地,挪到了沙发上。

客厅的投影正播放一部电影,是 2019 年获得奥斯卡最佳影片的《绿皮书》。

戚乔只看过一遍,还只是上映许久之后,在拍戏间隙从视频网站观看的版本。

她已经很久没有进过电影院了。

谢凌云回头,冲她伸出一只手。

戚乔靠近沙发之时,握住了他的手,然后在谢凌云的身边坐了下来。

她专注地观看了两个小时的电影,谢凌云也和江淮在旁边慢条斯理地喝了两个钟头。

谢凌云也终于体会到了戚乔所说的江淮酒后话多到底有多严重,被迫在一旁听他絮絮叨叨了一个半小时。话题中心主要围绕在一个未知姓名的"她"身上。

谢凌云在江淮拿出了一条鲨鱼项链,准备讲述项链背后的故事时,一头栽倒在戚乔的身上,声音低沉含混地说:"戚乔乔,咱们什么时候回家?"

因为微醺,他的脸上沾染上了一层淡淡的酡红。

"是不是有点醉了?"

谢凌云下巴在她颈间蹭了蹭:"嗯。"

江淮蹙眉:"这才哪到哪?"他比谢凌云喝得多,已是七分醉的状态,平常到这个程度也差不多了。

正好电影已经看完,戚乔照以往的习惯,盯着江淮喝下醒酒汤,把人送到卧室,看他躺上床,才与谢凌云乘车离开。

夜色沉沉,司机将车速压得很低。

这样的夜里,慢悠悠地乘车欣赏窗外夜景,仿佛时间的流逝也变得缓慢而悠长起来。

谢凌云从上车便抱着戚乔的一只胳膊,倚着她假寐。

车开出去没一会儿,他忽地睁开了眼睛:"戚乔乔。"

"嗯?"

谢凌云回忆着道:"江淮那条鲨鱼项链我好像在哪儿见过。"

戚乔转头看他的神情,打量了好几秒:"你没醉?"

谢凌云仰头靠在后座上,蹙着眉在记忆中寻找鲨鱼形状的物品,漫不经心地回答:"我装的,不然还得听江淮念叨一晚。他喝完酒怎么就跟个小老太太似的,恨不得把和初恋从相识到分手的过程全讲一遍。"

戚乔笑了下,又正色问道:"你说见过师兄那条鲨鱼项链,在哪里?"

"有点儿想不起来了。"谢凌云问她,"前女友留给他的?"

戚乔点头,双眸亮了亮:"是不是大三的时候,我们在餐厅碰见,你在师兄对面那个女生身上看到过?当时她戴着一条鲨鱼吊坠的手链。"

谢凌云蹙眉:"当时江淮对面还有人?"

"嗯。"

"不是那次。"谢凌云否认,声音很低,"那天我只记得他牵你手了,哪儿还注意得到别的什么人。"说起这个,谢凌云便有些怨念,甚至在酒精的催化下更加浓烈。

谢凌云精准地摁下按钮,升起了驾驶座与后排之间的挡板。他的右臂伸出去,单手揽着戚乔的腰,瞬息便将戚乔抱在自己的腿上。他的呼吸比平时粗一些,戚乔感觉到一丝危险,用两根手指的指尖抵住了谢凌云的胸口,提醒:"你喝酒了。"

"嗯。"谢凌云的指尖一挑。

戚乔换下晚礼服后,大衣底下只穿着一件薄薄的毛衣。

刚才上车后,他们便都脱下了身上厚重的外套。

暖风从通风口中拂到了脸颊上,车内狭小空间变得燥热难耐。

戚乔按住了他的手,压着声音:"谢凌云……不可以。"

谢凌云的手指一根根穿过她的指缝,同她十指相扣。

戚乔感觉到男人掌心滚烫的温度。

谢凌云倾身,呼吸的热度喷洒在她肌肤最细嫩的颈间。

"不接吻。"他的声音带着说不清道不明的动情。

戚乔推了他一下,呼吸很轻:"那你让我下去。"

谢凌云没松手,箍着怀中的细腰,低低道:"给我咬一下……别的地方。"

夜已经深了,整座城市陷入冬日的冷寂之中,只有这一隅春色无边。

戚乔从下车开始便与谢凌云保持着距离。

进入电梯后也没和他说话,远离谢凌云一米之远,站在电梯的另一角。

在他脚步微动，表示出意图靠近的念头之前，戚乔便说："你不要过来。"

谢凌云将迈出去的腿收回，现在倒是听话了，靠在轿厢角落里的金属墙壁上。

"我错了。"他说错了，眉眼之间却没有半分歉疚的意思。

戚乔咬唇，抱着大衣挡在胸前，瞪了他好几眼。

谢凌云笑了一声，在出电梯时，从身后贴近戚乔，压低声音道："我帮你揉揉？"

戚乔把整件大衣都扔在了他脸上，头也不回地进了自己家门。

谢凌云嗅了嗅鼻息间若有似无的甜香，才伸手把盖在脸上的衣服取下来，脚步缓缓地跟上去。

戚乔眼疾手快地关上了门。谢凌云站着没有进去。

"戚乔乔，你是不是忘了告诉过我密码？"

"你敢进来我就……"

"就怎么？"

戚乔的声音含糊不清："反正你不许进来。"

谢凌云靠在门外，并没有动，眸底含笑，丝毫不为自己的下流行径反省。

"周三之后，戚老师有没有空闲？去见见穆心，聊一下剧本。"

戚乔犹如被狼外婆欺骗的小红帽，打开了门，问："《归途》？"

"嗯。"

戚乔抿了下唇，在他面前不用遮掩："我还没有准备好，也没有下定决心，更不知道……不知道自己能不能做好。"

谢凌云低眸，笃定道："你能做好。"

他身上带着一丝酒气，若有似无地在戚乔鼻尖萦绕着。

她一点也不觉得难闻或者排斥，甚至觉得这样的味道出现在谢凌云的身上，好似被染上了一分令人着迷的微妙感觉。

谢凌云伸手将戚乔鬓边散落的长发挽至耳后，他的眼神认真，仿佛在做一件举足轻重的大事。他定定地望着戚乔，说："不试试怎么知道做不好？戚导，你现在什么都不用担心，没人能再欺负你，也没有人能再阻拦你。"他像是看穿了戚乔的心，"或迟或早，你都会回到导演这条路上，不必将所有事情都一一规划好，《归途》是个很好的剧本，至于其他的，摄影、灯光、美术、服化道,这不是有现成的?"

戚乔:"你是说……"

"嗯。"谢凌云微微低头,笑说,"谢凌云工作室竭尽全力,为戚导保驾护航。"

戚乔心跳加速,指尖无意识地紧紧攥着。

谢凌云伸出一只手,握住了她,安抚似的,一下一下在她的手背上摩挲着。

"不用害怕,戚导。"谢凌云的声音充满了诱惑力,"我不是说过,要给你做副导演的吗?"

戚乔仰头看他:"你不用这样……"

谢凌云知道她在想什么,改道口:"那就只做戚导第一部作品的副导演。"

"大材小用……"戚乔轻声评价,又笑了下说,"你说得对,或早或晚,这件事我都会去做,但是我不能自私得将你的时间和精力占据。谢凌云,你也是导演,作为一名你的观众,我更想要一直看你的作品。"

谢凌云愣了一下。

戚乔语调轻松地说:"所以,我可能还是想要再等等,等我能作为一名导演独当一面的时候,再回到原本的航线。"

谢凌云倚靠在门边,静静地沉思了几秒,漆黑的眼睛逐渐被笑意侵占。

戚乔猝不及防,他低头,握着她的侧颈,吻了下来。

理智没有尽数丧失。

谢凌云克制着,只在戚乔唇角贴了几秒,他感慨似的笑了一声:"戚乔乔,我真的好喜欢你。"

戚乔不知道他这个时候为什么突然光明正大地表白,但这一句喜欢在阒无人声的冬夜里被放大数倍,将她的一整颗心都浇灌得暖暖的。

谢凌云近在咫尺,指腹在戚乔颈间轻抚着:"但你太小心翼翼了,如果所有的事情都要拟定周全的计划后再执行,等待的时间会格外漫长煎熬。哪怕我知道你有这样的勇气和毅力等待,也不想看着你忍受那种痛苦。"他话音一转,又道,"何况别人看不出来就算了,我可比他们都清楚,你现在就能够独当一面。"

戚乔翘了翘唇角:"你比我自己还要相信我。"

谢凌云将"相信"加深:"我了解你。"

"比起做演员,你更适合做导演。"谢凌云说,"共情力太强,所以很容易入戏,相应地也很难出戏。情绪内耗太重,对你不是多好的事。影史上因无法出戏,被角色的感情侵蚀的不是没有先例。相反,导演需要同时把控多个角色,不会一直陷在某种角色情绪中。"

易入戏难出戏这件事,戚乔不能反驳。

"以前周而复那么喜欢你,可不只因为你努力。"谢凌云道,"戚乔,你有天赋,共情力、理解力、对画面与色彩的审美能力,这些东西你不能浪费。"

戚乔想要说什么,谢凌云再次开口:"至于技能技巧——反正这几年里,都没什么突破,不用担心。"

戚乔因这句打岔减去了一半的隐忧。

"至于特效技术……"谢凌云鼓励人的方式很特别,"有专业的团队,又不是学生时期我们一个人要包揽所有事情。《归途》是故事片,也很少用到那些东西。"

戚乔承认这种鼓励方式特别,但有用。

她握住了谢凌云搭在她颈侧的手腕,心中的想法千回百转:"我答应你,会好好考虑的。"

不是三言两语被他说服,戚乔知道,谢凌云也知道。她只是在偏离航线这么多年之后,需要一点勇气来迈出返航的第一步。

戚乔拿回了谢凌云怀里自己的大衣,表情认真得像个乖学生:"我都记住了,谢老师。"

谢凌云愣了一下,笑意从眼底蔓延:"回去睡觉吧,戚乔同学。"

他当真端起老师的架子,不过是个外表斯文、内心禽兽的老师,在戚乔转身时,将人揽了回来:"不给谢师礼吗?"他说着,低头凑近,自甘献祭一般将自己送到戚乔的面前,偏偏又停在只距离几厘米远的位置。

戚乔踮脚,在他侧脸留下一个蜻蜓点水的吻:"晚安,谢老师。"

"晚安。"谢凌云还是说,"不过戚导,我还是要做你的副导演。"他纠正之前戚乔的那句话,"什么自私不自私,是我上赶着要黏着你。"

初步与穆心探讨剧本的时间定在了二十四号,戚乔每天除了赶通告,便是在看剧本,灵感突袭时,便在页边的空白部分绘制几张分镜图稿。她没有肯定地告诉谢凌云自己会执导,但这些属于导演分内的前期准备工作,已经开始进行。

冬至这天有点映活动。

谢凌云一早将她与老师吃完饭后的时间全部预定。

戚乔问他要去干吗,谢凌云神神秘秘地说保密。

点映定在市中心的一家影院。

等散场后,影厅顶灯打开,演员们才会进场,黑暗程度在戚乔可以接受的范围内。她在保姆车内等候的时候,收到了林舒的微信,是一份点映时主持人将会询问的问题的清单。

戚乔一一看完,台本最后有一个观众提问环节。

小年来敲车窗,告诉她还剩三分钟散场。

戚乔拿掉腿上的薄毯,下车之时,高跟鞋不小心踩到了薄毯,差点跌倒,还是小年眼疾手快扶住了她。

小年拍拍胸脯,一颗心放回肚子里,嘀咕道:"怎么今天这么不顺,上午化妆还差点被梳子尖划伤,还是生日呢。"

戚乔并不迷信。她一下车,便看到了影院走廊影迷们送来的花束,蓝白两色,素雅清淡,一路从入口延伸到放映厅。花束上还有不同影迷手写的祝福信。

戚乔随机翻看了几张,叮嘱小年结束后将这些信件都收好,又用手机拍下好几张应援花束的图,准备电影之后发微博感谢爱她的影迷。

后方导演与另一位主演走了过来,知道今日是戚乔的生日,一见面就道:"生日快乐。"

戚乔笑着道谢。

掌心手机振动,她点开,是谢凌云发来的微信,一张图片,电影票根。

戚乔被票根上的影院、放映厅与时间吸引目光,不正是她即将要走进去的这一场吗?

她加快手速编辑:你在?

谢凌云端着少爷架子:看戚老师找不找得到。

戚乔心中竟然闪过一丝紧张。正好此时,工作人员推开了放映厅大门,在主持人的热场之后,戚乔与其余主创相继入场。她听见阵阵雷动般的掌声与欢呼，还看到高喊着她名字的影迷。

戚乔笑了下，冲影迷们挥挥手。

随后目光仿佛自动地定在了一个相对安静的位置。

巨幕厅里容纳了两三百位观众，可戚乔还是一眼注意到。

谢凌云脱下了身上的派克服，只穿着黑色的粗线毛衣，头上压着一顶棒球帽，遮着上半张脸，但棱角分明的下颌依旧引人注目。

主持人请大家自我介绍。

轮到她时，戚乔看到台下那人不知道从哪里掏出来一张手幅，卡通图案，印着她的照片，还加了腮红与放大脸部的特效，让戚乔变成了一个小人，旁边还有一行彩色字体，写着：生日快乐，我的宝贝。

戚乔愣了好几秒，才在主持人的催促下，笑着打招呼："大家好，我是戚乔。"

她的话音落下，全场忽然默契地安静下来，不知道是谁起了个头："Happy birthday to you.（祝你生日快乐）"

全场的观众，包括台上的嘉宾，都一同送给了戚乔一首生日快乐歌。她被全部真诚而美好的祝福包围，在众人的目光中再次看了一眼谢凌云。

他藏在观众中间，冲她做口型："生日快乐。"

点映仪式犹如变成一场专属生日会，戚乔吹灭影迷们送来的蛋糕上的蜡烛，许下一个只有自己知道的生日愿望。直至退场之时，视线不经意地扫过坐在第一排最左面位置上一位白发苍苍的老人。

如果不是他与众人截然不同的年纪，戚乔或许不会看第二眼，也是这第二眼，她才认出来这位眼中闪着泪光、面容苍老、形容枯槁的老人是戚怀恩。

直到从影院回到放映厅，戚乔的思绪都飘浮在空中。

她没办法将刚才那个看起来仿佛六七十岁的、风烛残年的老人，与戚怀恩联系在一起。她已经太久太久没有见过他，记忆中的戚怀恩还维持着曾经的模样。

戚乔不知道戚怀恩的突然出现是为了什么，这几年的时间里，她已经很久都没有想起过这位父亲。

戚乔也并不想关心戚怀恩的近况，但当这个人在一个意想不到的时间和地点突然出现，她的确有些吃惊。

戚乔回到车上，不受控制地给妈妈打了一个电话，这个时间杜月芬已经下班，电话很快接通。

"妈妈。"戚乔情不自禁地放软了声调。

"忙完了？"杜月芬笑问。

早晨醒来之时，戚乔便看到了微信上妈妈发来的生日祝福和红包，午间休息时，母女两人也通过电话。

但杜月芬还是再次说："生日快乐，乔乔。"

"你早上就跟我说过啦。"

"那就再说一次。"杜玉芬笑着道，"我刚才在微博上看到，有影迷发了你的照片，我家乔乔今天真漂亮。"

"你又在哪里看到的？"

妈妈说："搜你的名字，还有那个叫什么……啊，微博的东西，里头也有。我还看到有影迷给你做了蛋糕是不是？吃了没有？"

"嗯，不过工作人员在旁边看着，"戚乔小声撒娇，"只准我吃一小口。"

"才几口有什么的呀？妈妈看你好像又瘦了，今天是生日，吃一整块都没问题。"杜月芬轻易察觉了戚乔话语中潜藏的低落，问，"是不是想吃饺子了？可惜今年你工作忙，妈妈也没时间去北城，不然还能给你包。不过也还好，马上放寒假了，等学校的事情都忙完，我就去看你。"

戚乔被扰乱的心情逐渐恢复，眼中重新装满笑："好。"

和妈妈聊了十多分钟，这一通电话才结束。

谢凌云在七分钟前发来微信：*戚老师，等等我。*

戚乔请司机将车停在商场后方的一个隐蔽的角落里，将定位发出去后，没过多久，谢凌云的身影便出现在了视野中。

司机是熟人，十分有眼色，在谢凌云靠近前，将自动车门缓缓打开，待谢凌云迈步登上车，又很快发动引擎，朝城西驶去。

戚乔伸手，碰到了他被冷风吹得冰凉的手背："你今天怎么会来这儿？"

暖风将车内整个空间都吹热了，谢凌云脱下了外套，不太体贴地捉住了戚乔的手，两只大掌包住。

戚乔没有挣开，干脆任由他取暖："你拿我当暖宝宝吗？"

谢凌云笑了声，一本正经道："嗯，暖宝宝。"

戚乔微愣,总觉得他用压低的声音说出这三个字有种别样的味道。

不止她一个人这样想,余光里连前排的司机与小年都回了下头。

戚乔莫名地紧张了下,像是做了更过分的亲密动作被人发现。正要用目光警告谢凌云,让他谨言慎行,谢凌云却先抬起了眼睛,看过来一眼:"怎么了,刚才看上去有点儿不开心?"

戚乔早已经习惯他对自己情绪与心事的洞察能力。但关于刚才看见戚怀恩的事,她现在还不能做到坦诚相告。

戚乔撒了个谎:"通告好多,我有点累。"

谢凌云没有怀疑。

《偏航》已便进入宣传期。从回北城到现在,戚乔的工作行程几乎没有停下来过。

谢凌云在她的手腕内侧捏了一下,语调中带着一分坏劲儿:"那不去跟周而复和江淮吃饭了,我们回去睡觉。"

戚乔还没有来得及反应,前排正拧开瓶盖灌了一口水的小年被这一句话呛得肺都要咳出来。谢凌云面不改色,从前方的后视镜看过去:"你有什么意见?"

小年哪敢说话,装鹌鹑缩在副驾驶,一路当哑巴。

戚乔无奈地看了眼谢凌云。他眉尾微扬,意思是,我可没发脾气。

戚乔拿他没有办法,一低头,看到谢凌云外套口袋边露出了一条淡蓝色的东西,是刚才在影厅中举着的手幅。

戚乔好奇,趁谢凌云不备偷拿了出来,才刚要展开又被他夺了回去。

"我的。"

"你给我看一下。"

谢凌云觉得她是在撒娇,又想要多听几遍,大尾巴狼似的装模作样:"那你再求我一遍,就给你看看。"

戚乔上了当,靠近,伸手扯着他毛衣的衣袖,轻声道:"给我看一下怎么了?"

谢凌云心满意足,见好就收,大方地给出去。

戚乔展开,再一次看见了手幅上被加了可爱圆脸特效的自己,以及旁边的字:生日快乐,我的宝贝。

她忽然有点惋惜，没能将刚才影厅中谢凌云举着它的样子拍下来。

"你哪里弄来的？"戚乔好奇地问。

"领来的。"谢凌云道。

"有人发吗？"

前排小年插话进来："影迷们组织了活动，现场其他人凭超话等级就可以领取，好像要七级以上才可以呢。"

戚乔看向了身旁的人。

谢凌云："我借了个别人的号。"他回答得实在太快，反而没能遮掩住心虚。

戚乔问："谁的？"

谢凌云沉默三秒，决定消极应对。他将头顶的帽檐彻底压低，盖在整张脸上，向后一靠，装死。

戚乔抬手，用指尖轻轻地挠了下谢凌云因后仰的动作更加凸显的喉结："谁的呀？"

谢凌云依旧那副样子，一抬手却精准地捉住了戚乔的手："戚乔乔，我警告你，男人的喉结不要乱摸。"

"那你告诉我是谁的。"

谢凌云果断松手，沉声又说："摸吧，摸了后果自负。"

戚乔瞬间变乖了。

谢凌云抬起帽檐，看了她一眼，改变想法，他现在很愿意坦白："不摸了？"

戚乔瞪了他一眼。

这辆商务车可没有能升起的挡板。

谢凌云凑近，压着声音诱哄，与她做交易："摸了负责的话，我就告诉你，怎么样？"

戚乔声音更低："上次……我还没有跟你算账。"

"那就攒着。"谢凌云说，"之后一起算？"

他伸手碰了下戚乔的耳垂，用只有两人才能听见的音量，道："戚老师想怎么咬，咬哪里都行，绝不反抗。"

戚乔心跳剧烈，像是干了什么坏事，暗自心虚地瞥了司机与小年好几眼，然后双手交叠着捂住了谢凌云的嘴巴："从现在开始不许说话。"

谢凌云听话地点点头，眼神示意：我很乖的。

戚乔掐了下他的腰。

哪里乖了?

黑色商务车抵达江淮所在的小区,戚乔下车前,跟谢凌云说:"我让司机送你回去?"

谢凌云却直接拎着外套,重新戴好帽子,跟着她一块儿下来:"我去找贺舟。"他说着,视线扫过戚乔身后,动作迅速地将她拦腰抱进了怀里。

一只没有拴绳的大型犬擦身而过。

如果不是他及时拉了一下,戚乔恐怕已经被撞到。

谢凌云的脸色很不友善。他全身上下只有黑白两色,头上还压着一顶棒球帽,只露出下半张脸,看着很不好惹。

狗的主人是位中年男子,跑过来道歉:"对不住。"

那人走后,谢凌云还回头多看了一眼,低声说:"真不如小狗。"

戚乔笑了一下:"别生气了大少爷。"她确认道,"原来你喜欢小狗?"

谢凌云低头看了过来,眸若点漆。

戚乔下意识地想起上次电话里说过的那一句。她紧张地望了眼四周,生怕谢凌云当众耍流氓,警告道:"这是在外面。"

谢凌云手抄进了派克服的口袋,眼中的笑渐渐加深。

"戚乔乔,你在期待什么?"他一副正人君子的模样,"我可什么都没有干。"说话的同时,目光却若有似无地由上至下扫了戚乔一眼,在腰下的位置微妙地多停了一秒。

戚乔一阵无言,想要伸手去掐他的腰,谢凌云道:"小心被拍到。"

戚乔收回手,环顾四周:"哪儿有?"

谢凌云朝侧后方远处一辆棕色面包车抬了抬下巴,随口胡诌:"说不定里面就有狗仔扛着摄像机,专门盯着戚老师,等着曝光戚老师的恋情。"他连标题都想好了,"明天热搜就写'戚乔、谢凌云同车回某小区,疑似热恋中'。"

戚乔一听便知道他在瞎说,没有一点办法,只好加快脚下步伐,准备去找江淮与老师吃饭,暂时远离烦人精。

谢凌云慢悠悠地跟在她身后,等戚乔坐上江淮的车,两人要离开时,才低低沉沉地嘱咐:"我在贺舟那儿等你,早点回来。"每一个字都说得不急不缓,但不论是戚乔这个当事人还是江淮,都听出了话里话外的催促之意,恨不得戚乔只在周而复那儿坐一刻钟便离开,将之后的时间全部私自占有。

戚乔对此却毫无招架之力,不舍地看了原地的人好几眼,承诺八点之前一定赶回来。

江淮忍无可忍,一脚油门踩下去,只给谢凌云留下一鼻子车尾气。

车开出去后,江淮才问:"准备去哪儿?小心点记者,最近节日多,都盯着你们这种藏着掖着约会的情侣。"

戚乔反应平淡:"被拍到也没关系。"

江淮望过来一眼,笑了笑:"我就知道是我多虑。"

戚乔却忽然想起来:"那天谢凌云说好像在哪里见过一样的鲨鱼吊坠,但他没想起来,回头等他哪天突然又想到,我立刻告诉你。"

江淮微愣,随即摇了下头:"不用。"

"不用?"

"嗯。"

江淮望着前方的车流,目光很淡:"谁还能一直停在回忆里。何况,她不是北城人,也不在这个圈子里。谢凌云或许是看错了,一条项链而已,相似的太多了。"

戚乔沉默了一会儿,然后问:"你释然了?"

江淮说:"慢慢来吧,总会有那么一天。"

谢凌云在目送戚乔与江淮离开之后,便去了贺舟的住处。

贺舟加班到这个点才回来,见到了人,不用再特意跑一趟去送礼物,他乐得轻松,给谢凌云扔过来一只挺大的礼物盒。

"什么东西?"谢凌云接过问。

贺舟笑了两声,意味深长:"反正你会喜欢。"

谢凌云听见那笑声便隐约猜测恐怕不是什么好东西。

礼盒外面还特意系着一根丝带,绑了一个娇嫩的蝴蝶结。

谢凌云扯开丝带。

贺舟打岔道:"戚乔跟她师兄去吃饭了?"

谢凌云掀开了盖子,同时出声补充道:"还有老师。"

话音还没落下,他的视线与动作便同时顿了一下。

谢凌云看了一眼盒子里满满当当的东西，面无表情地望向贺舟："你有病吧？"

"别瞧不起这份礼物啊，这里头可有三百六十五个。"贺舟一片苦心地说，"特意给你挑的。花了我大半个月的工资，真是全心全意为你服务了。"

谢凌云："那我还得谢谢你？"

贺舟笑了："也不用感恩戴德，明年我生日你送我块表，或者一台车也行，不挑。我还写了贺卡呢，多用心，快看看。"

谢凌云从盒子里拿出来一张淡黄色卡片，打开，上面就写着七个字——祝少爷早日圆满！

贺舟："哥们儿最衷心的祝福，你感受到了吗？"

谢凌云一把扔了过去。

贺舟珍惜得一个一个捡起来，全部放回盒子里。

"别浪费啊。三百六十五个，一个都不能少。"他真诚道，"我想了好久，才想出来这么个特别又有意义的生日礼物。是不是很别出心裁？"

谢凌云说："我谢谢你？"

"不客气。"贺舟靠坐过来，又问，"傅姐他们都问今儿个去哪儿聚，反正人戚乔也要去和别人吃饭，走呗，咱们也过生日去。"

谢凌云阖眼靠在沙发上："不去。"

贺舟："就跟个望妻石似的搁这儿等人回来？"

"嗯。"

"不是。"贺舟彻底无奈，"你谈个恋爱连兄弟们都不要了？今儿也没回去跟老爷子他们吃饭吧？"

"中午回去吃了碗长寿面。"

贺舟开始打听："今年都有哪儿些东西？"

"爷爷给了一幅墨宝，奶奶给了红包和一对儿镯子，说要给孙媳妇。"

贺舟笑了："都告诉他们了啊，这才谈了多久，谢狗，你也不怕……"

"能盼我点儿好吗？"谢凌云烦道，"你别跟我说话了。"

"别人呢？咱姥爷这回又是大手笔吧。"

"冲老爷子要了一张我姥姥年轻时候的照片。"谢凌云说着从外套的内侧口袋中掏出来，几十年前的黑白底照，照片中是个穿着文工团军装的年轻女人,手中还牵着一个扎着麻花辫的漂亮小姑娘。

"没记错的话,过两天就是姥姥忌日了?你大三那年她老人家走的,时间过得好快,都已经七年了。"

谢凌云"嗯"了声,看着照片没有说话。

贺舟凑过来:"咱姥姥年轻时可真漂亮,当年一定是团花。"然后指着旁边那小姑娘,"这是?"

"我妈。"谢凌云原封不动将那张老照片收好,随口道,"回头给谢承看一眼,羡慕死他。"

说曹操曹操到,谢承的电话打了过来。

谢凌云闲着也是闲着,接通后开了免提,直接道:"干什么?"

谢承也开门见山地说:"今晚回西山一趟。"

"不去。"谢凌云说,"我有事。"

"你能有什么正事?"

"打电话就为了教训我是吧?"

谢承顿了一下,语气缓和了一分:"找时间带戚乔回家吃顿饭。"

谢凌云坐直了些,警惕道:"想干什么?"

谢承忽略他防备的态度,只说:"让你带女朋友回家一起吃饭,能干什么?你爷爷奶奶也想见一见。"

谢凌云拒绝得十分直接:"不行,我怕你们这群人吓着她。"

"我们是洪水猛兽?"

"你确实是。"

这通电话进行不下去了,谢承最后留下一句:"东西给你留西山了,自己回来拿。"

等谢凌云挂断电话,贺舟翻着手边一本书,随口问:"生日礼物?你也不好奇是什么东西。"

"表,年年一样,都不用猜。"

他搁下手机,贺舟笑道:"你可真行,也就你敢和承叔这么说话。"话音一转,又道,"之前那事儿闹那么大,别人看不出来,你爹还能不知道你对戚乔的态度?带回家吃顿饭怎么了,反正以后也得见,早死早超生。"

谢凌云瞥了他一眼。

贺舟改口道:"早日享受天伦之乐。"

谢凌云竟然没有怼回去,神色淡淡,重新靠进沙发中时,眉头微皱了下:"太快了,会吓着她的。"

贺舟瞧着他那小心谨慎的模样,欣赏了几秒,叹了口气:"少爷也有这种时候,难得。"感慨完又开始犯贱,掏出手机在谢凌云没有察觉的间隙迅速抓拍一张,"发群里给哥儿几个都瞧瞧。"

谢凌云砸过去一只抱枕:"边儿待着去,别烦我。"

"好嘞。"贺舟起身,脚步又一顿,"这好像是我家。"

八点,戚乔结束了与周而复和支兰时的饭局,准点回来。

谢凌云收到戚乔提前发来的微信,便在江淮家门口等着。

车快要到门口前,戚乔便远远地看到他蹲在别墅门外的花坛边举着手机给一只流浪猫拍证件照。

江淮扫了一眼,转头问戚乔:"你男朋友多大了?"

戚乔眼睛弯弯的,笑着说:"那只小猫在吃东西,他在拍特写。"

"这两者有什么关系?"

"乔治·艾伯特·史密斯拍过一模一样小猫吃东西的特写,他应该在模仿那个镜头。"

江淮降低车速,缓缓靠边:"你今晚跟周老师聊起拍片的时候,眼睛都是亮的。"他扫了一眼漆黑无星的天空,继而又道,"我当初和你说过,想要的东西可以等待,可以延迟满足。五年的时间已经够久了,戚乔……"江淮转头看她,"想做就去做吧。"

"嗯。"戚乔笑了一下,她的顾虑与犹疑早已在谢凌云不急不缓的温柔攻势下溃败了。他的相信也在不知不觉中成为了戚乔的长剑与盔甲。

"我会的。"她的语气前所未有地坚决。

谢凌云听见靠近的发动机声音时,收起手机,站了起来。

他仍然穿着下午见面时的那件白色羽绒服,敞着衣襟,露出了里面的黑色高领毛衣。双腿修长,裤管严丝合缝地纳进一双黑色皮革军靴中。他今天本就没有去参加任何正式场合,或者去工作室开会,头发也是日常最常梳的发型。戚乔看过去的时候,几乎以为再次看到了大学时的谢凌云。她透过风挡玻璃，贪心地多看了好几眼。

车停稳后，戚乔伸手解开安全带，副驾的车门已经被人从外面拉开。

戚乔问："干吗在这儿等着？好冷。"她一边说着一边走下车，伸手碰了碰谢凌云的脸颊，果然触到一片凉意。

谢凌云扣住她的手："知道我冷还不早点回来？"

车里的江淮听见，嫌弃地说："这话说给我听的吧？"说完又催促戚乔："赶紧约会去吧，再回来晚点儿，有的人又得犯病发疯。"

等江淮离开，谢凌云说："你师兄又骂我。"

谢凌云握住她的右手揣进了自己外套口袋，牵着戚乔的手朝车库走去。

风有些冷，冬至之后，气温会更加低。

他们却走得很慢，地面上倒映着的一高一低的影子也相依着，没有间隙。

戚乔问："咱们去哪里？"

谢凌云卖关子："到了你就知道了。"

"好吧。"戚乔轻声说，"那你告诉我咱们去干什么？"

谢凌云道："看电影。"

戚乔微怔，他继续说："不会让你害怕的。"

谢凌云早已将车停在贺舟家楼下地库，载上戚乔后，从三环一路向西驶去。

西郊的夜晚静谧安宁。

黑色越野从宽阔的马路拐入了一条只能容纳一进一出两条车道的小路，最后又缓缓地开进了一个树干设计搭建的大门。

虽是冬日，但四周的景观并不颓唐。前几年市政绿化时，将一种新的黄杨林栽在长安街与城市副中心等好几个地方，让北城的冬天也多了一抹绿色，不再单调乏味。

没想到谢凌云带她来的这个地方也种着一片黄杨林。

戚乔以为只是个公园，但车居然一直开了进来，直到在一个小房子前，谢凌云踩下刹车。一名工作人员走过来，温声朝谢凌云问好，又道："三分钟后准时为您播放。"

黑色越野继续向里开去，到达一片开阔的地带。四周零零散散地竖着一盏暖色的引路灯，远远看去，像一颗颗黑暗中的星辰，而在那些星辰的尽头有一张硕大的露天荧幕。

车停在距离荧幕十米远的地方。

戚乔终于意识到这里是一个露天影院。

那些像星星一样的路灯点缀在广袤无垠的黑暗夜空中，让原本犹如一只凶猛巨兽的黑夜也变得温顺起来。

两人都没有说话，狭小的车内渐渐升温，将冬日的冷寂全部阻隔在外。

戚乔看向谢凌云，目光落入了一双深邃的眼睛里。

四周很安静，前方的荧幕上出现了画面，是《何以为家》。

这部影片2019年4月正式在国内上映。那个时候，戚乔已经四个月没有踏进过黑暗的放映厅。

她一个学导演的人，一个从前一个月要进好几次电影院的人，在那个寒冷漆黑的冬天之后，创伤感让她对最喜欢的事物也产生了惧怕。

"谢凌云……"戚乔的声音很轻，仿佛一片雪花落在树叶上，"你是不是看到过我以前发的那条微博？"

谢凌云"嗯"了一声。

《何以为家》是戚乔那一年最喜欢的电影。她没能在电影院观看，隔了很久很久之后在视频网站上看完。

电影结束，她心中微动，将平板播放的最后一幕画面拍下，发了一条没有配文的微博，之后的很多次都是这样。

谢凌云曾经以为她是因为拍戏太忙，没有时间进影院，才会发那些微博。

他像一个隐秘的窥探者，无法靠近，便只能从那些文字与图片中猜测她的生活。但那时，谢凌云并不知道真相并非他所以为的那么简单。

谢凌云按下安全带的卡扣，伸手将戚乔的手拉进了自己怀里："还怕吗？"

戚乔慢慢地摇头。

她眼眶酸得厉害，喉咙酸涩，宛如塞下一整颗柠檬。

戚乔低声询问："领手帕的微博账号是不是你自己的？"

谢凌云没有承认："不告诉你。"他说着不告诉你，语气却带了笑，像打开了一丝缝隙的盒子，主动将秘密泄露了出去。

戚乔将另一只手朝他伸去。

谢凌云会意，倾身过去，将坐在副驾驶上的人抱进了自己的怀里。

戚乔跨坐在他身上。

荧幕上的电影已经进入正片,她却无心观赏,依赖地靠着谢凌云,轻嗅着青柠罗勒的淡淡香气,整个人都贴进了他的怀里。

谢凌云的手按在她侧腰的毛衣上。

戚乔抬头时,唇瓣不小心从他的耳郭上蹭了一下,她伸手,在蹭过的地方揉了一下:"生日快乐,谢凌云。"

谢凌云眉眼舒展,仰头,在戚乔的唇角厮磨着亲吻:"生日快乐,戚乔乔。"

戚乔又说:"我给你准备的礼物还在家里。"

谢凌云问:"是什么?"

戚乔也卖关子:"先不告诉你。"

谢凌云笑了笑:"那我先大方地给你看你的生日礼物。"他的话音落下,风挡玻璃外,露天的荧幕上方,炸开了一朵朵灿烂而盛大的烟花。

戚乔被"嘭"的一声吓了一跳,下意识地躲进谢凌云怀里,随即又看到从玻璃窗透进来的,烟花绽放的一瞬带来的耀眼光芒。

她回头,望见荧幕上方的天空一簇簇升起的烟花。

星光在夜空的最高点炸裂开来,变作一颗颗星辰,降落在这个冬天。

谢凌云用手臂环住了戚乔的腰,将她紧紧拥住:"以后都不用怕了。"他低声说,"你看,天上有星星。"

烟花几乎将半片黑夜都照亮了。

戚乔回过头,没有再看天空绚烂的火花,她将所有的注意力都放在谢凌云身上。

"谢谢。"她发自肺腑地说。

谢凌云一定明白这一句并不只为今晚的生日礼物。

她环着谢凌云的脖子抱着他,身体也情不自禁地向前挪动。

谢凌云蹙眉,手掐着她的腰,又将戚乔抱回了原处,沉声警告:"别乱动。"

戚乔无辜道:"我没有。"

一个低头,一个抬起了下巴,唇瓣先是互相轻轻地碰了下对方,谢凌云探出舌尖,一点一点地舔舐着戚乔的唇。本就嫣红的双唇很快被染上一层薄薄的水光,像是刚成熟又被雨打湿的樱桃,色泽潋滟诱人。

谢凌云退开一分,虎口轻掐着戚乔的腰,指尖微微用力,低声说:"乖,张嘴。"

戚乔睁开眼睛，看到谢凌云眸色沉沉的眼睛，头顶烟花绚烂，仿佛全部投射进了这双本就让人沉沦的眸子。她的视线定住，又看到他浓密的长睫，无须粉饰修剪的眉，以及往下笔直高挺的鼻梁和薄唇上的水光。

戚乔不受控制地做乖宝宝，红唇微启，便被谢凌云长驱直入，他的舌尖钩着她的小舌，一寸寸地探索。

腰窝出传来若即若离的凉意。

戚乔忍不住躲那两只手，身体再次向前。

谢凌云的舌尖退了出去，唇贴在她的脸颊，轻喘了一声，抬起一只手，扣着她的侧颈，咬了一下戚乔的下唇。

戚乔推了他一下："小狗。"

谢凌云托着戚乔的臀，将人从大腿处往前挪了挪，手也没有离开，掐了一下。

"啊。"戚乔没躲掉，条件反射地叫出声，她瞪着谢凌云，声音都不稳，"你……"

谢凌云挑眉轻笑："我怎么了？"

戚乔挣扎着，要从他腿上回到自己的座位，谢凌云却执意不肯放手，一个躲，一个拦。

连车外音响中的影片对白都听不见，只剩下克制的闷哼、暧昧的低喘，与因为衣料摩挲产生的窸窣动静。

电影进行到三分之一，戚乔的膝盖不小心碰到中控台上的车窗按键，驾驶座的玻璃降下一段距离，外面的冷风猛地灌进来，两人才蓦然清醒。

谢凌云抬起头，将戚乔被卷起的毛衣慢慢地拉回腰间。

戚乔的脸颊绯红，像是被蒸腾的热气绕着。

谢凌云伸手重新将车窗升起，手覆在她后腰。

露天荧幕的光从风挡玻璃透进来，让戚乔看清了男人眉眼间藏不住的春色。

她第一次看到露出这样神情的谢凌云，心跳在旖旎的空间中更加肆无忌惮。

她定定地看着他，甚至不放过他眨眼睛的动作。

"好看？"谢凌云忽地低声询问。

戚乔大脑反应迟钝,还没有回答,已经点了好几下头。

戚乔下车时,电影已经过半。

戚乔穿着谢凌云的那件外套,蹲在一盏灯下的角落里。谢凌云衣衫整齐地从车上下来。

她抬头,看了一眼远处天空不时升起的烟花,它们一直没有停息地绽放。冬至的冷风吹在脸颊上,戚乔却一点也不觉得冻人。

她掏出手机,点开相机后,将夜空下的烟火与面前正在播放的电影全部用照片记录下来,然后点开微博,挑选了几张照片——下午路演的应援花篮、影迷们的信件、小年发来的现场照片、早晨妈妈的微信与红包、周而复和江淮亲自下厨做的晚餐、合照、礼物……她连同谢凌云带回来的那条手幅与刚才的烟花与露天电影全部上传,在又一朵盛大灿烂的烟花炸开的声音中,在文本框中编辑:天上有星星。

发送前,额外又打开键盘,加了一个星星的小图案。

戚乔翻看了前排的几条评论,毫无意外地又一次看到那个id叫"今天戚乔发自拍了吗"发的评论:生日快乐!自拍。

谢凌云看到戚乔举着手机,借着荧幕的光寻找拍照角度。

他伸手接过来:"怎么突然自拍?"

"影迷说想看。"

"对他们就有求必应。"谢凌云将另一只手里拿着的东西递给她,是一把仙女棒。

他又回到车旁,打开后备厢,拿出来一台相机。

戚乔弯了弯眼睛:"你什么时候买的?"她在说那把仙女棒。

"上周。"

谢凌云拔掉镜头盖,将相机带在手腕上随意缠绕了两圈,打开了开关,又从戚乔身上他的那件外套口袋里掏出来一只金属打火机。

火苗从顶端弹跳出来,戚乔将一根仙女棒递过去,刚靠近,便被火焰的高温引燃。金色的火光像一朵星星做成的花束,在昏暗中燃起。

谢凌云后退两步,调整镜头与角度,将面前的人与身后的半片荧幕全部框入画面之中,按下快门。

戚乔道："一张就够了。"

谢凌云却没有听，拍不够似的，把镜头聚焦在她身上，用不同的构图方式拍下好多张。

远处天空的火花依旧没有熄灭。

戚乔好奇地问他："你到底买了多少？"

"很多。"

谢凌云举着相机，眼睛从取景框中看着她，右手食指不时地按一下快门，焦距也不时拉近，无限放大，近距离地拍下好几张大特写。

戚乔并未察觉，她在一根一根地玩仙女棒。

谢凌云心中一动，按在快门上的指尖顿了一下，将拍照模式转为了录制。

"还没有拍完吗？"

"嗯。"谢凌云从预览显示屏中看着正在录制的画面，视线定在戚乔的脸上，面不改色道，"光线不好，全是废片。"

戚乔不疑有他，拿起两根仙女棒互相引燃，随后走来递给谢凌云一支："拍不了的话就算了，我改天再发。"

谢凌云稳稳拖着相机，空着的那只手接过仙女棒："戚老师。"

"嗯？干吗突然这么喊我？"

"那戚老师喜欢我怎么喊你？"谢凌云将自己手中的那一支仙女棒靠近戚乔手里的仙女棒，挑逗似的碰了两下。

戚乔看着两支靠近的仙女棒，眼睛清澈如水，嘴角弯了弯，道："不告诉你。"

"戚乔乔？"

"嗯。"

"戚导。"

"到底怎么啦？"

谢凌云在手中烟花熄灭之前，上前一步，吻在戚乔唇角，又退开一点距离，低声请求："我想亲你。戚导，准吗？"

最后一片金色的火花在眼前湮灭。

戚乔将派克服的拉链全部拉开，将谢凌云也纳入了宽大的外套中，她眼睛弯弯，踮起脚尖，在漫天烟花下，在电影前，仰头回吻了谢凌云。

电影落下帷幕，两人才从西郊回到碧水云天。

戚乔在车上时，从谢凌云发给她的那些照片中，挑选了一张拿着仙女棒的，发在了微博的评论区，才发出去，便收到无数条回复。

戚乔顺便地翻了下热评。

戚乔视线微微一顿，一个男生侧影的头像吸引了她的目光，才要点进主页，将那张图放大看清，下一秒又留意到那人的评论：外套好像是男款的呢。

这条回复很快被淹没在评论中。

戚乔看到那人的昵称，过于特别，只一眼就记住了，叫"谢凌云给我出来拍戏"。

她笑了起来，点进主页，放大头像，看到了最初吸引目光的那张图，是剧本围读会的抓拍。他穿着一件宽松简洁的白色短袖，乌黑短发，侧脸轮廓流畅锋利，鼻梁上架着那副看剧本时常戴的半框眼镜，食指与中指间夹着一支笔，神态专注。

看见旁边桌面上出现的剧本名称，戚乔回忆了下，是谢凌云2018年夏天在国外拍摄的一部外语片剧本围读。

周围都是外国人，只有他一个中国人，却是掌控全场的总导演。

这张图大概是从视频，或某张焦点对准了围读会上演员明星的图中截取下来的，并不算清晰。但谢凌云的气质冷淡疏离，优越的骨相与五官都让原本画质低劣的图看上去充满了氛围感，他就像一个图书馆里坐在你身边不远处的男大学生。

戚乔按下保存，又偷偷侧眸，看了正在她身边的人一眼。

谢凌云问："看什么呢？"

戚乔心虚，胡诌道："大家在祝我生日快乐。"

车开进地下车库，戚乔的心都没有从那位名叫"谢凌云给我出来拍戏"的影迷的主页收回来。内容太过丰富，最重要的是有太多她不曾见过的视频与图片。

戚乔怕不小心误触点赞或快转，退出大号，登录了自己常用的微博小号，搜索之后关注，准备之后空闲时间再仔细欣赏。

谢凌云将车停稳。

戚乔从后座拿老师和江淮给她的生日礼物时，看见一个多出来的黑色盒子。

谢凌云从后备厢拿上相机过来,便看到她要打开那只系着蝴蝶结的盒子,几步就走过去,从戚乔身后,按住了她的手。

"怎么了,什么东西?"

谢凌云掌心压在盖子上,越过她拿走,轻描淡写道:"贺舟送的生日礼物。"

"哦。"两人往电梯口走,戚乔随口问,"他送了你什么?"

谢凌云:"一只镜头。"

这种东西戚乔比较好奇:"哪个型号?"

谢凌云说了一个型号。

"这款你之前没有吗?"

"摔坏了。"谢凌云迅速转移话题,"戚老师给我什么生日礼物,现在可以告诉我吗?"

"等上楼你就知道了。"

她在进家门之前,让谢凌云放下手里的所有东西,又费力地踮着脚,从身后捂着他的眼睛,引着谢凌云走向客厅落地窗前。

万籁俱寂,窗外几乎可以俯瞰整片城市夜色。

戚乔低声说:"生日快乐,谢凌云。"

她松开手,给谢凌云看面前她准备了很久的礼物。

谢凌云拉开了蒙在上面的布,看见一台电影放映机,是上世纪末的产品。

戚乔说:"它和你一样大。"

谢凌云微怔,低头,寻找机体金属外壳的铭牌上镂刻的生产商与年份时间。

他笑了下,回头,看到戚乔明亮的眼睛。

谢凌云伸手,扣住腰将人拉回自己怀里,俯身深深吻住戚乔的唇。这个吻有一发不可收拾的趋势。

戚乔被压在沙发上,滚烫的呼吸喷洒在她的颈间与锁骨上,隐隐有下移的趋势。

戚乔身体微颤,伸手抵在谢凌云的肩头。

谢凌云眸色深沉,漆黑的瞳仁仿佛深不可见底。他握住她的那只手腕,压在沙发上,一边摩挲着,一边伸出另一只手,打开了一旁的那盏落地灯。他微微起身,在光线中看着戚乔。

四目相对，戚乔眼睫颤动，下一秒，将脸埋进沙发里，藏起了颊边的绯色："你不要再看了……"

谢凌云视线专注，却没有像之前在车上那样。

昏黄的光线下，他看见戚乔身上一道很短的、不惹人注意的伤疤。

戚乔怔了怔，才察觉他的拇指停留在那道小伤疤上，轻轻地抚摸着。

她以为谢凌云会开口问，却不想他什么都没有说。

他低下头去，在那道手术后留下的伤痕上温柔地吻了一下。

戚乔才想要张嘴说什么，他之后的动作却让她的话全部化为了喘息。

谢凌云的声音微哑，问："明天是不是还有工作？"

"嗯……"戚乔呼吸不稳，整个人仿佛飘在一团云上，"点映，采访，还有一条广告拍摄。"

谢凌云揽着怀里那截纤细的腰，从身后抱着戚乔。他咬着她的耳朵，低声轻哄。

戚乔第二日是被闹钟叫醒的。她睁开眼睛，床头的那盏小狗夜灯发出淡黄的光芒。

下一秒，便感觉到身后温热的存在，根本无法忽视。

戚乔低头，谢凌云的右手圈在她的腰间，后颈上的呼吸带来微微痒意，她的后背紧紧地贴在他怀里。她才动了一下，身后的人便醒了。

谢凌云展臂从床头柜上拿过手机，关掉了闹钟，声音嘶哑："要走了？"

戚乔揉了下眼睛，一手撑着床坐起来。

谢凌云半眯着眼睛，躺在床上看她。

戚乔回头，看见他胸口处露出来的红色咬痕，仿佛又回到昨晚，耳朵开始发烫，拎起被子，便将他裹得严严实实。

谢凌云笑了下，在戚乔没有防备的瞬间，一条手臂横过来，扣着她的腰，又将人抱进了怀里。

戚乔挣扎了一下，他便将一条长腿压过来，将两条纤细的腿卡在自己中间。

"小年等会儿就来接我了。"

谢凌云伸手顺了下戚乔被弄乱的长发，他低头埋在她的肩上，声音被压着，有点闷，听起来像在撒娇："再抱会儿。"

戚乔早已注意到他眼下淡淡的黑眼圈，心口像被人塞了一团棉花糖，又甜又软，纵容地任他抱着。

"你昨晚几点睡着的？"

"不知道。"谢凌云嗓音中带着倦意，"没注意时间。"

戚乔觉得总不能以后也这样下去，轻声说："那下次……下次之后你回隔壁睡吧。"

"不行。"

"可你会睡不好……"

"再习惯几次就好了。"谢凌云提议，"要不然，从现在开始每天都习惯一下？"

戚乔刚想说给他买只眼罩，听见这句不正经的提议后便把话都咽了回去。

时间紧迫，她推开人，从另一侧飞快下床。

谢凌云是真没有睡好，等戚乔洗漱完走出来，他已经闭上了眼睛。

她进衣帽间挑选今日的穿搭，换了一条质地柔软的针织半裙，换好后重新走进卧室，到床边半弯下腰，用手指遮了遮谢凌云眼前夜灯的光。

"我走了，你记得关上灯再睡。"

谢凌云"嗯"了一声，掀起沉沉的眼皮："什么时候休息？"

"三十号以后，今年没有接跨年的各种晚会，会休息四五天。"

戚乔还在想，之后想与他讨论《归途》的拍摄，却听谢凌云下一句道："也不要安排别的事，留三天给我，戚老师。"

"做什么？"

谢凌云犯困闭眼，声音低柔："做春天对樱桃树做的事。"

Chapter 14 暗恋日记

到元旦前的几天,戚乔依旧行程繁忙,谢凌云也在盯着后期制作。

因为有不少打斗场面,火场、爆炸不下十个镜头,特效团队也一早开始进入工作。

谢凌云联系了之前一直合作的特效工作室,签下合约,圣诞之后便要正式开始制作。除了这些,还有粗剪精剪、后期配音、音乐制作、字幕、声画合成……以及最重要的连同台本一起送审。

两个人都忙到只有晚上才见得到面。

二十七号晚上,两人结束工作回到碧水云天。刚吃过晚饭,谢凌云收到了室友蔡沣洋的微信,才想起来宋之衍的婚礼定在了三十号。

戚乔没法到场,虽然不曾联系,但毕竟收到了人家的请柬,她将准备好的红包交给谢凌云,让他一同送给宋之衍。

谢凌云正让助理调整三十号那天原定的工作计划。

他接过戚乔准备的红包,摸了下厚度,没个正形儿地说:"咱们俩送两份岂不是亏了。"

戚乔微怔,随即一笑,故意问:"大少爷还计较这些?"

谢凌云起身走到戚乔所坐的沙发后面,一手按在戚乔的侧脸上,让她转过来,他弯腰,咬着戚乔的唇,低声说:"到时候咱们就只能收回来一份,不是亏了吗,戚乔乔?"

低沉的嗓音在戚乔耳边绕着,让她不禁怔了怔。

谢凌云察觉她在想什么，几分认真地问："戚乔乔，你是不是没有想过和我结婚？"

戚乔微愣，没有说话。她没有办法否认，这件事的确从未出现在她的考虑范围。

谢凌云又问："和江淮想过吗？"

"当然没有，我们只是朋友。"

谢凌云眸色沉沉："那和别人想过吗？"

"没有。"戚乔轻声道，"哪有别的什么人……"

"行。"谢凌云指尖停在她颈侧，几秒后，低头，重重地咬了一下戚乔的唇珠，声音很低，"那原谅你了。"

戚乔看着他用半分钟就自己把自己哄好了，心口发软。

谢凌云似乎在某些事上，十分没有安全感。

她在他要起身离开时，回握住了那只手晃了晃，随即朝他张开两只手。

谢凌云大掌卡着她两侧腋下，将人托抱起来。

戚乔像只树袋熊一样挂在他身上，环过谢凌云脖子的那只手，摸了下他后脑勺的短发："你生气了吗？"

"没有。"

戚乔观察着他的眼神与表情，分明就是生气了。她低头，在谢凌云鼻梁上亲了一下："咱们才在一起多久，哪有人这么快就想到结婚的？"

谢凌云下颌紧绷，没有说话。

戚乔低声在他耳畔轻语："江淮是我的师兄，是好朋友，这个关系永远不会改变，你不要吃醋了，好不好？"

"谁吃醋了？"

"好吧好吧，没有。"戚乔笑着说。

他的头发出乎意料地软，戚乔一只手穿插进去，乌黑的短发根根分明地从指缝中滑出来。

戚乔再次低头，吻了下谢凌云的唇角。感觉到他下意识的回应，她的眼尾漾开丝丝笑意。

谢凌云走到沙发前坐下来，要继续加深这个吻时，最先主动的人却后退了。

谢凌云睁眼，眸色很沉。

戚乔不打算对他隐瞒心事，将被推高的毛衣拉下来："别……我有事跟你说。"

谢凌云的手没有离开，嗓音比之前沙哑了许多："说吧，我听着。"

"我是还没有想过结婚。"戚乔低声道，"在几个月前，我连咱们会在一起都没有想过。"

谢凌云抬眸看着她。

"你还记不记得，大二那年，你带我去你家地下的影音室。"

"嗯。"

戚乔回忆着说："还有后来，大二导表实践作业，拍《城南旧事》，你把大衣送给了一个小女孩，自己穿了会儿张逸的衣服，身上就过敏了，后来还是雏清语给你送了一件一模一样的大衣。"

谢凌云蹙眉，似是想了半晌，才想起这件事："什么送的，那衣服的钱我都给她了，而且本来是在宿舍群里让老蔡或者宋之衍帮我拿件外套来，谁知道是他俩谁告诉雏清语的。"

戚乔愣了一下，但也并没有在这种小事上纠结。

"还有后来，我偶然看到你进了一个四合院，从那时候，我就知道咱们其实是两条平行线，生活在不同的世界。"戚乔没有避讳在这种客观条件上自己的想法，"谢凌云，结婚不是两个人的事情。我承认我没有想过多远的未来，但是此时此刻我想要和你在一起，我也不想考虑那么多。"

谢凌云望着怀里的人，按在腰后的手向上，覆在戚乔的脑后，动作轻柔地揉了揉她的头发。他向前，情不自禁地索吻，一触即离。

"这算表白吗，戚乔乔？"谢凌云哑声问。

戚乔的唇角微弯，她顺从地低头，与他接吻："你长得好看，我喜欢你。"

谢凌云在亲吻间声音含糊地问："我以前也长这样，为什么你以前不喜欢我？"

戚乔却因为这句话短暂地愣了一下。

谢凌云心中想着她刚才说的那些话，并未注意到，退开一段距离，语气前所未有地认真："戚乔乔，你只需要看着我就好，别的任何事都不用费神。"他一字一顿地道，"其他的都交给我。"

戚乔笑着"嗯"了声。

谢凌云也跟着她笑："别人家里我不知道，但我家他们都听我的，谢承的话不管用。"

"大少爷都是这样的吗？"戚乔开玩笑道。

"嗯，大少爷都是这样的。"谢凌云顺着她说，又拨了拨戚乔耳边的碎发，"再说了，谁会不喜欢你啊，戚乔乔？我想不到，除非他又瞎又聋，那可以理解。"

戚乔感觉到后背的扣子忽地一松，毛衣被一只修长如玉的手指撩起。

戚乔猝不及防，轻呼一声，失去支撑力一般，软着腰倒在他怀里，低喘一声喊道："谢凌云……"

谢凌云像个清冷禁欲的正人君子，随后问："咱们在不在一个世界？"她不回答，谢凌云反而仿佛得到更进一步的借口。

戚乔推开他，远远坐去另一张单人沙发上。

她扫了一眼他，闷声道："还不回去？"

"马上。"谢凌云打报告似的，"明晚我可能不回这边。"

"怎么了？"

"明天我姥姥七周年忌日，回去扫墓，顺便重新修缮我妈的墓地，晚上就在我姥爷那儿陪陪他老人家。"

戚乔点头："七周年吗？"

"嗯，我们大三那年老太太走的。"

戚乔怔了好久："大三上学期，你国庆假后有好多天都没去学校，是因为你姥姥吗？"

"她心脏不好，那年秋冬病情加重，做了好几场手术，但最后还是没熬过那个冬天。"谢凌云说。

戚乔什么都没有说，只是伸手摸了摸谢凌云的耳朵。

上映的电影取得了出乎意料的票房成绩，林舒又接到了国内顶级杂志拍摄和好几条节目录制的邀请，甚至还有临时邀约戚乔参加跨年晚会的。

戚乔推掉了所有的晚会，只接下了杂志拍摄，和一档将会在元旦之后录制的公益性质的真人秀。在正式告知林舒自己将会很长一段时间不接戏前，她也会兢兢业业地做好自己的工作。

谢凌云去参加宋之衍婚礼那天，戚乔今年的最后一份通告是参加电影票房破十亿的庆功仪式。

活动是直播的形式，不过还算轻松自在，主要围绕在导演和几位主创回忆拍摄时的趣事以及与直播弹幕互动，期间安排了几个活跃气氛的小游戏。

最后一个小游戏算是主办方大出血，要求每位嘉宾打给微信中的最近一位联系人，朝对方借五十万，如果对方答应借钱，那么主办方会出资五十万包场请观众看电影，算是对票房的贡献，如果不成功，就接受喝苦瓜汁的惩罚。

戚乔听到游戏规则时，心中便微微泛起紧张感。

小年将手机送上来时，锁屏界面显示有三位联系人发来消息。

戚乔舒口气，打开后却一愣，陈辛和妈妈都给她发了新消息，但谢凌云的头像仍位列第一。

三分钟前，给她发来一张宋之衍婚礼上再次见到的张逸和蔡洋洋的照片，并配字：张逸去非洲挖煤了吧。

戚乔不禁笑了起来。

"弹幕在问戚乔笑什么，要和大家分享一下吗，戚老师？"主持人的话传来。

戚乔顿住，抿住扬起的唇角，摇头："不能告诉你们。"

她语气轻快，眼睛清澈明亮，镜头对准。

主持人也笑了起来："看在戚老师笑得这么甜的分上，我们就不追究了，直接开始打电话吧！"

戚乔点开谢凌云的对话框，没有犹豫太久，拨出一通语音，只响了一声，对面便接起来。

按照游戏要求开了免提，戚乔知道大家一定会听出谢凌云的声音，但也没有假意更换成别人。语音接通，谢凌云的声音便透过免提传到了现场和观看直播的所有人的耳中。

"忙完了？"他的语气自然又熟稔。

"嗯，"戚乔的语气比平时紧张很多，"谢导在干吗？"

"谢导？"谢凌云的语调一顿，"在录节目？"

戚乔笑了笑，望了一眼主持人和面前的镜头，神情有几分无奈，表示这是他猜出来的，可不是自己违背游戏规则。

她没有直接承认，按照主持人手中的题板，照着念："谢导，可以借我五十万吗？"

谢凌云笑了一声："就这样？借，多少都借给你。"他好似还有点失望，"我还以为要说'我爱你'。"

话音一落，别说弹幕，就连在场的嘉宾和主持人都不能保持安静了，在一阵一阵的起哄声中，主持人高声宣布戚乔挑战成功。

戚乔尽力地忽略谢凌云上一句话，朝着电话说："你怎么猜到的？"

"你的语气。"谢凌云说，"还有那声'谢导'。"

戚乔莞尔，听筒中忽地闯入另一道声音来："和谁语音呢……戚乔乔？戚乔啊。"

过去太多年，戚乔只能分辨出这道声音似乎来自张逸与蔡沣洋中的一个。

"戚乔，我张逸，改天一起吃饭啊！"电话那边的另一个人再次开口。

戚乔还没来得及答应，谢凌云淡淡地吐出一个字："滚。"

张逸说："大家都是同学，你让我跟戚乔打声招呼怎么了？戚乔你家的啊？真无语。"

谢凌云说："她在录节目。"

"哦。"张逸立马道，"打扰了，告辞。"

谢凌云低声问："还有没有别的任务？"

"没了。"

"嗯，那先挂了，等你回……"谢凌云话语一顿，用词简洁，"忙吧。"

他率先中止通话。

戚乔失笑，就算"等你回家"说出来，恐怕也不会让人想多，反而现在这样欲言又止，才让人觉得欲盖弥彰。果不其然，弹幕已经在疯狂地刷新着。

"这声音是谢凌云谢导吧？众所周知地好听又有辨识度。"主持人八卦道，"听说戚乔与谢导还是大学同班同学，刚才那位应该也是共同认识的人？"

戚乔："嗯，也是同学，是他室友。"

主持人："看来你与谢导大学时候应该就很熟了吧？"

戚乔想了想，大三之后他们的交集约等于零，于是遵照事实，言简意赅道："还好，其实当时不算很熟。"

这一小段的电话互动已经够有话题度。直播一结束，戚乔便从小年口中得知她与谢凌云登上了热搜,与此同时传遍全网的还有一条三分钟的短视频和一张合照,来自一个认证消息为电影学院毕业的博主。

那张照片是 2017 年的那个夏天,毕业典礼上,全体一三级导演系学生穿着学士服的合影。

女生都站在前排,而谢凌云在最后一排,戚乔与他之间隔着好几个人,的确看不出任何网友们想要的蛛丝马迹,但视频却完全不一样。

那是大二那年,戚乔与谢凌云去北海拍摄的导演创作课作业。

短片的开头与结尾,均明晃晃地写着:

导演:谢凌云。

演员:戚乔。

评论十分整齐:嗯嗯,你们不熟。

照片和短片作业被人发出来并不奇怪。

电影学院导演系的长廊中放着每一届毕业学生的合影。

谢凌云的短片作业曾经是优秀作品,在大三那一年还拿到了系里的学生导演奖,早已被老师们当作学习榜样。他们之后的几届学生恐怕都见到过那份视频。

戚乔结束直播回到车上,便接到了经纪人的紧急通话。

舆论的焦点都聚集在直播时谢凌云那句毫不犹豫的"借,多少都给你借",还有紧跟着的分不清是遗憾还是开玩笑的话上。

但两人语音时,语气除了熟稔与自然外,并没有过分亲昵。

再加上短片视频与毕业合照中两人的站位隔得那么远,除了字幕上宣告导演与演员的卡司阵容外,没有任何强有力的证据。

林舒的意见是不必承认。

网友们津津乐道的也是曾经的同窗情谊,以及能看到十八九岁的戚乔的感慨。

话题的热度最终也不知道被那股风吹得跑偏,讨论的焦点转移到了十八岁的戚乔和当时两人的学生作品上。

林舒考虑得很多,圈内情侣主动公开的也都是在感情稳定之后,从没有刚恋爱就昭告全世界的先例。

戚乔依照林舒的嘱咐,没有多余回应。总算忙完了现阶段所有的工作,之后的几天都可以休息，戚乔心情放松，戴上颈部按摩仪，靠坐在车上登录了自己的微博小号。她点进了那位发布之前照片和视频的博主的主页，两样东西她再熟悉不过，却还是看了好一会儿。

2017年的那个夏至，是她曾经以为与谢凌云最后的交集。

戚乔永远记得那天的骄阳，一如当年大一开学，第一次见到他的那一天。

整场毕业典礼，他们没有过一句交谈。唯一的影像记录只有几张和众人一起的合照。

戚乔又打开相册，从云端中打开那张更换几次手机，都会重新导入的照片。

她站在最右边，中间隔着于惜乐、张逸、蔡沣洋三个人，谢凌云表情淡淡地站在最左侧。他们中间仿佛隔着一条浩渺无垠的银河。

戚乔将两张合影反复地看，最后戳了戳屏幕上谢凌云淡漠疏离的脸，小声嘀咕："大少爷。"

一条来电通知突然弹出来，打断了戚乔已经不知不觉沉迷半小时的窥探。

是谢凌云打来的，他应该还在宋之衍的婚礼上，背景音有些嘈杂："忙完了？"

"嗯，婚礼还没有结束？"

"结束了，在跟张逸他们几个吃饭。"

戚乔随口问起："婚礼好玩吗？"

"没什么意思。人很多，好吵。"谢凌云没什么情绪地说，他停了几秒，似是组织了一下措辞，才问，"热搜影响大吗？"

"那要不要我现在去找你？工作已经忙完了。"

"他们几个在喝酒，这地儿私密性一般，算了，要不了多久我就回去。"谢凌云回答完，执着地问，"热搜影响大吗，戚老师？"

"没关系。"戚乔明白他为什么这样问，轻声说，"舒姐说我可以谈恋爱，只是不要太早公开，可以等……"

"等什么？"谢凌云尾音稍扬。

"等感情稳定一些。"戚乔传达。

谢凌云问："咱们现在不稳定吗？"

"舒姐说起码谈半年才能算稳定。"

"你经纪人给你下套呢吧？"

戚乔笑着问:"哪有人在一起还没有一个月就说感情稳定的?"

"怎么不能?"谢凌云低声道,"从认识你那天,我就陷入了一场单方面的热恋,持续这么多年,还不算稳定吗?"

戚乔微怔,被他脱口而出的一句告白砸得心慌意乱。

"怎么会是从认识那天开始……"她压着剧烈的心跳说,"你骗我。"

"骗你是……"谢凌云顿了一下,将本来后面的两个字更改,夹杂在笑意中道,"骗你是小猪。"

戚乔无法控制自己上扬的嘴角,贴在耳边的手机仿佛变成得灼热,将她的耳朵也烫热,心跳扑通扑通的,几乎要从嗓子眼跳出来,她小声问:"干吗不说骗我是小狗。"

"我不是本来就是吗?"谢凌云低笑了一声,"回家等我,戚乔乔。"

"好,你不要喝太多酒。"

"放心,我没喝。"

话音落下,戚乔便听见对面张逸喊谢凌云过去喝酒的声音。

谢凌云拒绝得干脆,张逸使激将法都没管用。

戚乔道:"少喝一点也没事。"

谢凌云:"不,今天一滴都不喝。"

"和谁打电话呢?是不是戚乔?"

下一秒戚乔便听见张逸由远及近的声音:"戚乔,你要不要也过来喝一杯?今天可是老宋结婚的大好日子。"

谢凌云"啧"了一声:"有完没完?还回来?"

张逸敏捷地抢下手机,嘿嘿一笑,听起来已经五分醉意:"来呗,就当是同学聚会呗。"

"他醉了,戚乔你别介意。"宋之衍的声音也传了过来,估计是张逸打开了免提。

戚乔笑了笑:"没关系。"

"你工作忙完的话,要不要过来?"宋之衍话说得周全无比,"我记得你酒精过敏,过来一起吃饭就好,到时候正好与谢凌云一起回去。"

婚宴已经结束,戚乔便不打算去了,她委婉拒绝,然后说:"还没有和你说,新婚快乐。"

宋之衍从被她拒绝后淡淡的失望中回神，珍而重之地说："谢谢。"

谢凌云："差不多得了，当我是死的？"

宋之衍失笑，张逸与蔡沣洋齐齐调侃谢凌云打翻醋坛的行为，明明人家什么都没说。

"不是吧少爷，还记挂着当年老宋追戚乔那事儿呢？都过去多少年了。"

谢凌云瞥过去一眼，笑骂一句，拎起两只卡座沙发上的抱枕便扔了过去，他起身去安静的地方继续接听。

宋之衍望着他的背影，他的表情毫无破绽，却只有自己知道心中的某一角在谢凌云这句昭然若揭"宣誓主权"的酸话中紧了紧，随即又看见自己身上的新郎装，回神后，缓缓地舒了口气。

一小时后，宋之衍在酒店楼下送走他们时，递给了谢凌云两份精心准备的伴手礼。

谢凌云没拆开看，拎着便准备上车。

"等下。"宋之衍喊了一声，他看着谢凌云，那一句藏在心中多年的秘密却始终没能说出口。

宋之衍没有推翻曾经谎言的勇气，到最后只是说："你和戚乔会幸福的。"

谢凌云回到碧水云天，没回自己家，直接走进了隔壁戚乔家。

客厅有声音传出来，他走过去，便看到戚乔坐在地毯上，趴在一张矮矮的桌子上，在看剧本。

电视机中是某个卫视正在直播的跨年晚会。

她的目光却只放在眼前的剧本上，不时在电脑上敲击几段文字。

谢凌云看到了电脑上的熟悉界面。

他随手将那两份伴手礼放在玄关柜上，走进去，弯腰低下身，从后方抱住了人。

戚乔写得入迷，连门锁被人打开的声音都没听见，如果不是闻到熟悉的青柠罗勒，她险些被吓到。

戚乔任他抱着，手指仍敲着键盘，等脑海中涌出的一小段灵感全部具象化成文字后，才微微偏头："怎么了？"

谢凌云吻了吻她的侧脸，问："决定了？"

"嗯。"戚乔看着电脑界面，笑了一下说，"还好没隔太久，学的东西没有都忘了。"

谢凌云伸手向前翻了一页剧本，看到页边空白部分备注的笔记，人物分析、表演方式、机位与灯光调度等，他看得认真，一字不落，仿佛又见到了以前那个班上最认真最用心的学生。

"咱们哪天去见编剧？"戚乔问，"应该先聊什么？签约，还是剧本本身？"

"元旦假后。"谢凌云说，"穆心不怎么管合同商务，改天我找她经纪人谈合约就可以。"

戚乔点头，像个认真听课的学生："摄影、灯光不用提前太早准备，但是服化道和制景是不是越早越好？啊，对……还有最重要的，投资，有了投资才能请统筹出预算是不是？"

"嗯，都对。"谢凌云捏了下她的耳垂，低声说，"我来当投资方，可以吗，戚导？"

戚乔在他怀里转过身，两人相对而坐，她表情认真："我的片酬和广告费也一直攒着，应该也有不少。"

戚乔心中一动，起身便想要去把银行卡都拿来，加在一起算算。

谢凌云在她起身时，攥住她的手腕，轻笑着又将人拉回了怀里。

"不用着急。"他说，"不用动你的片酬，我已经和李一楠提过，工作室算制片方，戚乔乔呢，是我们聘请的导演。投资预算那些事用不着你费心。戚导只需要负责好怎么拍片就可以。"

戚乔微愣："资金那些，我都不用管吗？"

"我平时也都不管。"谢凌云低头捏着她的手指玩，"什么都要管，岂不是要累死，你又不是三头六臂？"

戚乔笑了一下，点点头，软声道："好。"

谢凌云伸手，轻戳了一下她翘起来的嘴角："不要给自己太大压力，无论结果怎么样，第一次独立执导长片，只要能顺利完成就已经很厉害了。"

戚乔仰起脖子，主动地亲了亲谢凌云的嘴角："我知道了，谢老师。"

谢凌云抬手按住了她的侧腰，加深了这个吻。

戚乔感觉到他不安分的手，伸手抵住了他胸口，推了推，唇舌分开，才声音黏黏腻腻地说："你先回去洗澡。"

"嗯……"谢凌云手指钩着毛衣拉下来,侧脸埋进戚乔颈间,像小狗似的吸吸鼻子嗅了嗅,用齿尖轻咬了一口,才起身,"等我十分钟。"

戚乔呼吸微微加快,用力推开人:"不等你。"

谢凌云屈指刮了下戚乔微红的脸颊:"我说等我一起跨年。"他故作正经,"又在瞎想什么呢,戚乔乔?"谢凌云再回来时,戚乔还坐在地毯上忙着。

她手边多了几本笔记本,谢凌云凑近看了眼,才发现是这几年间上映的几部高分佳作的拉片分析笔记。他在她身边坐下,询问一句,得到准许后,便翻开来。

笔记记录得十分仔细,每一帧每一画都用戚乔自己的理解化为了文字。

毕业后五年,戚乔的空闲时间其实并不是很多,进组之后拍摄行程紧张,开始担任女主角之后更是几乎每天从早拍到晚,回到酒店还要背第二天的台词,前两年甚至一直无缝进组。

谢凌云看到这些才知道她从没有真正地放弃过。哪怕经历过那些事,哪怕理想国被人打碎毁坏,她在女明星密密麻麻的行程中抽出时间,在无人的时候,独自用最笨拙也最有效的方法,保持一名导演对视听语言的掌控力。

谢凌云一页一页地翻看,没有任何一个时刻,比现在更让他觉得心疼,他目光沉沉。

戚乔怎么会读不懂他脸上的神情呢?

她笑了一下,学着他挑眉,轻佻十足地摸了下谢凌云的下巴:"我是不是很厉害?"

谢凌云笑了,捉住了那只调戏的手:"嗯,很厉害。"他低头,准备将地毯上堆叠的另外三本笔记也一一翻看过去,手指要碰到最底下那一本时,戚乔快他一步抢走:"这个不能给你看。"

谢凌云:"不是拉片笔记?"

戚乔点头,又摇头:"有一半是,但前面是我以前的日记。"

谢凌云的目光一滞,随即淡淡地扫了一眼那本棕色牛皮外壳的本子:"拿走,我不看。"

戚乔正有此意,不能让他看到那些东西。她飞快地起身,日记本中夹着的一张小画却因为时间太久,胶水失去效力掉了出来,戚乔用最快的速度捡起来,惴惴地回头,却发现谢凌云垂着眸,并没有看她这边。她松口气,快步拿到衣帽间藏好。

回来时,她看见坐在地毯上的人手臂环抱胸前,靠在沙发上,神情冷淡地望着客厅的窗外。戚乔几乎要怀疑是自己的错觉,竟然从谢凌云的侧影中看出几分落寞伤心的情绪。

她靠近,谢凌云抬头瞥来一眼,语气不咸不淡地问:"藏哪儿了?"

"干吗?"

"干吗?"谢凌云轻呵一声,"我又不偷看,问一下而已。"紧接着又面无表情地说,"现在还留着,戚老师到底有多舍不得?"

戚乔终于听出来几分不对劲,试探道:"你觉得那是什么?"

谢凌云:"不就是暗恋江淮的时候写的日记?我又不好奇,也没说要看,戚老师不用藏着掖着。"

戚乔弯腰,双手捧住谢凌云的脸,揉了下他的脸。

谢凌云躲她。

戚乔追上去,双腿跪在地毯上,蹭着挪到他腿间:"你到底为什么那么确信我暗恋过师兄?"

谢凌云没有立即回答。他想起大三的那个冬天,和现在一样的季节。

他与张逸从调色实验室回来,经过女生宿舍楼下时,看到戚乔抱着一件男款外套送给江淮。那时路灯的光照在他们身上,仿佛一帧唯美浪漫的电影画面。

直到现在,谢凌云都没有忘记。

戚乔整个人都靠在了他身上,他偏开脸躲着她,但她的腰上却环过来一条手臂,揽在身后。

他没有回答。

戚乔竖起三根手指发誓:"我从来没有喜欢过师兄,我们之间一直都是朋友关系。"

谢凌云回过头,原本漆黑的眼睛更加暗沉。

戚乔的腰上被人掐了一下,她不受控地跌入温热的怀抱。

戚乔感觉到温柔地舔舐,沿着颈线,一个接一个滚烫的吻落下来。

戚乔身体轻颤,咬唇伏在谢凌云的肩头。

谢凌云将人放在沙发上,又直起腰,三两下脱掉了自己身上的毛衣。

戚乔眼中水蒙蒙一片，借着那盏落地灯昏黄的光，看到紧实有力的肌肉线条，块块分明的腹肌。他常年击剑、打网球，如今的身形依旧与大学时没什么两样。

戚乔想起开学时第一次见到他时便吸引她目光的，就是小腿的肌肉线条与有几分性感的脚踝胫骨。

她的心跳快得不像话，她只好将视线转移，落到撑在她身侧的那条手臂上，在看见微凸的青筋与血管脉络后却愈发紧张。连因情动愈发明显，仿佛要冲破皮肤爆裂开的青筋，都成了一味药引。

让她也渐渐沉沦，坠入原始的，荷尔蒙为唯一指挥官的战场。

戚乔声如蚊蚋："谢凌云……"

谢凌云应了一声，一只手温柔，另一只手却浪荡无度："戚乔乔。"

"嗯……"

"你喜欢谁？"

"喜欢你。"

"喜欢谢凌云，是不是？"

戚乔跟着他的话重复："喜、喜欢谢凌云……"

谢凌云在她耳旁教："要最喜欢谢凌云。"

戚乔眼尾通红，颤颤巍巍地学："嗯……最……最喜欢谢凌云。"

他又说："要只喜欢谢凌云。"

"只喜欢谢凌云……"戚乔隔着眼中的水雾，看着他的眼睛。

谢凌云笑了起来，眼尾春色无边："再说一遍，好不好？"

她被引诱，红唇微动，一字字说："我……我只喜欢谢凌云。"

谢凌云像是得到了觊觎已久的礼物，心满意足。

元旦短暂的假期之后，谢凌云约定好了与穆心研讨剧本的时间。

戚乔原本以为能亲眼见到她，在会面前一天，穆心方却将研讨改为了线上会议的方式。她在此之前还担心穆心是否会不满意她这个纯粹的新人来做总导演，却不想对方在知道后也没有表现出任何不满，也是听声音才知道这位圈内最神秘的编剧并不是传闻中年过半百的岁数，相反，她的声音听起来很年轻。

会议不算太正式,加上李一楠也才四个人。

整整聊了一个下午。

结束之时,戚乔提着的一颗心才放下来。

李一楠夹着文件起身:"那就让下面的人开始准备立项?"

戚乔与谢凌云对视一眼,随后慢慢地点点头:"好,谢谢,辛苦你了。"

李一楠停步回头,又看了谢凌云一眼,没说什么便走了。

戚乔感觉得出来对方对她能力的怀疑与不信任。换位思考,她能够理解李一楠作为制片人的考量,恐怕也就是看在谢凌云的面子上,或者迫于他的这一层关系在才没有说什么。

谢凌云自然注意到了,伸手剥了一颗松子,喂给戚乔:"别管他。"

戚乔"嗯"了一声:"别人怀疑我也无可厚非。"

"他们知道什么?"谢凌云轻嗤一声,又剥了一颗,喂过去后,低声道,"别放在心上。"

"我知道。"戚乔投桃报李,将整只装着各种坚果的盒子端来放在腿上,选了一颗最大的榛果喂到谢凌云嘴边,"咱们去吃饭吧,好饿。"

大脑长时间高速运转,没有补充能量,两人都肚中空空的。

戚乔前两天就约好了与江淮一起吃饭,谢凌云驱车半小时,抵达一家位于胡同深巷中的黑珍珠餐厅。

江淮到得很早,已经点好餐等着,看见他们牵着手进来,忍不住调侃:"狗仔的效率怎么这么低,到现在都没发现?"

戚乔一眼看到江淮毛衣上又一次戴上的鲨鱼项链。

落座时,谢凌云的视线也留意到了那条项链:"摔过?鱼尾上怎么有条裂痕?"

江淮云淡风轻地说:"那是鱼尾上的伤,本来就长这样。"

见对面两人的目光都不时流连在自己身前,他干脆捞起鲨鱼吊坠塞进了毛衣里边,有几分无奈地说:"行了别看了,饭在我身上?不是说饿了,还叫我提前点了餐?"

中途江淮去洗手间时,谢凌云放下了手中的筷子,望着戚乔,语气笃定:"我想起来了。"

戚乔:"想起什么?"

他看过来，欲言又止，只是说："吃完饭告诉你。"

饭后，谢凌云开车，再一次回到了工作室。

谢凌云上楼，从办公室的书架上拿下来一本陈旧的剧本。

他给戚乔看封面上编剧的亲笔签名，穆心二字后画了一条蓝色的小鲨鱼。

戚乔盯着那条尾巴上有道伤口的鲨鱼的图案愣了好久。

"穆心是笔名？"她问。

"嗯。"

"真名呢，你知道吗？"

谢凌云只在《偏航》剧本签约时看过一眼，早已忘了，按下内线电话，叫助理送来合同，直接递给了戚乔。

白纸上印着清晰的两个字——余杉。

戚乔错愕地看着。

这么多年，江淮每逢醉酒，口中来来回回念叨的名字正是这两个字。

她掏出手机："我这就告诉师兄。"

在要点开微信时，谢凌云却阻止了戚乔。

"怎么了？"

谢凌云顿了一下，才说："穆心得了胶质瘤。"

戚乔的嘴巴动了动，却一个字都说不出来，好久，她才问："胶质瘤会致死，是吗？"

谢凌云点头："低级别可以存活八到十年。"

戚乔喃喃道："今年……是他们分开的第九年。"

回到碧水云天时已经是深夜。

戚乔手中握着那本数年前余杉的处女作，心乱如麻，她轻声问："我该告诉师兄吗？"

谢凌云端来一杯温水塞进她手中，半晌都没有说话。

戚乔手捧着杯子，指尖无意识地在杯壁上摩擦。

她垂着眼睛，想起多年前师兄丢失那条项链时的紧张模样，想起唯一一次在餐厅偶遇余杉时他绷紧的情绪，想起这些年来每一次陪着江淮喝酒，他回忆过去时的表情，以及每一个春节，她、妈妈还有师兄三个人在一起度过的除夕夜……万家灯火中，戚乔仍能在某个瞬间感受到他的孤独。

"余杉现在有没有另一半？"戚乔问谢凌云，"你知道吗？"

谢凌云摇头："我不知道。"

戚乔没有再说话。

谢凌云伸手揉了揉她的头发："我找人问问？"

戚乔靠在他肩上，望着窗外的黑夜。

"过几天吧。"戚乔低低地说，"让我想想……余杉或许就是查出胶质瘤后，知道这个病治不好，也活不了多久，才选择和师兄分手，我怕这个时候告诉师兄，他……"

谢凌云道："他会想要陪她走完最后这一年。"

"你怎么那么确定？"

谢凌云将她抱进怀里，轻轻搂着，低声说："因为换作是你，我也想要陪着你，哪怕只剩下一段短暂的时光。"

戚乔呼吸微滞，如果是他，她也一样会想要陪着他一起走完仅剩的日子。

"可是之后的时间会更放不下。"

沉默了一会儿，谢凌云轻声道："如果生病的是你，你走之后，我会去找你的。"

戚乔紧紧揽着他的脖子，闷声道："你瞎说什么？"

谢凌云笑了笑，搂着人向后靠，陷入那张柔软的单人沙发中，他低头吻了下戚乔的发顶，声音平静："因为生离死别都太痛苦了。"

穆心就是余杉的事戚乔没有立刻告诉江淮。

第二天，谢凌云便让人打听来了余杉的消息，但她一向神秘，从不露面，只知至今未婚，有没有男朋友不得而知。

戚乔还在犹豫之中，这不是她一个人的事情，做决定太难。

元旦之前接下的综艺提上日程，要去另一座城市录制，加上来回的时间，共要离开三天。出发前，戚乔去了一次公司，将之后至少一年内不会接戏约，并且要以导演的身份拍电影的决定告诉了经纪人林舒。

林舒一开始震惊、错愕，消化了半个小时后，却也并没有表现出强烈的反对意见，只是问："你想好了？"

戚乔点头。

林舒说:"你已经走到了现在的位置,戏约纷至沓来,做导演肯定没有现在舒服。"

"但是做演员不是我想要的。"

林舒看着她的眼睛,沉默片刻,颔首:"既然你已经这么说了,我也不再劝你。就当是试水,不成功的话,再回来拍戏。"她笑了笑,"当然,我希望你成功。"

戚乔原本已经做好了面临经纪人反对的准备,却没想到林舒就这么坦然地接受了。

她主动抱了抱林舒:"舒姐,这几年谢谢你。"

林舒觉得肉麻,嫌弃道:"说得好像咱们就此别过一样,做导演你也可以参演自己的作品,请女主角那么贵,省的片酬都能把服化道再提升一个档次了。"

戚乔眼睛一亮:"你提醒我了,之前怎么没有想到?"

林舒起身,一会儿还有好几个应酬,临走前叮嘱:"之前签了合约的工作,年前可都得给我好好去参加。"

戚乔乖乖点头:"我会的。"

她说完就要走,戚乔喊了一声,不忘问:"今年给若柳基金会的捐款打过去了吗?"

林舒比了个 OK 的手势:"你放心,元旦节刚过就让财务转过去了。"

小年陪着戚乔回家拿上行李,便准备出发去机场。

她昨晚便告诉了谢凌云今天要飞去外地录节目,回家打开门,便看到他坐在客厅里,放在腿上的笔记本还开着视频,正与特效团队开会。

听见声音,他回头看了一眼,然后与视频对面说了句"take a break(休息一下)",便暂时关闭了会议。

"要准备出发了?"

"嗯。"

谢凌云说着起身,把电脑随手搁在矮几上,跟着戚乔走进了衣帽间。

小年站在原地,足足五分钟也没从在戚乔家里见到谢凌云,他们两人的对话还那么亲密自然的事情中反应过来。她甚至不敢过去帮戚乔收拾行李,像一尊石像似的在客厅待了半小时。

只去三天,戚乔没有带太多东西,没多久,便收拾好箱子走出来。

航班还有三个小时就起飞,她要赶往机场。

谢凌云亦步亦趋跟在戚乔的身后,低声说:"我送你去机场?"

"司机已经在下面等着了,不是还在开会吗,快继续吧,我还想早点看到《偏航》样片。"

谢凌云握住了她的手,轻声叹气:"早点回来。"

小年一眼都没敢偷看,在戚乔喊她先去按电梯后,拎着行李箱健步如飞地出去了。等电梯抵达二十七层,还见不到人过来,小年将头探出电梯间,却正好看到那两人站在门前。

谢凌云捧着戚乔的脸,低头吻了下去。

小年慌里慌张地将头收回来,直到下了楼,坐上保姆车,才小心翼翼地问戚乔:"乔乔,你们大学的时候是不是就在一起过了?"她眼里发光,"是不是破镜重圆!"

戚乔笑着摇头:"不是。"

小年握拳:"那是久别重逢,再续前缘!"

戚乔失笑:"你之前不是还……"

"但是冯巍那件事……谢导真的太帅了,他看起来好喜欢你。"小年还想要打听,"乔乔,你们大学的时候怎么会没在一起过呀?我感觉从《偏航》开拍,谢导对你就和对别人不一样,感觉他好像好早之前就喜欢你了。"

戚乔望着车窗外,半晌才说:"因为那个时候发生了太多事。"

节目名字叫《温暖一冬》,不算热门,但导演组的策划十分用心,每一期都有不同的公益主题——留守儿童、助农计划、孤寡老人……以及这一期戚乔参加的帮助山区女性的活动。

两天的录制很快结束,回车上的途中,经过学校旁一幢两层高的小楼,墙体斑驳老旧,二楼有好几个窗户没有玻璃,里面却好像住着人。

有人问了一句:"那里面是什么地方?"

当地向导说:"是县城的敬老院,没人管,里面只住着几个无儿无女的孤寡老人。"

戚乔望过去一眼，在路的对面看见一道步履蹒跚的身影。

戚怀恩背着画架，手里拎着一只很旧的帆布袋，里头装着用了很久的颜料与画笔。他手中抱着一张卷起的画布，正慢慢地朝戚乔所在的方向走来。

余光看到人群，他抬起了那双浑浊的眼睛，视线从众人身上越过，最后停在了戚乔身上。

帆布袋掉落在地，戚怀恩一连走近好几步，不可置信地看着戚乔："乔乔？"

戚乔喊来小年，没有看那个面容苍老的人："咱们回去。"

她神情冰冷，步伐也前所未有地快。

小年不明所以，却还是紧跟上人。

身后，戚怀恩沟壑累累的脸上布满泪痕。

戚乔改签了航班，以最快的速度返回北城。

再见到戚怀恩的事，她谁都没有告诉，然而就在几天后，一条轰动的新闻占据了全网的头条——戚乔弃养亲生父亲。

网上发布的图文中戚怀恩独自一人生活在敬老院中，破旧的衣服、脏乱的环境、粗陋的饭食，与一张戚乔参加晚宴时红毯上的照片做对比。

将戚乔完完全全衬托成了一个名利场中利欲熏心、毫不孝顺的冷血之人。

"第一个发布消息的微博账号已经联系过了，对方不接受我们给出的方案，不答应删除。"手下人汇报工作。

林舒按了按眉心："戚乔还没联系上？"

公关部的人摇头："电话微信都没有回。"

"小年呢？"

"小年说上午的杂志拍摄结束之后，新闻刚爆出来，戚老师没让她跟着，自己一个人坐车走了，不知道去了哪里。"

林舒深吸一口气，起身拿上包："继续做好舆情监测，记者那边打电话都别接。我去她家里看看。"

半小时之后，林舒抵达碧水云天，然而屋门紧锁，敲门也无人应。

林舒头一次觉得心急火燎，但并不全是因为网上铺天盖地的负面新闻。

林舒认识戚乔已有四年，多少了解她的性格，林舒此刻最担心的反而是她的失踪。她甚至想要报警。

电话拨出去之前,电梯中走来一人,径直朝戚乔家门方向走来。

"谢导!"林舒着急地问,"你知不知道戚乔在哪儿?"

谢凌云一言不发,几步靠近,输入指纹密码,打开了戚乔的家门,找遍整个房子,都没有看到戚乔的身影。

谢凌云的脸色很沉:"新闻出来之后,你们就没有联系上她?"

林舒点头:"你也没有她的消息?"

半晌,谢凌云才应了一声。他一整个上午都与特效团队沟通,半个多小时前才从工作室走出来,习惯性地给戚乔发了一条微信,没有立刻得到回复,他记得她今天有杂志拍摄,以为还在忙。还是从工作室其他员工的闲谈中得知挂在热搜榜上的事。

他只扫了一眼热搜,再联系戚乔,微信、电话都没有人应答,这才感觉出一丝不对劲。

谢凌云的视线落在房间五斗柜上摆着的戚乔与她妈妈的一张合影上。

他很快拨出另一通电话。

江淮一周之前进组,没能立刻接听电话。

谢凌云辗转询问了三位圈内导演与制片人,拿到了江淮正在拍摄的这部戏的导演的电话,这才联系到了江淮。

"网上有人曝光戚乔拒绝赡养她父亲,她不见了,我找不到,你知不知道她会去哪儿?"

江淮还没能来得及消化他三言两语中的信息量,思索了几秒,很快道:"你去公园找找。"

他还想要询问来龙去脉,谢凌云却等不及,只撂下一句"回头再说",便挂了电话。

林舒眼看着他要出发,焦急道:"找到了吗?"

谢凌云脚步微顿:"手机号给我。"

"什么?"

"我说你的手机号给我。"谢凌云神情冷峻,打开手机,记下林舒号码后,声音沉静,一字字说,"等会儿我发你个电话,你联系他。那些造谣辱骂的帖子,该删的删,该告的告。"

他抓起玄关柜上的车钥匙,临走之前又回头:"暂时不必回应,等我找到她再说。戚乔一定有她的理由。去做你该做的事,别让网上那些人骂她。"

林舒点头:"我知道。找到的话,先跟我报声平安。"

十四公里的路程,一路绿灯,谢凌云只花了十多分钟,便抵达了公园门口。他踩着闭园的时间,进了园区。

冬日太阳西沉得很早,天色晦暗不明,湖边只剩下零星几位游客。谢凌云由南门进入,朝北寻找。他从没有觉得这地方这么大过,直到天色彻底黑沉下来,园区的广播督促逗留的游客尽快离开,他都没有看到戚乔的身影。凛冽寒风中,谢凌云的额上冒出了一层薄汗,连毛衣外的那件大衣都热得脱了下来。

直到踏入园区的半小时后,他躲开巡逻查验赶人的工作员,在一棵柳树下看到了蹲在地上的小小身影。最近的路灯离了好几米远,那道小小的身影抱着自己的膝盖,蜷缩着坐在道沿上,一动不动地看着面前夜色中的冰冻湖面。

夜色沉沉,但谢凌云还是仅凭着一个看不到脸的背影认出了人。

他重重地舒了一口气,却没有立刻走上前。

隔着一段不远不近的距离,他看了好一会儿,直到发现她似乎是觉得冷,细微的动作像紧了紧身上的外套后,才终于走过去。

他在戚乔面前蹲下来。

戚乔怔了怔,小小的一张鹅蛋脸被长时间地吹着,泛着苍白的颜色:"你怎么来了?"

谢凌云将脱下的大衣披在她身上,伸手轻轻碰了下戚乔的脸颊,发觉自己的手都比她的脸颊温度高许多后,捧住她的脸,动作温柔地捂着。

"也不怕冷?"谢凌云低声说,"电话不接,微信不回,戚乔乔,你是不是要吓死我?"

戚乔被他揉捏得嘴巴嘟起来,声音含混不清:"我只是想来过来看一眼。"

谢凌云没有戳穿她,微微起身,托着戚乔的一只手臂,将她揽起来。

戚乔却因为蹲坐了太久,一站起来,腿脚一阵发麻。

"能走吗?"

"我缓一会儿就好了。"

谢凌云背对着戚乔，在她面前蹲下来，朝后伸手："上来，我背你。"

戚乔慢吞吞地俯下身，环住了他的脖子，等他起身，才又轻轻地在他耳边问："你怎么知道我在这儿？"

"问了你师兄。"谢凌云说。

戚乔听见他用"你师兄"来称呼江淮，不禁笑了下。

"舒姐打了太多电话，我……我那个时候不想和别人说话，就索性开了免打扰。"她又说，"因为以前心情不好的时候会偶尔一个人来这儿，所以师兄知道。"

谢凌云往前走的步子并不算快，像是背着她百无聊赖地散步，他笑了一声："我又没有说什么。"

戚乔趴在他的肩头，望着谢凌云的侧脸，轻声又问："你冷不冷？"

"嗯。"谢凌云说，"你搂紧点。"

戚乔听话，她又望了一眼已经空无一人的湖面："今年没有和贺舟来滑冰吗？"

谢凌云笑说："都多大了，谁还跟他来这儿丢人？"

戚乔说："可是我想滑一次，以前只和室友来过那么一次。"

"那明天就来？"

"你不怕丢人了？"

"丢人就丢吧，哪有让你开心重要？"

"你从哪里去进修情话了？"

"这算吗？"

戚乔只是笑，脸颊埋在他的脖子里，没有说话。

回到车上，谢凌云给江淮和林舒回了消息，让他们安心。

他拿走了戚乔的手机，没有叫她看网上的消息。两人回到家中，洗了澡，相拥而眠。这一夜他们这一隅安然温暖，外面却闹翻了天。

几千年"百善孝为先"的传统下，网友们对于一个片酬千万的人气女明星拒绝赡养自己亲生父亲一事群起而攻。

昨日林舒仅让人删掉所有谩骂与造谣的言论，表面看起来风平浪静，但水面下是汹涌的龙卷风。

早起戚乔便接到了林舒的电话。

这一次，她没再躲避。

"戚乔，你得告诉我真实原因，我才能让公关他们着手去做。"林舒叹了口气，劝道，"什么都不说，我们没有办法澄清。"

"不用澄清，我的确不会赡养他。"戚乔冷淡地说。

"戚乔……"林舒放柔声音，"你爸妈在很早之前就离婚了对吧，要不然对外就说这几年都没有和你父亲联系，并不知道他的生活，然后我们再给你父亲转一笔赡养费……"

她没有说完，就被戚乔打断："不，我一分钱都不会给他。"

这一句说完，手机被人拿走。谢凌云接过，对电话那一头的林舒道："听她的，不必回应了，你们休息吧，辛苦。"

他将手机放在一旁桌上，弯下腰来，从身后抱住了"麥毛的小猫"："好了。"他抱着戚乔在沙发上坐下，像哄小朋友一样，在她纤薄的背上轻轻拍着。

戚乔紧紧地抱着谢凌云的脖子，闷声问："你是不是也觉得我冷血无情？"

"没有。"

戚乔埋头在他怀里，声音沉闷得像是积攒了许久才砸下来的暴雨："我不会给他的，他不是我爸爸。"她隔着衣服，把手指放在腰腹上方那道术后的疤痕上，低喃着重复，"他不是我爸爸。"

谢凌云覆在她手背上，低头吻了吻戚乔的额头："好，都听你的，不给他。"

戚乔在他怀里窝了好久好久，才问："你不问我以前发生了什么吗？"

她的手移开，谢凌云低头，隔着衣服，张开掌，虎口卡在戚乔的肋下，手指在她背上拍着，指腹停留在毛衣下那道术后没有消除的刀口伤疤上。

戚乔感觉到，微微错愕，思绪空了一秒，却又紧接着被他的话转移了注意力。

"他丢下你们了，是不是？"谢凌云低声道，"你的反应很好猜。我只知道这一点就够了，其他的……都不想要你再想起。"

戚乔对网上的一切有关戚怀恩的消息都持冷处理姿态。

不到四十八个小时，网友们对她的态度与评价急转直下，之前因冯巍事件而得到的同情与怜悯也一并被收了回去。

戚怀恩的那些照片拍得太好，或者说他的近况的确足够凄惨，才会赚足人皆有之的恻隐之心。

然而就在当天晚上的八点,一位自称戚乔母亲的人发布了一段视频。

杜月芬本人出镜录制的视频。

她坐在自己房间的书桌前,脊背挺直,朝着镜头介绍:"大家好,我是戚乔的妈妈杜月芬。"

"2015年8月,我发现我的前夫戚怀恩出轨,同年年底,我与他办理了离婚手续,这是我们的离婚证。

"戚怀恩与人出轨生子,当年处于幸福中的我无法接受这件事,选择了轻生。我吃了安眠药,是我的女儿从学校赶回来,陪在病床前,才让我从绝望中走出来。但服用安眠药过量对身体造成了无法挽回的伤害,当时家中的钱绝大部分都花在了戚怀恩画画上,手术费不够,他当年一幅画就能卖十几二十万,到最后,在我女儿的祈求下只给五万块。我的孩子四处借了钱,放弃成为导演的梦想出道做了演员,才凑够了三十多万手术费。

"戚乔出生后十多年间,戚怀恩几乎没有任何收入,连他画画的支出都是我承担。戚怀恩蒙骗我多年,所谓为了灵感与艺术去嫖娼,让我感染HPV,后来还与自己的经纪人出轨生子,这样的人配做一个丈夫,一个父亲吗?"

整条视频长达五分钟,杜月芬诉说着,她没有哭,情绪平和,像是讲述一个发生在别人身上的故事。

戚乔工作室在第一时间转发了这条视频,很快,杜月芬的剖白被推上话题的顶端,舆论风向很快发生了反转。

戚乔得知的时候,整个人都蒙了,随即被涌上心头的酸涩包裹得密密麻麻。

她给妈妈打了电话,母女两人却不知如何开口。最后,杜月芬带着哽咽的啜泣,轻声说:"乔乔,妈妈对不起你。"

戚乔鼻尖酸得可厉害:"没有……妈,你没有对不起我。"

母女俩低声说了好久才挂断了通话。

杜月芬有林舒的联系方式,今日上午,她主动找了林舒,表明自己可以出面发声,她知道戚乔不会答应,又千叮万嘱,让对方不要跟戚乔说。

林舒深思熟虑后,同意了杜月芬的提议,让她亲自出面澄清。

戚乔从房间中走出来时,客厅中昏暗一片。下一秒,那盏落地灯被打开。

戚乔这才看到隐匿在黑暗中的谢凌云。

"我明天想要回老家,我妈后天放假,顺便去接她过来。"

谢凌云说:"好。"

他整个人都沉在那片昏暗之中,仿佛落地灯的光都不能照亮。

戚乔走过去,谢凌云伸手拽住了她的手腕。

"你看了?"

"嗯。"

谢凌云双眸漆黑,扣住戚乔的手,将她拉入怀中。

"还想过退学吗?"他低低地问。

戚乔没有否认。她原以为谢凌云还会再问什么,毕竟妈妈的视频中对当年的事毫无隐瞒。可他看着戚乔的眼神交织着心疼与爱意,却出乎意料地没再问。

戚乔让小年预约了一家私房菜,准备后天晚上回北城后带妈妈去吃。

收拾行李时,小年发来餐厅的两份不同菜单,让挑选菜品。

戚乔在忙,便让谢凌云给她念菜名:"芋头萝卜菜、海鲜牛肉,酸汤东星斑……"

戚乔将衣服叠好放进箱子:"我妈喜欢吃牛肉,就这个吧。"

谢凌云扫了一眼整张菜单:"主菜还有一道冷盘醉蟹和佛跳墙,这俩有酒,你跟阿姨都没法吃,让换了吧。灌汤黄鱼怎么样?"

他说完抬头,却见戚乔不知何时停下了手中的动作,愣怔地望着他。

"怎么了?"

戚乔问:"你怎么知道我妈也不能碰酒?"

谢凌云回答得很快:"酒精过敏不是遗传吗?"

戚乔微愣,是有这种可能性:"但我妈妈不过敏。"

"是吗?"谢凌云话音一转,"那这两道菜都加上?到时候你记得别动它们。"

戚乔多看了谢凌云好几眼。他仍旧那样,懒懒散散地靠在沙发中,翻阅着手机中的菜单,表情没有变过。

戚乔"嗯"一声,心里突然涌上的那个念头却迟迟没有消失。她收拾完行李,拿上一件新睡衣去洗澡。

谢凌云放下手机,又挪开膝头正在剪辑界面的笔记本,走过来挤了一泵洗手液，不紧不慢地洗着手。

戚乔路过，看到白色泡沫中那双修长好看的手，忍不住探出手去，在指腹上沾了一点，动作飞快地摸在了他的鼻尖。

她还没有来得及关上浴室的门逃掉，就被人掐着腰从后揽进了怀里。

谢凌云手上的泡沫还没冲，全部沾在了戚乔睡衣上，一低头把带着泡沫的鼻尖往她颈间蹭。

"痒。"戚乔求饶，"我错了。"

谢凌云呼吸间的炙热气息染红了她的耳朵。

"我刚才在看《偏航》四十七和四十八那两场戏的原片。"谢凌云声音微沉，换了句称呼，"戚老师。"

"嗯？"

"补拍几个镜头，有档期吗？"谢凌云道。

他说了四十七、四十八那两场，戚乔自然很快想到要补拍的是哪一段剧情。

她有点惊讶地看了他一眼，再回想杀青前的那两场戏，修改之后整段剧情的爆发力的确减弱许多。

当时因为那个意外，她的状态不算太好，何况因为小插曲后，谢凌云大刀阔斧地删除了不少原定镜头。

戚乔自然是愿意的，没什么比戏好更重要。

她没有犹豫，点头答应，下一秒又试探地望向谢凌云的眼睛，带着一点促狭的意味，问："我是没问题，但你……"

谢凌云低头咬她下唇："想什么呢？用替身。"

"那干吗还问我有没有档期？"

"我是指……"谢凌云轻笑一声，吐露心声，"让许亦酌用替身。"

戚乔偏头回望他："你不会是想……"

谢凌云趁势低头吻下去。

戚乔被抵在浴室的玻璃门上，她感觉到腰间流连的手，湿黏的泡沫沾在了她的皮肤上。

"观众说我不会拍床戏，本来拉来曹浪，就是要让他帮忙，"谢凌云不放过任何一处地深吻下来，声音沙哑，"但一部戏拍下来，什么也没学到。戚老师，补拍的时候咱们探讨一下？"

戚乔推拒着他的身体："我要洗澡。"

谢凌云抬手，扭开浴室门："戚老师把我也弄脏了，一起洗？"

戚乔的脸颊绯红一片："我明明只摸了你的鼻子，你把我整个人都弄、弄……"

睡衣领口早已松松垮垮得不像样子，谢凌云指尖挑开一侧的系带，见戚乔支吾不语，他语调浪荡地追问："弄得怎么了？"

戚乔整个人仿佛被一阵热风卷挟至气压极低的高空，空气稀薄，她急促的喘息都不能攫取足够的氧气，声线都不稳，但在他刻意勾引与逼迫的动作下，只好回答："都弄脏了……"

谢凌云呼吸快了一秒："那我帮你洗干净，好不好？"他伸手打开花洒，水声霎时充满整个狭小的空间，热气弥漫着。

戚乔颤声说："你可以看别人拍的学……我不要跟你探讨。"

"没用。"谢凌云拨开她的湿发，抛出一枚诱饵，"我记得《归途》里男女主亲密戏份不少。"

他低头，专心地将刚才抹在戚乔腰上的泡沫全部清洗干净。

"戚导会拍床戏吗？"

戚乔忍着痒意，伸手要去挡掉他沿着水流向上的手指："不要。"

"不要是什么，戚导不要拍？"

"不是。"

"那到底会不会？"

戚乔咬唇溢出一声轻哼："我、我不会……"

谢凌云指尖轻挑，沉声建议："我来做替身，补拍就当是……"他语气微微一顿，笑问，"学术探讨，怎么样？"

荒唐一夜，戚乔第二日乘飞机时，精神都萎靡不振，在飞机上睡了两个小时，落地后才觉得稍微恢复一丝力气。

林舒发来微信，与她商量之后的处理措施。

昨日杜月芬发出视频回应之后，一周多之前戚乔参加的公益节目中那位生病的姐姐也出面，将戚乔私下交给她十万元医药费一事告知广大网友。无论是演员还是导演，都是需要维护形象的公众人物。

林舒思及长远,打算公开自五年前开始,每年新年伊始戚乔都会向曾经帮助她渡过难关的那个肝病救治基金会捐款一事。自从她三年前走红后,片酬与广告费水涨船高,那笔捐款也一年比一年多。

林舒想要告诉大众,戚乔不是吝啬赡养费,只是这笔钱做公益也好,捐献也好,都不会给戚怀恩。

戚乔答应了,回复完信息,她望了眼车窗外家乡熟悉的天空,想起一周前在街边看到戚怀恩时,他那仿佛行将就木的模样。她闭了闭眼,强迫自己不再想那个人,乘车返回家中。

杜月芬今日去学校上放假前最后一天班。

戚乔到家时,才刚过中午。她打开门,听见球球飞奔而来的声音。

妈妈把球球照顾得很好,毛发显然修剪过,身上穿着一件又酷又可爱的短袖和背带裤,头上还戴了成套的小帽子。

半年没有见,戚乔想自己的小狗,球球也非常想她,扑在她的腿上,尾巴摇得比平时都要欢快。

戚乔弯腰抱起球球,亲了亲它。一人一狗都有些离不开彼此,戚乔抱着球球躺上床补了觉,再醒来时,戚乔终于觉得神清气爽。她拿了牵引绳,准备出门遛狗,顺便去妈妈学校接她下班。

她们还住在以前楼梯房的老房子,小区已经不算新,但绿化很好,这么多年过去,种在花坛里的树都长高长粗了不少。

这个时间外面都是下楼溜达的老人,或才买菜回来准备做饭的邻居们。

戚乔戴了一只口罩,但楼上楼下的邻居都能轻易认出她,见到戚乔回来,都笑呵呵地问:"乔乔回来了?"

戚乔也微微笑着,跟叔叔阿姨们打招呼。她在小区绕了两圈,让球球玩够,才把它装进一只托特包中,出门准备去妈妈的学校接人。

小区门外不远处就有一所小学,正好是放学时间,穿着校服的小孩们成群结队。

戚乔才想要绕出这条街去打车,视线无意地扫过一对被爸妈牵着的小孩时,在同样的方向顿了顿。

佝偻的身影很快躲进公交站牌之后。

戚乔停下了脚步。她没有看错,那个刚才小心翼翼地只露出半边身体望向她的人是戚怀恩。

戚怀恩只躲了一分钟，再探出身时，视野中早已找不见戚乔的身影。

他慌张地走出来，才想要朝前走去，身后传来一道声音。

"你回来做什么？"

戚怀恩一僵，慢慢转过了身，

戚乔的目光很淡，落在眼前这张饱经风霜，不仔细看几乎都认不出来的脸上。

"乔乔……"

戚乔抱着狗，面无表情："跟我过来。"

戚怀恩赶紧迈步，他的腿脚似乎出了问题，走路的速度很慢。

戚乔回头看了一眼，拎着托特包的手指收紧，却依旧没有放慢速度。

间隔越来越远，戚怀恩加快步伐跟上戚乔，走到了一条人迹罕至的小巷。

戚乔背对着他站着。沉默许久，戚怀恩率先开口："你跟你妈妈现在过得好吗？"

戚乔没有回答。

戚怀恩局促地抚了抚身上外套皱巴巴的褶痕，停顿好几秒，再次开口："网上的事……爸爸不是有意的，有人来找我，说是、说是可以让我见到你。他们问了我许多你小时候的事，我以为只是普通人，没想到是记者……乔乔，爸爸不是想要让你给我钱，我知道，自己不配……"

戚乔转身："你的确不配。"她下颌紧绷，盯着戚怀恩问，"那现在呢，现在又回到这里，你想干什么？"

戚怀恩嗫嚅着说："我只是……只是想来看看你和你妈。她现在身体好吗？"

戚乔闭了闭眼，过了好久，才道："最疼的时候都已经过去了，你现在来问她好不好？"

戚怀恩沉默了下来。

戚乔望着他，问："你回来多久了？"

"没几天。"

戚乔看到他身上穿着陈旧的衣衫，看到他才过五十岁便花白的头发，看到那张枯瘦的脸和形销骨立的身形。

"乔乔。"戚怀恩又喊了她一声,"当年是爸对不起你们母女。"

戚乔没有回应,半晌,低声说:"你不要再来了,不要再出现在我妈面前,她现在过得很好,我不想再让她看到你。"

戚怀恩默然片刻,声音不稳:"……好。"

他掌心贴在外套口袋外,感受到那张被他叠得整整齐齐的检查报告还好端端地装在里面。

"银行账号给我。"戚乔突然说。

"什么?"

"当年我妈手术,你给了五万块钱,再加上大二那年你给我买的相机,我还你七万,别的不会多给。"

戚怀恩愣了一下:"乔乔……爸爸不是想来跟你要钱。"

戚乔呼出一口气:"那你来干什么?看看我们吗?但是我这辈子最不想再见到的人就是你。"她冷淡地笑了下,"爸爸?我早没有爸爸了。你不是有新的家庭了吗,拿了钱,就不要再来了。银行卡账号给我,现在就还你。"

"乔乔,爸……我真的不是来找你要钱的,真的,我只是想来看看你们,别的什么都没想。"戚怀恩眼眶湿润,颤声说,"你不想见我,我以后就不会再来了,这是最后一次……最后一次来看看你们。"

戚乔静静地站着,垂眸没再看戚怀恩,半分钟后,她迈步朝巷子外走了出去。

戚怀恩看着戚乔逐渐走远,他不由自主地跟着她,往外走了几步,眼看着戚乔的身影融入巷口繁华的人群之中。他没再跟上去,伸手扶着墙急促地喘息起来,右手不受控制地发抖,用尽全力,才从身上找出半瓶药,好不容易拧开瓶盖,却因为手抖撒了一地。他半跪在地上,捡起一粒药片,咽下去后,靠在斑驳的砖墙上缓了好久,呼吸才逐渐平稳。他抬起头,远远望着那栋六层高的老旧楼房,视线虚空地定在三层的某一扇窗户上,眼眶积满泪水,一股股地淌下来,流过这张沟壑丛生的病容,掉在地上。

不知过了多久,戚怀恩才扶着墙,慢慢站起来,他最后回了一次头,然后脚步踉跄地朝另一个方向走了。

Chapter 15
点一束星星

趁着寒假，戚乔将妈妈接到了北城。对于戚怀恩出现的事她只字未提。

戚乔到家时，房间很整洁。原本家里放着的谢凌云的东西，还有贺舟送的那盒东西全都不见了。

戚乔本就没有打算把谈恋爱的事情瞒着妈妈，离开之前也没有交代谢凌云清理干净，发现这些时，她都觉得有些诧异，没有猜到谢凌云会细心到这种地步。

虽然妈妈根本不会随意进她的房间。

戚乔将一直空着的次卧整理了出来，添置了新的床品。

杜月芬亲自下厨，给她做饭。

戚乔趁妈妈在厨房，给谢凌云发了条微信：*房间你整理的吗？*

谢凌云很快回复：*当然不是，请了阿姨过来。*

戚乔：*我是问你的东西。*

谢凌云：*嗯。*

戚乔想了下，编辑道：*放着也没关系。*

谢凌云没个正形儿：*阿姨思想这么开放？*

戚乔：*你在工作室吗？*

谢凌云：*嗯，在看粗剪的样片。*

戚乔：*出来了？*

谢凌云：*要看吗，戚老师？*

戚乔：要！

谢凌云：那今晚来我家？

戚乔迟疑了一秒没有回复，他便又发来：只看片子。

戚乔：不骗人？

谢凌云：阿姨就住隔壁，我哪敢放肆？

戚乔笑了下。

"和谁聊天呢，笑这么开心？"杜月芬突然从厨房中出来，端着一盘才做好的红烧排骨。

戚乔没有立即回答："少做点，妈妈，咱们晚上出去吃。"

她靠近，黏糊糊地抱着杜月芬的胳膊，贴在妈妈身上："明天想吃饺子。"

"好，给你包。"杜月芬又问，"小淮跟我说他去拍戏了，过年回得来吗？"

"应该能回来两天。"

"那年夜饭也多做两道小淮喜欢吃的。"

"好。"

戚乔捏了一根小葱，帮忙择菜："妈妈，我告诉你一件事。"

杜月芬在切菜，头也不抬："你说，我听着呢。"

戚乔靠近，弯腰偏头，让妈妈看见自己的脸，眼睛弯弯地说："我交男朋友了。"

杜月芬手中的刀一顿："真的？"

戚乔点头："你怎么不问我是谁？"

"除了小淮我都不认识啊。"杜月芬笑了起来，"长得好看吗？"

戚乔也笑："可好看了。"

杜月芬叹息一声："可不能光看脸，当年我就是……"她话音戛然而止，过了好一会儿，像是什么都没提起似的，问戚乔，"有没有照片，我看看。"

戚乔打开手机，找到一张之前在微博上存来的正面照给妈妈看。

杜月芬只看了一眼，便评价："这孩子长得也太漂亮了。"

戚乔因为妈妈的用词又笑了起来。

杜月芬放下菜刀，接过戚乔的手机，眉头却皱了皱，过了好一会儿，自言自语似的道："我怎么觉得有点眼熟。"

戚乔顿了下："眼熟？"

杜月芬问："他演过什么电视剧吗？"

"没有。"戚乔摇头，"他是导演，妈妈，我们以前是同学。"

杜月芬这才放下手机："那大概就是我年纪大了，老眼昏花。"

晚上吃完饭回家，戚乔便假借出门遛狗的名义，牵着球球打开了隔壁的房门。

之所以没敢说男朋友就住在隔壁，是怕妈妈会想要见谢凌云。

戚乔还没有做好准备现在就见家长。

她抱起球球，捂住它的嘴巴，一打开门，便飞快走进去。

谢凌云正好从冰箱中拿喝的，听见动静出来看了一眼，评价道："你做贼呢。"

戚乔放下怀里的球球，张开手扑进了他怀里，翘着唇角问："那你要现在就见我妈妈吗？"

谢凌云大手扶着她的腰，喝水的动作停住，低头看她："我是可以。"

戚乔牵起他的手便转身往门口走。

谢凌云跟着走出好几步，快到门口时，反扣住戚乔的手，停下了脚步："我就穿这身去？"

戚乔看着他洗完澡后换上的睡衣，松手，故意装出一副耐心等待的模样："那你去换吧。"

谢凌云还真走进衣帽间，几分钟后，穿着一身笔挺的衬衫西裤地走出来，颈间的领带还松松垮垮地搭在身上。

"要这么正式吗？"戚乔有点蒙。

谢凌云眉头微蹙，不答反问："要不还是改天？"

戚乔已经在为他真的去换了套衣服错愕不已，听见这句，视线不经意地扫过衬衣与西裤相交的腰线，凑近用手指钩住那根还没系上的真丝领带："你紧张呀？"

谢凌云："谁紧张了？"

"好吧好吧，不紧张。那改天？"戚乔笑着去钩他的手，"我们今晚先看样片。"

谢凌云这才品出一丝不对劲："戚乔乔，刚才逗我呢？"

戚乔严肃否认："绝对没有。"

谢凌云没跟她追究，起身要去换下这套衣服。

戚乔立刻拽住："等下再脱。"

谢凌云回头，撞上戚乔落在自己身上的目光，他低头扫了一眼，随即眉尾挑了挑，拖腔带调地说："原来戚导喜欢这种？"

"也还好。"戚乔矜持道，"一般喜欢。"

她的确没有这方面特殊的嗜好。从前在学校时，她总能在人群中一眼找到他，有一半的原因便是因为谢凌云过于出尘的气质，鹤骨松姿，长身玉立，以至于她曾怀疑他小时候是否就进修过娱乐圈男女艺人都会学习的仪态形体课程。

再加上，他个高腿长，比例极好，在西装的衬托下，骨子里的气质散发得淋漓尽致，比从前更是多了三分成熟味道。

戚乔的确很喜欢。

谢凌云轻声重复她的回答："一般喜欢？"他说着，把那根领带从脖子上抽了下来，绕过戚乔腰间，扯着领带两头，将她拉进怀里，"只是一般喜欢？"

戚乔掌心抵着他胸口，推拒："我是来找你看粗剪样片的。"

"等会儿看，"谢凌云垂眸，一寸寸收紧指间缠绕的领带，轻声道，"着什么急？"

正要低头吻她，一声清脆短促的画外音打断了两人之间的气氛。

球球蹲坐在玄关处的走廊上："汪！"

谢凌云抬起头，与正歪头打量他的马尔济斯视线相对。

他拽着领带，让戚乔彻底紧紧地贴进自己怀里："真是江淮送的？"

"我又没有骗你。"

谢凌云追究道："他为什么送你马尔济斯？"

戚乔挠了下他的侧腰，趁着谢凌云一只手迫不得已松开，领带一端垂落在地时，从禁锢中逃离："不告诉你。"说完便飞快走进书房，见书桌上打开的电脑上，正停留在《偏航》样片界面，迫不及待地走过去。回头看见谢凌云随手将领带撂在沙发椅背上，漫不经心地举杯抿了一口手中冰水。

戚乔加快脚步，小跑回来，抱住他的腰，一边将人往书房拉，一边哄道："陪我一起看好不好，大少爷？"

谢凌云跟着她走，又低声道："大少爷就这待遇？"

戚乔把他推进椅子上坐下，弯腰低头，亲了亲他的下巴："你自己猜。"

"我哪猜得到？"

"真的猜不到？那就算了……"

话音未落，谢凌云伸手轻轻掐着她的侧腰，将准备离去的人拦住，沉沉道："你来告诉我。"

戚乔被迫地在他腿上坐下来，心中无端发软。她看着他的眼睛，伸手碰了碰他的下唇，下一秒，低下头去，在谢凌云的眼尾落下一吻。

戚乔轻声说："因为我喜欢这只小狗。"

谢凌云闭着眼睛，感受到眼皮轻薄的皮肤上这个柔软至极的亲吻。

他的喉结滑动，戚乔指尖抚过，像是觉得好玩，上上下下地摸了好几次。

谢凌云压着她的后颈，叫人低头，舌尖顶进去，撬开贝齿含弄。

窗外夜色浓浓，没有一片云，月亮的光很薄很淡，洒在整座城市，像是为其披上一层银霜。

戚乔在谢凌云的诱哄下理智尽失，一声小狗的叫声将两人都从浓烈的动情中拉回来。

谢凌云抬眼，球球站在书房门口，歪着脑袋盯着他们。圆圆的黑色眼珠子看着他，转了转，然后落在戚乔的身上。

"汪汪！"球球摇着尾巴跑进来，趴在谢凌云的腿边，抬起上半身去够戚乔的小腿。

戚乔红着脸，恨不得将整个人都埋进谢凌云怀里："你没有锁门吗？"

"在自己家干吗锁门？"

戚乔低头将脸窝进他颈间，拉开毛衣下谢凌云的手，还好她的裙摆遮着，不至于在才三岁的小狗面前丢人。

谢凌云听见她的急促呼吸，悠然地笑了一声，然后垂手，单手握住球球的身体，将人家往外面赶。

球球吸吸鼻子，只想找主人，被陌生的气息驱赶，一着急便低头，露出犬牙一口咬在谢凌云的手背上。

"嘶。"

戚乔抬起头来。

谢凌云把被咬出血的手背给她看，告状："你的狗咬我。"

戚乔伸手握住，蹙眉道："疼不疼？"她说着，拧着腰从书桌上抽来一张纸巾，轻轻地沾掉渗出的血。

谢凌云闷哼了一声，随即向后，仰头靠在椅背上。

"很疼吗？"

"手不疼……"

戚乔才想要告诉他球球一直都有乖乖打疫苗，下一秒，谢凌云托着她将人抱起来，戚乔条件反射地搂住他的腰。他抱着戚乔往主卧走去。

谢凌云的房间只开着一盏光线明亮的顶灯。

戚乔感觉到那抹微凉的触感上移，停留在腰腹上方的术后伤疤上。谢凌云在那道疤痕上轻吻了一下："疼吗？"

戚乔以为他误会那是曾经因为冯巍留下的伤痕，想要告诉他不是，却又止住了声音，轻轻摇了摇头："不疼了。"

谢凌云看着她，目光很深，他没有再问，只是低头再一次吻了吻那道疤。

样片到底还是戚乔第二日去了谢凌云的工作室才看完。

虽然还没有经过精剪，但整部片子无论是前期投入，还是故事剧本、服化道、演员演技，无一不精良。谢凌云又一向对各个环节要求严格细致，仅仅只是样片，戚乔便沉浸了两个多小时，无暇分神。

春节前几天，特效团队交出的东西差强人意，李一楠、曹浪、监制都打了九十分，但谢凌云想要一百分，于是临时买票，决定飞趟纽约，与对方面谈细商。

只去三四天，出发前一晚，他将戚乔连哄带骗地带去了西山的那套房子。

隆冬的山间有种"千山鸟飞绝，万径人踪灭"的感觉。

荒凉孤寂，室内却一片春色。

他们结束的时候，落地窗外竟然飘起了雪花，纷纷扬扬地落下来，没有多久，整片连绵的山脉便银装素裹，梨花满枝。

戚乔望着窗外的雪，无端想起七年前夏日那场雨。

沉默了好一会儿，在谢凌云端来一杯温水，递到她手中时，她没头没尾地问："是不是在这儿？"

谢凌云笑了一声："你问什么？"

戚乔用手指钩住他的一根手指，凑近，执着地要一个答案，不容他敷衍糊弄。

"你偷亲我，谢凌云。"她眼底含笑，轻声说，"我猜对了是不是？"

谢凌云靠进沙发中，闭眼笑了笑，没有说话。

戚乔撑在他的胳膊上，抬起身，轻轻捂住了眼前那双眼睛："那我要偷亲回来。"她说完，低头在谢凌云的唇上蜻蜓点水地吻了一下。

她松手，又被他掐着后颈扯回去。

谢凌云眸色渐深，低语一句："要再亲一下。"

戚乔总是承受不住他这样跟她说话，于是又亲了亲他的脸颊。

"除夕前能回来吗？"

谢凌云伸手拂开她垂下的一缕碎发："嗯。"

戚乔握住他的手，随即便看到几天前球球咬下的疤痕："怎么还没有好？"

谢凌云诬陷三岁的小狗："它咬得那么狠，怎么可能好得快？"

戚乔笑了起来，那天球球明明没用多大力气，但还是顺着他说："那我回去教训球球。"她摸了下那道疤，又问，"你是不是疤痕体质？"

"不知道。"

"怎么会不知道，以前受伤流血好得快吗？"

谢凌云说："以前没伤过。"

戚乔靠在他身上笑："我们家大少爷被养得好好。"

谢凌云的尾调微扬："我们家？"

戚乔点头："嗯，我们家，可以吗？"

谢凌云笑："可以。"

屋外落雪封山，冷风瑟瑟，屋内窗明几净，烛火可亲。戚乔陷入温暖的怀中，很快入眠。

这个冬天，终于不再寒冷。

除夕当天，谢凌云与江淮分别从天南海北返京。不过戚乔只在机场接到了江淮。

谢凌云自然要回自己家去吃年夜饭的。

杜月芬一早便准备好了好几种饺子馅，和江淮一起下厨做了满满一大桌子菜。

正看着春晚吃年夜饭,谢凌云发来一条微信。

谢凌云:在干吗?

戚乔拍了几张照片,全部发给他。

年夜饭,饺子,穿着杜月芬亲手做的红色新衣的球球。

谢凌云:球球怎么跟江淮那么亲?

戚乔回看照片,才发现其中一张师兄抱着狗,球球在他怀里乖得不像话。

她据实回复:师兄养过半年,之前也常哄着它玩。

谢凌云:就咬我是吧?

他紧跟着发来一张简笔画版马尔济斯拽拽的表情,上面配着"那我走"的文字。

戚乔笑着编辑消息回复他:你多跟它亲近,球球也会喜欢你的,马尔济斯性格都很好。

谢凌云:得了,我看它还能再咬我一次。

戚乔刚想问他在干什么,年夜饭有没有吃完,对话框最底端弹出来一条新消息。

谢凌云:戚乔乔,来窗边。

戚乔愣了一秒,随即起身快速走向客厅的落地窗,下意识地低头看向楼下。

除夕夜万家灯火,室外的车流都寥若晨星。但就是在这样的黑暗中,戚乔看到楼下一点点亮起来的火花。

楼层太高,让那一束仙女棒的星火都变得愈发渺小,可戚乔还是一眼注意到。

她出神地看着,直到身后江淮问她站那儿干什么,戚乔才有所反应。

她连拖鞋都忘了换,飞奔下楼。

戚乔远远地看到倚在车边,长身玉立的谢凌云。风雪之中,他穿着一件单薄的黑色大衣。

手机振动,是谢凌云打来的语音。戚乔没有接,她径直地朝他跑过去。

谢凌云听见脚步声,眸中讶异一闪而过,下一秒便又朝她张开双臂。

戚乔飞奔着落入他怀里。

"怎么连鞋都不换就下来了?"谢凌云捂住她的耳朵,揉了揉说。

"我忘了……你怎么过来了？"

谢凌云在戚乔的注视中低头吻下来，好一会儿才退开，低声说："全城禁燃，今夜没有烟花，所以过来给你点一束星星。"

戚乔眼眶蓦地湿润，踮脚紧紧地抱住了她的星星："我看到了。"

戚乔上楼时，江淮将刚出锅的饺子刚端出来，问她："干什么去了？"

戚乔笑了笑，没有说话。

江淮将一小碗饺子放在她餐桌座位的桌子上，低声笑问："谢凌云来了？"

戚乔点点头。

"怎么不上来？"

"他说上来也是自己一个人在隔壁，还不如回家当大少爷。"

江淮："进来还能不给他一口年夜饭吃？"

戚乔正经道："其实是觉得自己没带东西来，不好见我妈。"

江淮学着她的称呼，笑说："大少爷还挺重礼数。"话音一转，给戚乔透露，"刚阿姨悄悄问我见没见过你男朋友了。"

"你怎么说的？"

"还担心我说谢凌云坏话啊？"

"我哪有，你到底怎么说的？"

江淮道："实话实说，长得很好，年轻有为，人品不错，最重要的……"

"什么？"

"很喜欢你。"江淮说。

戚乔揉揉脸颊，又打听："那我妈听了怎么说的？"

江淮抬了抬下巴，示意她看后面端着一碟饺子过来的杜月芬，说："到现在都在笑，说明很满意。"

"快吃，饺子里面我包了彩头，看你俩谁运气好。"杜月芬笑吟吟走过来说。

结果两人都吃到了杜月芬包在饺子里的彩头。

她年年都说只包了一个有彩头的，但年年他们两个都会吃到。

戚乔照例，将年夜饭和妈妈、师兄的合照发了微博，点击上传之前又添了一张，是她拍下的谢凌云在楼下给她点仙女棒的照片，没有露脸，只有特写中灿烂的簇簇火花。

江淮也刚发完，刷到她的微博点了个赞，又问："前段时间球球咬伤你了？"

"没有啊。"

"那之前那条微博怎么说球球咬人，还罚了它不能吃零食？"

戚乔从自己主页向下滑动，看到谢凌云去纽约的那天，她发现那道还没有消下去的疤痕后发的微博。

图中球球趴在地上，表情无辜。配文：爱咬人的小狗没有零食吃。

戚乔不太好意思地说："它咬伤了谢凌云。"

"合着我们球球受苦挨饿，就是因为你哄男朋友？"江淮说。

戚乔辩解："只罚了一餐的小零食。"

江淮弯腰抱起球球，球球在他怀里欢腾地舔手。

戚乔看到带着他几分谴责的眼神："好吧，下次一餐也不罚了。"

年后戚乔正式开始准备《归途》的筹拍工作，江淮初二便飞回了剧组，杜月芬也在开学前回去了。

戚乔尝试着约见了几次余杉，但对方都婉拒了，只能通过语音交流。

二月时，谢凌云拉她去补拍《偏航》。他找人还原了当时的布景，架起三台不同机位的摄影机，一个外人也没请，就他们两个。

学术探讨一语成谶，戚乔比谢凌云还要认真，每拍一段，便要停下来研究机位光线与镜头，为《归途》打基础。

情人节前的那个周一，一位曝光了圈内不少地下恋情的狗仔发了条预告，称情人节当天曝光两位当红明星的恋情。

预告提前了好几天，惹得情人节前的几天，猜测究竟是哪对被拍到一度成为火热话题。

林舒一心宣传最近要定档播出的，戚乔之前拍的一部古装剧。也因此，谁都没有料到，狗仔精挑细选了黄道吉日，在情人节当天上午九点准时公开的恋情的主人公是戚乔与江淮。

视频图片皆为证，最开始便是去年的冬至，戚乔生日时，他们拍到戚乔前往江淮的住处，并与江淮一同前往电影学院附近某小区与友人聚会过生日，停留数小时。

随后八点左右，又回到江淮的住处。

视频中特意用彩色大号字体标注：*当晚戚乔未离开。*

之后便是除夕当天清晨，戚乔亲自驱车，去机场迎接从剧组归来的江淮，一同吃了年夜饭。

居然还拍到了江淮与杜月芬一起下楼扔垃圾，还贴心配字：*女婿如半儿。*

戚乔将视频与狗仔绘声绘色的图文记录都看完后，忍俊不禁，很想采访一下他们，是怎么做到每个时间点谢凌云都有在场，但都没拍到他。

江淮也是同样的心情。不爽的只有谢凌云一个人，烦得午饭都没吃几口。

中午刚过，戚乔与江淮工作室联合发布声明，澄清辟谣。

冬至是一起去与大学时候的老师吃饭，回小区后戚乔便乘坐另一辆车离开，没有留宿。年夜饭更不用说，往前翻两人微博，从 2015 年之后的每一个除夕都是一起度过的，是单纯的师兄妹与朋友关系，却也胜似亲人。

戚乔哄了谢凌云好久，才将那张臭脸给变没。

三月底，《偏航》拿到了发行许可证，谢凌云却并不着急，初步将上映时间定在六月底。

两人各自忙碌着，戚乔依然习惯提前做好所有准备，完成了《归途》所有场次的分镜剧本。服化道的构想渐渐成型，她每天都在与美术、造型还有道具老师商议。

恰逢《偏航》进入上映宣传期。

谢凌云一向不会干预李一楠定下的宣传策略，但更不会去参加综艺节目抛头露面，甚至连首映式与点映路演，都鲜少亲莅。

从前一到宣传期，就如同到了谢凌云的休眠时间。

李一楠每每想到都要愁得多掉一把头发。

何况还把上映时间定在六月——一个被李一楠暗自定为谢凌云的"生理期"的月份。但这次，谢凌云非但没进入休眠期，没甩蹶子走人，反倒亲自来找他，让为他请一位造型师。

李一楠乐意之至，哪怕他要孔雀开屏，都会把舞台准备好。

首映发布会定在夏至那天。

为了与戏中松年相衬，戚乔特意选了一条白色裙子。她头一次对自己的造型提出了意见,让造型师做了高马尾。

休息室的门被人敲响,小年打开来,便见谢凌云穿着一身正装站在门外。偏休闲的款式,戗驳领,没系领带,内里的白衬衫开了一粒扣,除了袖扣,没有多余的装饰。

戚乔闻声抬头,却依旧忍不住多看了他好几眼。

谢凌云的目光也落在她身上:"怎么扎了头发?"

戚乔问:"好看吗?"她特意转身,给他看脑后的马尾,一条丝质蝴蝶结系在发上,被风一吹,两条尾巴飘飘扬扬。

谢凌云视线微顿,随后一笑说:"好看。"他朝戚乔伸出手,"该候场了,戚老师。"

戚乔靠近,电影宣传期间并不想被传出绯闻,明明约定过,他怎么又伸手,任谁瞧见都看得出他是想要牵她。她伸手挽住谢凌云的臂弯,两人朝前走出几步,身体将手部完全遮挡住之后,戚乔才在谢凌云掌心挠了一下:"你又忘了?"

谢凌云"嗯"一声:"戚老师今天好漂亮,看见你我什么都忘了。"

戚乔弯了弯眼睛,下一秒又立刻提醒自己做好表情管理。

"贺舟在群里说今晚去他那儿吃饭,要不要去?"

戚乔点了下头:"好呀。"她看着他的侧脸,观察了一个月的结论脱口而出,"你这个月好像不是很开心。"

两人停在后台入口处,等待几分钟后主持人宣布。

身后许亦酌和其余演员也已陆续就位,不停地来打招呼。

等都寒暄完,谢凌云才低声道:"不喜欢六月。"他眉眼淡淡,低声道,"我好像还没有告诉过你,我妈是六月去世的,过几天是她的忌日。"

戚乔微愣,过了一会儿才说:"那干吗还要把上映时间定在这个月,我们可以往后延。"

谢凌云看了看她的眼睛,右手碰了下左肘臂弯上那只小手。

"但后来,我的不喜欢慢慢变淡了。"谢凌云道,"戚乔乔,我看过了,今天会下雨。"

他语意含蓄的一句,戚乔却瞬间明白——是你让我不再讨厌这个季节,甚至渐渐喜欢上这样的天气。

正在此时，前台主持人从麦克风中传来的热场传来，三两句说完，便进入正题："让我们欢迎《偏航》导演谢凌云，主演戚乔、许亦酌……"

谢凌云拍了下戚乔的手，让她从愣怔中回神，随后迈步，携着她的手，走上首映式的舞台。他们简单打过招呼，便下台与观众媒体一同观影。

这不是戚乔第一次看《偏航》的成片，却是第一次在放映厅观看。他们在无人发现的地方握着对方的手，看完了整部影片，以至于发现片尾与之前看过的版本的不同时，戚乔整个人都有点蒙。

松年因悔恨于自己曾经偏航，选择自尽。画面淡出，又一次回到她进入警校时满腔热血的模样，她在回忆自己遗失的理想中闭上了眼睛，沉入无尽深海之中。

然而最终画面里，无名碑中，仍有属于她的一块。

所有影像消失，一行手写字体浮出——谨以此片，献给我们的学生时代。

是谢凌云的字。

戚乔微愣，没过半分钟，又看见卡司阵容的副导演一栏中，大荧幕上缓慢滚动出现的"戚乔"两个小字。

她愣了好半天。

自然，也不止戚乔一人发现。现场的影迷、记者，有一个人发现副导演名单中的戚乔，很快便传遍了全场。连最后采访环节，记者们都将注意力全部挪到了它上面。

戚乔自己都发蒙，自然无法回答，谢凌云接过怼到她面前的话筒，淡淡道："戚老师在拍摄过程中提了很多有价值的参考意见，还为好几位演员讲戏说戏，她本就应该出现在副导演一栏。"

闪光灯将她同样诧异，没有反应过来的一幕记录了下来。

戚乔却无暇分神去思考记者们要如何写。

回到车上，才渐渐收拢思绪，心口荡起微波。

谢凌云避开外人，在一刻钟之后才绕路走到停车点。

他迈脚登上来，戚乔便将手朝伸了过去。

谢凌云伸手抱住人。

车门合上，向前驶去。

戚乔轻声在他的耳旁问："你怎么都不提前告诉我？"

"为了看到你现在惊喜的样子。"谢凌云说。

戚乔环住他的脖颈,吸了吸鼻子,被青柠罗勒的气息包裹。

她忽然想起谢凌云大学时偏爱柠檬调的味道,却并没有一直仅限于青柠罗勒这一种,他经常换,唯一不变的是主调的青柠香。

但从什么时候开始,他身上便只有这一个味道了?

戚乔已经给出了自己的答案。

回碧水云天换了衣服,谢凌云便载着戚乔前往贺舟那儿。

在路上时,戚乔接到了杜月芬的语音。

妈妈刚从影院出来,与她分享自己看完《偏航》的感受。

戚乔一字一句都听着,半个小时的时间浑然不觉地消逝。

谢凌云已经将车开入贺舟住处的小区。

电话挂断前,戚乔提醒妈妈:"下个月要来体检复查,我那两天有工作,到时候让小年去机场接你,陪你去北医三院。"

谢凌云刹车停稳,听见这句看了看戚乔。等她结束通话,去解安全带准备下车,随口问:"肝移植不是协和医院最好吗,怎么这回又去北医三院复查?"

他说着下车,绕过车头打开副驾的门,才看到戚乔定定地看着自己的目光。

"我应该没有告诉过去你,我妈妈做过肝移植手术。"

谢凌云顿了一下。

戚乔唇角紧抿,将那些蛛丝马迹逐渐串联起来。

确信说出她妈妈不能碰酒精时的语气;拦住庆功宴或聚会上别人递给她的酒时,从没用过酒精过敏的原因,每次都是相同的"她不能喝";以及一次次,落在她腰腹上,那道肝源供体术后刀疤上的亲吻。

肝移植手术供体与受体都不能喝酒。

早该察觉的。

戚乔眼睫轻颤,望着谢凌云问:"你是不是知道什么?"

谢凌云只短暂地愣了几秒,便说:"让人查过你妈妈当年做了什么手术而已。"

"只是这样?"

"只是这样。"

戚乔执着道:"你没有骗我?"

谢凌云干脆弯腰,探身钻入车内,替她解开安全带:"没有。好了,进去吧,他们都等着了。"

戚乔没再问,她随着谢凌云,亦步亦趋地走进去。

都是戚乔熟悉的面孔,这几个月,谢凌云时常带戚乔一起与发小们聚会。

傅轻灵见到人,便将自己亲自烤好的一盘战斧牛排递过来:"首映式回来还没吃东西吧?给。"

她是直接递到戚乔面前的,谢凌云伸手去接,傅轻灵还躲了下:"没给你。"

谢凌云还偏就强行拿过那盘牛排:"我们一起吃。"

贺舟拎着外卖走进来,可算看到正主前来,拉着几人起来,将傍晚时包场的影票一沓沓摆在一起,邀功似的:"又大出血了,怎么着,够意思吧?"

谢凌云扫了一眼:"还成。"

戚乔好奇地接过那厚厚一沓票根,问:"这一共是多少场的?"

贺舟挨个儿将他们四五个人全数过去:"一人包了一场。"

戚乔笑了下:"谢谢。"

贺舟瞥了眼谢凌云,故意道:"回回上映给少爷包场,这还是头一遭得来一声谢。"

谢凌云说:"哪回没被你们几个捞回本?"

贺舟嘿嘿一笑:"还不是你宝贝多,球鞋球拍和几瓶红酒而已,怎么那么小气?"说完就搂着谢凌云的脖子,要约打球的时间。

傅轻灵拉着戚乔,叫她帮自己挑选几套改日出席京城名媛聚会的"战袍"。

等完成这项重任时,戚乔觉得比给自己挑选红毯造型还要耗神。

她起身去拿喝的,外面庭院全部都是酒水。

她刚想找谢凌云,踏上别墅门廊前,耳中传来贺舟的声音。

"还用想吗,你带戚乔去若柳阿姨墓前上炷香,回头就跟你爸说你妈托梦给你说特别满意,保证承叔立马没二话。"

谢凌云:"你有病吧。"

贺舟:"我觉得我这主意挺好的啊。"

他们的对话清晰地飘入耳中,戚乔僵立在原地。她所有的注意力都停在了贺舟口中的"若柳阿姨"四个字上。

与此同时,谢凌云与贺舟并肩从门廊中走出来,他手中端着一杯葡萄汁,瞧见戚乔,走过来递到了她手中。

他们没有再继续刚才的话题。

戚乔抿了一口冰甜解暑的果汁,握着杯壁的手指一根根收紧。

等谢凌云被另外两个发小拉走去玩牌,她才找到机会,拦住了独身一人的贺舟:"我有话问你。"

"什么?"贺舟道,"说呗,知无不言。"

戚乔轻轻吸了一口气:"谢凌云的妈妈是叫若柳,对吗?"

贺舟点头:"是啊,姓苏,全名苏若柳。怎么了?"

"你知道若柳基金会吗?"

贺舟听见这句,目光微妙地停顿片刻,很快又点头,解答戚乔心中的疑惑:"知道。"

"六年前,我妈住院,肝移植术后出现了很多突发情况,那时候我已经没有钱了,是若柳基金会下的一个肝病救治项目资助了后续所有的治疗费用。"戚乔的声音轻得不像话,"是他知道了后,让自己家的基金会帮了我,是吗?"

"他没告诉你?"贺舟开口问。

"没有,他什么都没有说。"

贺舟望了一眼庭院中的人,半晌,笑了一声:"不是他让自己家基金会帮了你。"他缓声,告诉戚乔,"是他为你成立了个基金会。"

Chapter 16
返航

一局结束，谢凌云撂下纸牌起身。

"不玩了？"傅轻灵问。

"你们继续。"他环视一眼整个庭院，没多说便离开。

"少爷干什么去？这才打一把。"老三问。

傅轻灵笑说："找女朋友呗，我看他恨不得用胶水把自己跟戚乔粘一块儿。"

贺舟从别墅中走出来，便瞧见过来的谢凌云。

"戚乔呢，看见她没有？"谢凌云问。

"搁我家还能把你女朋友丢了不成，在里头呢。"贺舟调侃完，又意味深长地看着他说，"你还挺爱做好事不留名。"

谢凌云迈步走上台阶，随口问："什么不留名？"

"夸你呢。"贺舟道，"活该二十八岁才初恋。"

谢凌云看他。

"什么眼神？我说得不对？"

谢凌云："谢谢，我十九岁就初恋了。"

说完这句话，他推门而入，穿过客厅，在一层东南角辟出来的一间玻璃花房看见了戚乔。她安安静静地坐在那只藤编秋千上。

谢凌云放慢脚步，看了好一会儿那道背影。

秋千旁那两盆栀子正是花期，开得很热烈，一簇簇纯净的白，环绕着中间的那个人。

谢凌云忍不住拍下一张照片,收好手机走过去,绕过秋千站在戚乔的面前才看到那双微红的眼睛。

"怎么了,戚乔乔?"他皱着眉低头,双手捧起戚乔的脸,叫她仰头,"怎么哭了?"

戚乔抓着秋千绳的手松开,伸过去抱住了谢凌云的腰,将上半身也向他倾去。

脸颊贴在谢凌云的衬衣上,谢凌云感受到衬衣上被洇湿的痕迹,却并没有立刻追问,手覆在戚乔的头发上揉了揉,察觉她的肩膀不再轻颤后,他在她面前单膝蹲下来。

戚乔坐在秋千上,比他还高一些。

谢凌云抬起头,将还悬在戚乔眼尾的那一滴泪珠拭去:"贺舟跟你说什么了?"

戚乔的声音还哽咽着:"不是他说的,是我问的。"

"那你问了什么?"

"若柳基金会……"戚乔道,"你从来没有告诉过我。"

"有什么好说的?"谢凌云说,"当时阿姨都已经做完了手术,只是一点儿住院费和医药费而已。"

戚乔红着眼睛,摇头。

那年肝移植手术之后,起初妈妈恢复得很好。但十二月之后,并发症接踵而至,排异反应随之加重。到第二年的六月,妈妈身体才终于彻底见好。

那期间,妈妈陆陆续续住了三次院,或长或短,但治疗费用加在一起,花了至少十万块,都是若柳基金会赞助。她在那之后去找了医院院办,可院办拒绝提供基金会负责人的联系方式,并称那是若柳基金会的要求。

肝胆胰科室不止杜月芬受到了资助,另外三四位因经济状况原本无法进行手术的患者都得到了帮助。

那时候,戚乔没有任何的怀疑。只能在几年后,她有能力之后定期向若柳基金会捐款。

戚乔朝谢凌云伸出手去,落入他的怀抱后,才轻声问:"是因为那时候你觉得我喜欢师兄,才不告诉我的吗?"

谢凌云没有说话。

戚乔伸手紧搂住他的脖子,心脏一片酸软。

过了好一会儿,谢凌云才抚着她的背,一边安慰,一边低声说:"当初是江淮帮了你,你喜欢上他也很正常。"

戚乔微愣,随即松手,退开几分,捏住谢凌云的耳朵轻轻地揪了一下,声音发涩,喃喃地说了一句:"谢凌云,你好笨。"

谢凌云的指节顺着她的脊柱沟刮了一下:"还是第一次有人骂我笨。"

"我都告诉过你好多次了,我不喜欢师兄。"戚乔小声道,"你就是笨蛋。"她说完,再一次抱住他,"要下雨了,咱们回家好不好?"

盛夏时节的雨总是来得很快,还没有到家,他们便在半路上遇到了一场雨。

起初只是一滴一滴地砸到车窗上,慢慢地越来越大,越来越多,很快便打湿了地面。他们没有回碧水云天,谢凌云直接开往西山。

戚乔的注意力被车外的大雨吸引,看到逐渐稀疏的楼房,才意识到这是去西郊山间别墅的路。

"咱们不回家吗?"

谢凌云说:"山上雨景更好。"

戚乔永远记得大二夏天的那场雨,但她此刻回家并不只有一个目的:"我有东西想要给你,还在家里放着。"

"什么东西?"

"等你看到就会知道了。"

"着急吗?"

"应该……"戚乔想了下说,"也不算很着急。"

谢凌云便道:"那明天回去拿?"

抵达西山时,雨势渐小。

此刻不像是夏夜突如其来的暴雨,淅淅沥沥,反而更像江南的一场春雨。

车在门前停下来,那棵小叶紫檀依旧是从前的样子,树下小池塘的荷花却比八年前更加葳蕤繁茂,白粉相间,亭亭地立在翠绿之间。

戚乔没有打伞,下车用手机拍了几张雨中的荷花。

谢凌云从车门上抽出雨伞走来,撑开替她遮雨。

戚乔的目光还定在屏幕上的画面："你离我远一点，伞面会遮挡光线。"

他干脆合了伞，在她身后伸出手去，无论有没有作用，摊开手掌挡在戚乔发顶。

戚乔把拍好的照片给他看："是不是很好看？"

"嗯。"

"不用调色加滤镜都很漂亮。"戚乔忍不住发微博分享，又问谢凌云，"这个品种叫什么名字？"

"翠盖华章。"

她记下名字，起身时才发现谢凌云也没有给自己打伞。

戚乔笑着上前一步，踮起脚尖，在雨中吻他。

谢凌云闭上眼睛，揽着她的腰，加深了这个吻。

进屋时，两人身上几乎已经湿透。

谢凌云脱下戚乔身上的裙子，抱着她进了浴室。

这场雨难得的漫长，两人洗完出来时，竟然还在下着。

谢凌云下楼端上来一杯驱寒的热茶，便看见原本已经回了卧室的人又站在客厅的落地窗前，目不转睛地欣赏窗外雨景。

他搁下水杯，走过去强行将光脚站在那儿的人抱回来。

戚乔由衷道："这栋房子好适合看雨。"她的目光流连于窗外远处水雾蒙蒙的连绵山脉间，又说，"今天的雨比之前在这儿看过的好像还要漂亮。"

谢凌云将热牛奶递进她手中，随后说："人工降雨怎么能和大自然相比？"

戚乔蓦地看向他："什么意思？"不等谢凌云开口，便又猜到，"我以前看到的那场是人工降雨？"

"洒水车喷的。"谢凌云眉尾微扬，笑问，"还逼真吗，戚导？"

戚乔放下那杯水，扑进谢凌云怀里，压着他倒在沙发上："你又瞒着我……"

谢凌云只是目光深深地看着她，下一秒，抬手压在戚乔的后颈上，让她低下了头，在窗外的雨声中再一次亲吻，好一会儿，才呼吸不稳地放开她，声音比刚才哑了几分："可以吗，戚乔乔？"

"刚才……"

谢凌云在她的唇上亲了一下，打断戚乔的话："在这儿，看着雨，行吗？

戚老师。"

戚乔犹豫，望了一眼窗外。

谢凌云在她耳旁蛊惑道："外面都是山，不会有人看到。"

戚乔有点经不住他的撒娇。天色渐暗，雨水给山间带来更绵密的雾。

树下小池塘中的荷花花瓣，被暴雨打得颤颤巍巍，几欲掉落，那雨仿佛是知道山花草木承受不住，疾风骤雨之后，又变得脉脉含情，亲昵地安抚小荷花。

但夏日的雨本就反复，等花瓣中积蓄的雨水被风雨吹打地倾洒出去，便又卷土重来。没过太久，重新积攒在花瓣中央的那一洼水便一股脑全泄入了小池塘。

整个《偏航》的宣传期，戚乔与谢凌云都住在西山。

这儿比碧水云天的私密性更好，无外人打扰。

今年夏季的雨水似乎格外多，相隔三五天，便会有一场雷雨或阵雨。

没有比西山更适合看雨的地方了。

不过这也导致《偏航》上映两周后，宣传期结束，戚乔回到原本家中才把那本日记本交给谢凌云。

谢凌云当时正在写剧本，看了一眼，问："给我这个干什么？"

戚乔说："给你看。"

谢凌云戴上眼镜，目光重新放回电脑屏幕，装高冷，起初没吱声，没过三秒，朝戚乔看过去："故意来气我的吧，戚乔乔？"

戚乔好不容易约到余杉见面，眼看时间快到了，只好说："你先打开看看。"

谢凌云："没有自己给自己找气受的癖好。"说完伸手捞起脚边近日在他豪掷千金买来各种零食玩具的攻势中，开始拿他当亲爹的球球，放在腿上继续写剧本。

戚乔一阵无言，临出发前又回来，干脆将日记本放在书桌一角："反正我放在这儿，你写完剧本再看。"

戚乔和余杉约定在一家私密性很好的咖啡馆会面。

戚乔见到人时，一眼看到她身上明显的病容，与八年前偶然见的那一面判若两人。

戚乔是以选角前征询余杉意见的借口,才得到这次面对面商谈的机会。她没有吐露其他,从开场便一直将话题放在选角上。

直到最后,余杉主动开口,道:"可以的话,你请江淮看一看剧本,男主角他很适合。"

戚乔微愣,余杉望着她,常年病痛让她形销骨立,却仍旧不掩眉眼间的优雅气质与古典美。

"我看到网上都说你们是很好的朋友,请他演,可以吗?"

戚乔轻声问:"为什么?"

余杉笑了一下,半晌,启唇又说:"如果你觉得勉强的话,也就算了。"

她要起身离开,戚乔伸手握住了余杉的手:"你要见一见他吗?"戚乔又补充一句,"如果我请江淮来演,剧本围读会你愿意出席吗?"

余杉缄默数秒,而后朝戚乔轻笑着摇了下头:"我这副样子,就不见他了。"

她转身,走到包厢门口时又停住,回头朝戚乔笑了笑,眉眼温柔似水:"不要让他知道。"

心照不宣的一句话。

戚乔陷在身下的柔软沙发中,思绪放空,又坐了好久才离开。

谢凌云来接她。

戚乔情绪不高,他很快便猜出见余杉一面得到了什么讯息。他没问,牵起她的手。

"咱们去看电影吧。"戚乔说,"去电影院。"

谢凌云垂眸:"不怕了?"

戚乔说:"有你在啊。"

谢凌云的脚步顿住,下一秒笑着捧起她的脸,低头吻了吻戚乔的嘴角。

两人去一家私人影院,观看了一部最近上映的动漫电影。

还没有等他们回家,手机中接二连三的消息与电话纷至沓来。

有人在微博发起一条话题:你见过最甜的影视剧场面。

一小时前,一个个人账号发了条微博:你见过最甜的影视剧场面,不是电影和剧,去年除夕夜在家中无意拍到的,一直没有删除,感觉很符合这个话题。

博主附带了一则视频。

从二三层高的窗户拍摄的画面。

风雪之中,一人穿着黑色大衣,倚靠在一辆车身前,他手中握着一根仙女棒,快要燃尽前,画面的左下角出现一个女生。男生似乎也看到了她,望过去的同时,他浅笑着,张开了手臂。

女生加快脚步朝他跑过去,只剩几步远时,也伸出手去。

烟花燃尽,两人在风雪中的除夕夜紧紧相拥。

这位博主只是觉得自己拍摄的画面美好而浪漫,一直没有删除,又恰好觉得十分契合这一话题才发出来。

发出去的后十分钟,还有评论与转发。但最多也就是看完后,发出同样的"好甜"之类的评语。

直到有人无意间在话题广场看到这一条,随手评论:这个女生好像戚乔啊。

一石激起千层浪,很快,接二连三的附和蜂拥而至。

但视频画面中并未拍到女生正面,镜头的角度只看得见她的背影,还是由上向下的视角,十分容易造成误差,也因此有不少人持反对意见。

可画面中男人的脸与身形,甚至身后那辆黑色超跑都过于瞩目。虽然模糊,可正面的角度仍能粗略看清五官。

视频被营销号转载之后,迅速登上了热搜。

林舒打来的电话,便是与戚乔商议应对措施。

戚乔转头看谢凌云,他正在回复微信群里几个发小的调侃,察觉到她的目光,抬头看过来:"听你的。"

戚乔道:"那我们发什么文案?"

谢凌云笑了声:"戚老师决定了?"

"嗯。"戚乔点头,"这有什么好犹豫的?"

谢凌云解开安全带,倾身亲了她一下:"交给我吧。"

全网沸腾的高潮之时,谢凌云工作室发布了一条视频。

暮云合璧,海风咸湿。涠洲岛的日落像是莫奈的一幅画作。

穿着白色裙子的少女出现在画面中央。

风吹动马尾,浅黄色的光芒在她脸庞上镀了一层金子。

画外音传来:"马尾散开吧。"是一道清朗的男声。

穿着白裙的少女取下发圈,长发在空中荡起一个个弧度。

她试着将琴弓放在弦上,动作一顿,看向镜头的拍摄方向:"你再来教我一次吧。"

随即脚步声传来,一道高而瘦的背影走入画面。

他走到她身边,低头纠正她的指法。

少女的发丝被海风吹着,从他小臂上滑过。

他们靠得很近,交流着拍摄内容,宛若低眉细语。

夕阳照在沙滩上,脚尖相抵,沙滩上的两道身影也紧紧相依,竟然像是在亲吻彼此。

剪辑放大了地面上"接吻"的影子。

视频完结于此,而右下角,记录着那一天的时间与地点:2015年5月20日,摄于涠洲岛。

发布视频的那条博文,显示 IP 依旧在北城,但 ID 下方的设备来源,却从一直以来工作室从未改变的网页版微博变成了手机。

有人在这条微博下评论:谢凌云,你什么意思?

谢凌云回复:给你们看看我女朋友的意思。

他留下这么一句,便退出了账号。

戚乔看到视频后,回家便去找自己的日记本,书桌上的东西不翼而飞。

"我的日记本呢?"戚乔转身问谢凌云。

谢凌云冷着脸:"这时候找那玩意儿干什么?我扔了。"

戚乔没忍住,气得简直想要打他:"你怎么可以随便扔我的东西?"

谢凌云看着她的眼睛,顿了好久,面无表情地去书桌下的垃圾桶里翻出来,递给戚乔后,还说:"藏好,下次发现我就烧了它。"说完,兀自生着气出去了。

戚乔暂时没有理,等服务器恢复正常后,发布一条微博。几乎是同时,谢凌云看到了那条微博。

没有配文,只有一张照片。

泛黄的纸页上,字迹娟秀的一条日记:不喜欢 xly 一秒。——2014年9月27日。

她坐在书房中,没等三分钟,谢凌云推门,站在门边直直地看着她:"戚乔乔,你什么意思?"

谢凌云站在门口,他没进去,手中没有熄灭的手机屏幕上,还显示着戚乔微博上公开的那张日记照片。

戚乔合上日记本,将它藏在身后才说:"就是你看到的意思。"

谢凌云看见她的小动作,直接走过去,展臂绕到戚乔的身后。

她没松手:"干什么,要给我烧掉吗?"

谢凌云没说话。

戚乔又道:"机会只有一次。"

谢凌云拉来另一张椅子,坐在她身前,两只手分别按在戚乔椅子的扶手上,圈着人。

他的眼睫压得很低,眸色沉沉,仿佛一潭深不见底的墨色汪洋。

"2014年9月27日,大二的秋季学期。"谢凌云目不转睛地看着眼前的人,一字一顿地道,"戚乔乔,你说清楚。"

戚乔轻声细语地问:"你是笨蛋吗?"

谢凌云像是非要得到一个肯定的、确切的答案,执拗不休,要听到她亲口说出的话:"xly是谁?"

戚乔说:"小鲤鱼,我不喜欢吃小鲤鱼。"

谢凌云低头咬她的嘴巴,音调又低又沉:"戚乔,我要听你说出来。"

戚乔顿了一下,她微微向前,鼻尖蹭了蹭他的鼻尖:"谢凌云。"她低喃道,"我喜欢你很久了。"

谢凌云望着她:"你再说一次。"

"谢凌云,我喜欢你很久了。"

话音落下,戚乔连人带椅子被拉向前。

她陷入谢凌云的怀抱,闻见青柠罗勒若有似无的淡淡香气。

她感觉到谢凌云浓稠的情绪,像干涸之后抹不开的颜料,连亲吻都变得比平常凶狠,仿佛要楔入她的身体。

窗外一声夏雷,没一会儿,雨便伴随着雷电落下来。

书房里那条原本在靠窗边沙发上的薄毯从桌面掉落,谢凌云抱起戚乔,朝卧室走去。

视线扫过桌角那条边角上有马尔济斯刺绣的沙发毯,戚乔低声说:"我很喜欢那条的。"

泅湿的痕迹暧昧旖旎,她不禁道:"等会儿你洗。"

谢凌云眼尾情欲未退,笑说:"行。"

他抱着戚乔进了浴室,这一次居然正儿八经地只是替她洗澡,甚至隐约让戚乔觉得他似乎赶时间。

果然,将她送回床上躺下后,揉了揉戚乔的小腿肚,问了句"还麻不麻"后,谢凌云便说:"你先睡,我出去一趟。"

"做什么?"

谢凌云扯了扯嘴角:"算账。"

他走进书房,捞起那本被不慎从书桌上推到地板上的日记本,没有立刻翻看,出门直下地库,出发前,给宋之衍打去一通电话,开门见山道:"在哪儿?"

宋之衍只是沉默了三秒,像是明白他找他所为何事,低声回答:"在公司。"

从西四环开往大兴的一处创业园区,谢凌云压着限速,只花了一个小时便抵达。

已经是夜里十点钟,写字楼的好几层却依旧灯火通明。

他不是第一次来这儿,按下电梯,直达宋之衍公司所在楼层。

前台都下班了,只剩下为数不多的几个工位还坐着人。

谢凌云径直走向最深处的总经理办公室。

门没有关,还差二十多步远,谢凌云便看见宋之衍静静地坐在办公桌后,一动不动。许是听见脚步声,他看了过来,只短暂地愣了几秒,随后便起身,走出来后温声对还在加班的员工说:"今天就到这里,你们下班吧。"

已经累得双目无神的程序员听见这句,萎靡不振的精神陡然间雀跃起来,就连其中关注电影并认出来谢凌云的几个人也都以最快速度拿上包冲出了办公室。

整层大楼只剩下两个人。

宋之衍静默许久,察觉到谢凌云似乎是在等他先开口后,才说:"对不起。"

谢凌云轻嗤一声:"这就完了?"

宋之衍没有看他的眼睛,偏开视线,才又说:"当初是我骗了你,我向你道……"最后一个字还没有说出口,几米之外的人已经走到他身前。

谢凌云没有留半分情面，这一拳又重又狠，落在宋之衍脸上，鼻血登时冲破鼻腔涌下来。

他拎着宋之衍的领口，咬牙道："我拿你当朋友，你呢？"

宋之衍的神情分不清是在笑还是在哭。他被谢凌云压制着，却又在下一秒，蓦地还手，将这一拳还在他的身上。

谢凌云用舌尖顶了顶腮，冷笑道："要打架是吗？"话音落下，一拳又砸在宋之衍腹部，"正好，以前没打的，这次还上。"

宋之衍随即闷哼一声，也不甘示弱，还回去一拳。他毫无章法，只要谢凌云动手，便也学着他打回去。

但身高和体型差太多，甚至连力气都不如他，好几下都被谢凌云轻易躲过，最后气喘吁吁被谢凌云拿膝盖压在身下，挣扎一番后发现已经毫无还手之力，才终于放弃。

"我认输。"宋之衍扯着嘴角笑了，"反正我早已习惯，无论什么地方都比不过你。"

谢凌云居高临下地看着他。

宋之衍吐掉口中腥甜血沫，随即望着谢凌云，目光很深："我曾经也觉得自己什么都拥有，只要稍微努努力就能得到很多。但是自从大学时认识你，我才打破了这个错觉。你好像毫不费力，就能得到所有我想要的东西。家境、学业、自小一同长大的发小处以你为先，就连拿到宾大的 offer（录用通知），也能想退学就退学，张逸和蔡沣洋对你永远比我更好，老师喜欢你，同学们羡慕崇拜你，就连戚乔也喜欢你……谢凌云，我是真的，真的很嫉妒你。"

"所以是因为这样？"

"还需要更多的理由吗？"宋之衍道，"明明是我先喜欢的她，谢凌云，你还记不记得，我问过你，你亲口告诉过我说不喜欢戚乔。"

谢凌云垂眸看着他，忽地笑了一声："所以当初我生日那天大张旗鼓和她表白，是你故意的？"

时至今日，宋之衍已经没有掩饰的理由："是。"

告诉所有人，他喜欢戚乔，在追她。那身为他室友的谢凌云，是否会碍于这层关系，止步于同学情谊？

宋之衍当初是幼稚地这么想过的。因此他违背自己的本心，当众对戚乔表白,明知此举会让她更加讨厌回避他,都这么去做了。

对谢凌云的嫉妒超越对戚乔的喜欢。那一刻他只想阻止他们在一起。

谢凌云松手,站了起来。

宋之衍慢吞吞地,也从地上站了起来:"你是从什么时候喜欢上她的?"

谢凌云没有看他,视线落在窗外的夜色中,他说:"比你更早。"

宋之衍笑:"所以你更应该怪自己没有早点意识到。"

谢凌云没有回答。

宋之衍笑得更开怀,却不想下一秒,左脸又挨了一拳。

谢凌云拎着他的领口,沉声说:"宋之衍,我在意的不全是你当初骗我。"

"是,如果不是我,你们早就在一起了,不会到现在才……"

谢凌云蓦地松手,神情嘲弄,低声道:"你懂什么?"

宋之衍微微愕然,谢凌云却没有继续说,他退开一步远,面无表情地留下了最后一句话:"我曾经真的当你是朋友。"

修长的身影很快离开。

也是同时,宋之衍黯然地垂下头,他伸手擦掉嘴角的血迹,苦笑着走进办公室,瘫坐在那张办公椅上之后,才长长地舒出一口气。

朋友。

他又怎么会不知道?否则三年前怎么会在他开口之后,没有犹豫就转来那么大一笔钱,解了他的燃眉之急?

当初他的谎言让谢凌云误以为他们都是不被选择的那一个,毕业那天想要一张与戚乔的合影,谢凌云都只告诉了他,并且让他为他们拍摄。

或许是"同病相怜",才让他们从普通室友同学成为了真正的朋友。

宋之衍闭了闭眼。

从看见戚乔发布的那条微博开始,就已经在心底得知了这一结果。

可他无法回到过去更改自己的卑鄙,也就无法再挽回这份友情。

谢凌云回来时,戚乔已经睡着。

他没有叫醒她,很快地冲了澡,换下那身沾着血迹的衣服,才上床来抱住她。

戚乔惦记着他临走前留下的"算账"两个字,并没有睡熟,被揽住肩膀时,便醒了过来。

他已经回来,戚乔便想要让他关掉觉得刺眼的夜灯,还没来得及,就看见他脸上的伤。

"你和谁打架了?"戚乔立即清醒,坐起身,低头捧住谢凌云的脸,仔细查看,紧皱的眉一直没有松,"你回答我呀,和谁打架了?"

"宋之衍。"谢凌云说。

戚乔要下床去拿医药箱,谢凌云却扣着她的手腕,将人拉回了怀里。

"小伤,都没破皮,不用处理。"他把脸埋在她颈间,说,"我打赢了,宋之衍伤得重多了。"

戚乔无奈,这种时候还要和人家比这个吗?

谢凌云嗅了嗅她颈间香甜的气息,声音很低:"戚乔乔。"

"嗯?"

"你怎么不问我为什么?"

"为什么?"

"他看到过你的日记本,可是却对我说你喜欢的人是江淮,日记本里全都是江淮的名字。"谢凌云的语调停了停,竟然好似夹杂着一丝委屈,"他骗我。"

"那你们……"

"还我们什么,跟他绝交了,以后都不想听见'宋之衍'这三个字。"他语气有点幼稚,戚乔不自觉弯了弯眼睛。

她又想起当初在垃圾桶边被宋之衍撞见掉落在地的日记本时的画面,手指在谢凌云的脑后揉了下,才说:"我当时跟他说了,让他不要告诉你。宋之衍之前似乎还算一个信守承诺的人,而且就算他没有骗你,后来我们在餐厅碰到那次……"

"他不骗我,那我就不会对你喜欢江淮的事情深信不疑。"谢凌云抬起头,伸手摸了摸戚乔的耳朵,声音更低一分,"也就不会出国逃避,就算你不来找我,我找人调查、背后跟踪,卑鄙的办法用个遍,都要知道那时候发生了什么,也就不会想要帮你还背地里偷偷摸摸,最重要的是……"

戚乔已经心口酸软,忍着喉咙发堵的酸涩问:"最重要的是什么?"

谢凌云低声说:"最重要的是,冯巍就不会欺负你。"

"万一……"

"没有万一。"谢凌云低头吻她,声音沉沉,"有我在,就是不会。"

恋情公开似乎没有对戚乔和谢凌云的生活与工作带来过多的影响。

除了去工作室时,会得来无数明里暗里的目光外,别的并无区别。

网上的热度持续了许久,但他们二人除了各自的正面回应之外,再也没有出现在大众面前,对于所有的议论也都因为投入在《归途》的筹备中无暇顾及。

七月中旬,《归途》正式开始选角,男一号是最后一位定下来的。

戚乔等江淮结束工作回京,才带着剧本去找他。

江淮看都没看一眼,便问她签约时间。

穆心就是余杉的事,戚乔遵循余杉意见,没有告知江淮。

之后的整一个月里,戚乔都与谢凌云飞往全国各地勘景。他们又去了一次北海和涠洲岛,尽管《归途》全篇都没有一个大海的镜头。

戚乔徇私,拉着谢凌云故地重游。

滴水丹屏的落日与他们八年前看到的一模一样。

戚乔带上了那只被她珍藏的小狗玩偶,在一个黄昏,别在谢凌云的衬衣上,拍了张照片。

谢凌云在录像,镜头对着戚乔:"怎么看起来还这么新?"

戚乔竟然觉得有点不好意思,被再三逼问下,才坦白:"怕弄脏了,我都藏着,没有拿出来过几次。"

谢凌云将穿着白色裙子的她与身后那片日落一同纳入取景框。

"戚导。"

他最近很喜欢这样喊戚乔,主要是因为察觉这个称呼,似乎比别的都管用一些。

"干吗?"

谢凌云说:"要亲一下。"

戚乔望了一眼四周:"沙滩上都是人。"

"又没有被认出来。"

"可是……"

"就亲一下,行吗,戚导?"谢凌云不停地喊,低声可怜巴巴地征询戚导的意见。

戚乔渐渐在一声声"戚导"中迷失自我,知道他开了摄像头在记录,还是凑近,踮脚吻了一下谢凌云的脸颊。

"你拍这些到底干吗?"她又问。

谢凌云:"抱歉,总忍不住开摄像头。"他说,"谁让戚导太漂亮了?不记录下来会很可惜。"

戚乔弯了弯眼睛,又问他:"那我也可以拍你吗?"

"可以。"谢凌云不正经道,"想怎么拍,拍哪儿都行,随时奉陪。"

结束北海之行后,他们前往了西北环线。

他们看到了自然馈赠的天空之境与山间原野上散步的成群牦牛。那儿的天很高,云很白很干净,藏民扎起的经幡在风中猎猎作响,翡翠琉璃一般的湖泊在沙漠间流淌。他们在昆仑山上,看到过两次日照金山,而每一个晴朗的夜晚,都有漫天星辰。

不必寻找,只要你抬头,便能看见横跨整片夜空的银河。

一如他们的喜欢有迹可循,藏在回忆的每一个角落。

《归途》于第二年的十二月,全国公映。

戚乔并未抱有高期待,却收获了同期最意想不到的票房成绩。

虽然没有超越同期上映的另一部商业片,但对于情节含蓄、故事文艺的电影而言,一个月的映期内拿到七亿票房,已出乎所有人的预料。

同期,2023年的电影节开幕。

戚乔凭借《偏航》入围最佳女主,谢凌云入围最佳导演。

开幕式时,谢凌云正于东北拍摄新电影。红毯当天下午才赶回来。

他瘦了不少。还在化妆间,当着助理与化妆师的面,戚乔没能忍住,心疼地摸了摸他的脸:"怎么瘦了这么多?视频里看不出来。"

谢凌云阖眸靠在她肩上,连轴转了多日,嗓音都沙哑了:"破事儿太多,又不是每个演员都跟戚老师一样悟性高,没被气死都算我命大。"

可能是在当地待久了,剧组的演员又大部分是东北籍,台词都说的东北话,谢凌云也被传染,这一句口音挺重。

戚乔忍俊不禁,下一秒又皱眉担忧:"你的口音不会回不去了吧?"

谢凌云睁开眼睛看了看戚乔。

戚乔被他看得不自在。

"好吧……"在谢凌云幽深又试探的目光下，戚乔只好轻声承认，"你以前说话的腔调确实要更帅一点。"

谢凌云笑了一声，又闭上了眼睛，靠在她肩上补觉。

他现在的模样看起来有点儿乖，戚乔伸手摸了下谢凌云的眼睫毛，被他抓住手指后，才停止捣乱。

昨夜一夜无眠，他是真的困。

十分钟后，工作人员来催促时，戚乔当着后台众人有意无意落在他们身上的目光，喂谢凌云喝了半杯咖啡提神。

两人是随《偏航》的其余演员一同踏上的红毯。

许亦酌非常自觉地与女二号组成一对。

闪光灯不停亮起，谢凌云下车，扣好西装两粒扣，随即朝车内还没下来的人伸出手。

戚乔身着一条定制刺绣礼裙现身，长发编起，头上戴着一顶花卉钻石冠冕。

她将手递给谢凌云，在闪光灯中，同他并肩走向红毯尽头。

采访环节，主持人例行提问两人是否期待得奖。

戚乔回答得真诚："当然，《偏航》是我这两三年为数不多出演的电影，无论是演员，还是导演，我都期待得到认可。"

谢凌云就敷衍许多："一般。如果我是组委会成员，最佳导演这一票会投给张君也老师。"

他提及的是一位五十多岁的前辈，难得没有失去电影初心，依旧在作品中探讨人性反映社会，而不是一味迎合市场与主流。

主持人与外场等候的记者都以为他这一句是糊弄，但谢凌云的确对今晚自己是否得奖不抱期待。最佳女主角的奖项颁发之前，甚至都在闭着眼睛补觉，等主持人请出颁奖嘉宾，他才睁开眼睛。

戚乔伸手整理他发顶几根翘起来的发丝，这一幕正好被导播拍到，放大到了前方大屏幕与直播间，引起一阵喧闹。

她立刻收回手，调整表情，才没有在前后座都投来的调侃眼神中红了耳朵。

大屏幕开始播放提名演员的片段。

谢凌云伸手,钩了钩戚乔的小指。

"你别闹……"她轻声提醒,却又在同时,忍不住也钩住了谢凌云的手指。

"获得最佳女主角的是……"

漫长的悬念。

戚乔一下一下地捏着谢凌云的手指,在他打岔的一句"轻点"之后,听见台上的声音传遍整个会场。

"《偏航》,戚乔。恭喜!"

戚乔蓦地放松下来,偏头看谢凌云,眼里都是笑意。

谢凌云问:"要抱一下吗?"他说着张开了手,当着镜头的面,戚乔步入他的怀抱。

她迈步走上舞台,接过颁奖嘉宾手中的奖杯。

"去年的夏天,我拿到了《偏航》的剧本,导演和我说,请我做他的女主角。"戚乔望向台下,发顶冠冕中钻石的光芒还不及她眼中万分之一,"这句话在 2015 年的夏天我也听到过。"

导播适时将画面切回观众席,正中央正是谢凌云。

他却并没有安静地坐着聆听,手中不知从哪里变出来一台相机,大大方方地正对准台上的人拍摄。

现场的观众中传来一阵又一阵的欢呼与起哄。

戚乔看着那个观众席中的镜头,笑了起来:"感谢组委会与所有观众的认可,感谢我的妈妈,感谢我的师兄江淮,感谢所有一路走来遇见的朋友和《偏航》全组工作人员,感谢喜爱我的影迷与观众,更重要的……"

她微微停顿,与观众席中的谢凌云四目相对。

"要谢谢我的男朋友谢凌云。在我迷失航道的时间里,他是我唯一的星星。"戚乔珍重地说,"我返航了,也祝愿大家一路顺风,所向披靡,功不唐捐。"

Extra 1
谢凌云往事

从宾大退学是谢凌云冲动之下的决定。

回北城在转机的路上,他先后接到数位长辈的电话。

爷爷和奶奶斥他意气用事,姥姥和姥爷训了半小时。

谢凌云照单全收。

就连几个发小,都不能理解他的冲动鲁莽。

谢凌云没有解释,这件事的确不是他深思熟虑后的决定。

进入商学院后,按部就班上课泡图书馆的这几个月,他过得还算充实,但也只是充实而已,他对所学的东西,谈不上讨厌,也并不喜欢,只是和周围同龄的人一样,沿着一条既定的轨迹往前走。

所以那段时间知道他爸身边总是带着一个年轻的女子出行时,他借了那个时机。

回北城的当天,他没去见爷爷奶奶,也没去从登机便念叨叫他落地第一时间回去的姥姥和姥爷那儿。

他回了香山的别墅,在家里的影音室看完了一部《天堂电影院》后,等到了谢承。

谢凌云递上一份拟好的合同——西山那套山间别墅的房屋所有权转让书。

"再婚我不拦着你,我妈在西山设计的那套房子归我。"

谢承看他一眼,没解释,提笔签字,然后才冷声问:"解释你退学的理由。"

谢凌云说:"不想念了。"

谢承压着火气:"混账东西,不想上学想干什么?"

谢凌云望向墙边那面顶层高的架子上满载的蓝光影碟和胶片:"怕你把我妈的东西都给送人,我要在国内盯着你。"

正好那段时间高考报名,谢承给他重新上传信息,只留下一句话:"学什么自己选,这回我不干涉你。"

结果没想到这句不干涉,谢凌云给他选了个导演系。

录取通知书送到家中,谢承才知道。

这件事大到开了三次家庭会议。

父子俩每每碰面,都是吹胡子瞪眼。

问他怎么想的,谢凌云说想学就报了个志愿。

最终四位长辈决定,让他先办休学,游学旅行,做什么都成,最重要的是好好想想以后到底要干什么。

谢凌云答应了。

他一个人去了很多地方,天南海北,第二年三月回了趟北城。

那段时间正好是各大院校艺考。

他百无聊赖,去了一次电影学院,正好遇上导演系艺考二面。

去年也是这个地方,他站在外面等待考官喊自己的名字。

班导老杨拿来几本书,入门教材,还有两本电影大师的传记。

"还没想好?"老师问。

谢凌云"嗯"一声,他的确没那么坚定,没有和楼下正排队的那群考生一样的"一定要学导演"的念头,他一半的动机都是气一气他爸。

"所以今年九月开学也不一定会来?"

谢凌云扫了一眼那几本书,放在一旁栏杆上,低头时注意到一道焦急的身影从远处跑来。

她从老师手中接过号码牌,贴在自己衣服上后才舒了一口气似的,站在队伍最后等待。

"我再想想。"谢凌云看着对面楼下的人说。

老杨说自己还有事儿,得下去帮忙。谢凌云送走老师后,却没立刻离开。

他曲肘撑在栏杆上,漫不经心地看向楼下考场外等待的考生们。

目光的中心却只停在最后赶来的那个少女身上。她应该是没找到考场,或途中耽搁，才来晚了。

她穿了条衬衫裙，可能没料到北城的三月都春寒料峭，衣着单薄。吹来的风很冷，谢凌云垂眸时，看到她跺了跺脚。

他笑了一下。

排在前面的四五个人被一起喊进了面试考场。

又一阵风吹过来。那风不太懂事，席卷着早春料峭的寒意，弄乱了少女的长发。

她取出一根黑色皮筋戴在手腕上，白皙的手指穿过黑发，扎了个高马尾。

谢凌云将女孩的每一个动作都收入眼中，他看了好久，在那一瞬间，第一次萌生出想要用镜头将刚才那一幕记录下来的念头。

风将放在旁边最上面的那本书吹动，谢凌云低头，看到被风翻开那一页。

扉页的右下角，印着一句话："人们将他们的历史、信仰、态度、欲望和梦想，铭记在他们创造的影像里。"

谢凌云顿了一下，再抬眸时，楼下传来监考老师的声音："十六号蔡沣洋。"

"到。"

"十七号戚乔。"

"到。"

谢凌云垂眼，看到少女加快脚步，登上台阶走进了面试考场。

马尾在空中荡起一个微小的弧度，像在他的心上轻轻地挠了一下，也是在那个瞬间，他下定了决心。

正式开学前，谢凌云长了个心眼，待在姥姥姥爷那儿没回去过。

所以谢承得知他还是要去念导演系时，冷着脸问："想好了？"又紧跟着说了一句，"别人说一句你顶十句，跟谁都不服软，就这狗脾气进那种圈子迟早惹出事来。"

姥姥在一旁调节，跟谢承说："犟起来跟若柳一模一样，要是像你的性格倒好了。"

谢承："若柳哪有他这臭脾气？真不知道像谁。"

谢凌云现身说法，证实他爸对他的评价十分精准，道："那你好好想想为什么。"

气得谢承头一回跟他动手。

谢凌云早有预料,不躲不闪,当着姥姥姥爷的面儿,让他爸卸了条胳膊。

他在医院住了一周,听他爸被爷爷、奶奶、姥姥、姥爷先后上阵教训了一周,觉得一条胳膊好像也没白断。

九月初,老杨发来消息,说要把他拉进今年的新生群。

谢凌云拒绝的字都已经在编辑栏敲好,又一个个删除,回了句"谢谢老师"。

是个大群,人挺多。

谢凌云想起那时在二楼听到监考老师喊的名字。

但翻了一遍群内成员,谢凌云没有找到那个名字,除了剩下的为数不多没改备注的新生,所有导演系新生都在群内。

难道是被筛了?

发小群里发来消息,喊着要趁几人开学前去浪。

谢凌云切回微信,没有再看新生群。

贺舟和傅轻灵提了好几个建议,谢凌云回了俩字:不去。

傅轻灵:心情不好啊,少爷?谁让你作,非跟承叔顶嘴?

贺舟:要我说就是活该。

谢凌云:滚蛋。

开学那天,贺舟闲得慌,他又已经上了一周的课,趁周末,上赶着要来给谢凌云当司机。

踏入电影学院大门时,贺舟逡巡一眼四周:"我说怎么非要来读导演系,你们学校美女也太多了吧,到底冲着什么来的啊,谢狗?别跟我说真是为了学导演,前十八年你都没这打算。"

谢凌云烦道:"你回去吧。"

"那不成,我今儿负责护送你到宿舍。"

谢凌云随他去,新生都在田径场报到,他没拿什么行李,胳膊上还吊着石膏,太过吸引目光。

谢凌云更烦,停在一棵树下。

路对面就是田径场。

今年的九月依旧烈日炎炎,贺舟去买水。

谢凌云独自站在树下，他抬眸，望了一眼几米外的长队。

骄阳似火，将操场上拎着厚重行李的新生们晒得出了汗。

路对面的树下，一行长队延伸出来。

谢凌云的目光沿着导演系的指示牌向后，他的视线在队伍的尾部停了下来。

浅金色的阳光从国槐的树叶间隙散落下来，照在一个少女身上。

她在抬手束发，应该是嫌太热了，将披散的长发全部拢起，扎了个高马尾，最后一圈发绳套好，长发从她指间滑落，像钟摆抵达整点，在空中荡了荡。

是那个半年前，在三月的风中，闯入他视野中的少女。

谢凌云自己也觉得不可思议，他居然一眼认了出来。

贺舟买完水回来，见他一动不动，伸手在他眼前晃了晃："看什么呢？"

谢凌云回神，道："没什么。"

贺舟瞧一眼长队，感慨："也太长了，不然先去外面找个地方歇会儿再来？不然这也太晒了，少……"

还没说完，谢凌云拿过几样材料，迈步排到了导演系那条长队的最后。

填写报到册时，谢凌云看到了前面的那个名字。

戚乔，原来是这两个字。

一阵风吹来，花名册页脚被吹起。

谢凌云还没有来得及按住，一只手伸过来，帮他压住了乱动的纸张。

他短暂地抬眸看过去一眼。

她的目光垂着，似是在看花名册。

距离很近，谢凌云望见她细腻如白瓷的侧脸、低垂卷翘的长睫、小巧挺直的鼻尖和替他压着纸页的食指与中指上的一对儿白色月牙。

谢凌云很快又回神，将剩下一半的电话号码补全，才放下手中的黑色签字笔。抬起头的瞬间，目光不由自主落到她束起的马尾，还有后颈上几绺太短扎不起来的碎发上。碎发被头顶叶隙间的阳光一照，泛着浅浅的金色。

他又一次想要用相机记录下眼前所见，连构图都已经用眼睛提前练习好。只是遗憾，他没有光明正大的理由，只能用目光一遍遍地描摹，像是暗中的偷窥者，在她抬眸看过来前，收回了视线，用一句"谢谢"掩饰自己方才的不光彩行径。

她很快说："不用谢。"

那是他们第一次对话。

他伤了条胳膊，得到特批不参加军训。老杨给他扔来个活儿，叫他去给学院新闻中心拍照。

谢凌云闲着也是闲着，拿着相机去了。他拔下相机盖，随机挑选入镜主人公。

所有人都穿着一模一样的迷彩服，远远看去很难分清楚谁是谁，但他还是一眼从人群中看到了戚乔。她从小推车里挑选了一只香草口味的冰激凌，动作缓慢地撕开包装纸，或许不是特别喜欢，吃得很慢，每次张口都只咬一点点。

谢凌云下意识地将镜头对准了她，想要光明正大地，留下一张照片。

她发现得很快。

谢凌云从取景框中与她对视。

他的私心在发现她略微局促的神情时，迟疑了一瞬。她似乎并不喜欢成为镜头中心的人，眉头轻轻蹙着，唇角也有些紧绷。

搭在快门上的指尖并未按下去，谢凌云放下了相机，佯装只是经过，去拍其他人。

后来正式开课，他每一天都能见到她。

谢凌云有时会故意坐在她身边的位置，他分不清缘由与动机，只是听从自己的内心，想要再靠近一点。

他那时还不知道，离不开的目光里早已将喜欢描摹了千千万万遍。

直到后来全班去雁栖湖那次，他用胶片相机，记录下了第一张戚乔的照片。

那个夏天，他们坐在湖边，聊起为什么会选择学导演。

她谈起心中萌生理想之时，眼睛很亮。

谢凌云蓦地想起，当初艺考时考场外紧张等待入场的少女。

三月的那一天，他确定要去学导演。

受家人影响，谢凌云是坚定的唯物主义者，却在那个时刻，萌生出冥冥之中早有注定的感觉。

他不喜欢夏天，更不喜欢雨天。

九岁那年，妈妈在那个罕见而漫长的雨季中离开了他。从此每一个天空落雨的时刻，都会叫他想起妈妈躺在病床上的样子。

后来的那个夏天，雨后清晨的山林间，他意外得到一个吻。

她像是被吓到，整个人都紧张起来，眼睫快速地眨动，很快逃跑。

谢凌云一个人站在栈道上，雨丝从眼前滑落，他抬起手，轻轻地碰了一下被亲吻的地方。

他第一次觉得，那样的雨天也值得纪念。

谢凌云不是一个擅长掩饰自己的爱意的人，更不会暗恋那一套。

至于室友也喜欢她这件事，他并没有多在意。

不是对自己有信心，只是认为这种事情各凭本事，公平竞争而已。

他是准备好在生日那天正式跟戚乔表白的，却没想到意外频出。

宋之衍的意图不难猜，他让周围所有人，都知道自己喜欢的人是戚乔，在追她。所以身为室友的谢凌云似乎就变成了那个受到道德约束的人。

但这些，谢凌云其实并不在乎，他不在意外人如何想。

但他也分不清，那天之后戚乔有意无意地躲着自己，究竟是因为在他家那次谢承的出现让她觉得受了欺负，还是对他没有好感。

谢凌云头一次觉得棘手，后来他威逼利诱，哄着她去北海拍摄短片作业。

谢凌云送出那只小狗时，能感觉到戚乔对他与其他人不一样的地方。

他表面不动声色，却在每一个入睡前的深夜，翻来覆去地猜测：她是不是也有一点喜欢我？

他将拍摄短片的镜头剪了一段花絮，在电脑前将自己镜头里的戚乔看了无数遍。

那个夏天，对他而言值得纪念。

所以完成剪辑后，看着正在渲染导出的视频，又按下取消，在结尾增添了一行字：谨以此片，纪念2015年的夏天。

他本以为戚乔一放假便回了家，却不想会在七月底时在西山偶然碰到崴了脚的她。

谢凌云没有计较戚乔为什么骗他说自己回了家，她在为一部短片拍摄勘景，皱起的眉头却似乎并不只是在为兼职忧愁。

他轻易察觉她心情不好，于是喊来一辆洒水车，在那个没有雨水的夏日，送了她一场及时雨，而他也在那场人工降雨中偷走了她的初吻。

这也是那个夏天对他来说，最美好的一刻。

开学前，姥姥再次发病住院。

去年十月国庆期间已经做过一场搭桥手术，可效果似乎并不好。

谢凌云在医院陪了姥姥一周，开学那天回学校报到，却并没有见到戚乔。

询问班导，才得知她请假的消息。

谢凌云发出的消息没有得到回音。

从学校回到医院，姥姥正靠坐在床头，等姥爷削苹果。

谢凌云也在一旁坐下，低声询问："姥姥，今天好点没有？"

姥姥精气神好了不少，笑笑说："好多了，去学校报到了？"

"嗯。"

"明天开始就去好好上课，都围在我这儿干什么，你们又不是大夫？该干什么干什么去。"

谢凌云道声好，拆开在富华斋买来的芸豆卷，递给姥姥一块。

以前老太太最喜欢吃这些糕点，平常一次都能吃不少，这次却只吃了半块。

"不想吃了？"

"吃不下。"姥姥安慰他，"你放那儿，姥姥等会儿饿了再吃。"

谢凌云只好先收起来。

"怎么瞧着不高兴的样子？"姥姥又问。

谢凌云从姥爷手里接过削好的苹果，切好一小块，喂给姥姥，只说："你早点好起来，我就高兴了。"

那天离开医院，谢凌云坐在车里，给班导打了一通电话，想要戚乔的家庭住址。

班导以学生的隐私为由拒绝了他。

谢凌云在9月21号那天终于见到戚乔。

他去得晚，踏进教室的那一瞬间，几乎以为是自己错觉，停下脚步，看了好几眼才确认坐在最后一排的那人是她。

上课铃已经响了好一会儿，老师催促，谢凌云只好先在室友占好的位置坐下。

等这节课下了回头时，原本坐在那儿的人却已经着急地跑出了教室。

谢凌云才要追出去，姥爷打来电话，说姥姥刚才被送进了抢救室。

谢凌云只好先赶去医院。所幸那一晚，姥姥成功脱险。

他在重症监护室外坐了一夜，凌晨五点时，姥姥醒转过来。

他隔着一道玻璃，跟姥姥比画着手势说话，老太太精神不济，还戴着呼吸机，却还是跟他笑。

快要七点半时，谢凌云才离开医院，回了学校。

走进教室前，他看到戚乔在走廊外与人打电话。

不知道是谁，她的脸色不太好。

谢凌云在里面等她。快要上课前，戚乔终于走进来。

谢凌云起身，紧跟在她身后，在旁边的位置坐下，他低声问："发生什么事了？"

戚乔没有说。

谢凌云执着地紧紧扣着她的手，没有松开。

同学口中忽然传出她要出道做演员的消息。

谢凌云察觉到掌心的那只小手挣了挣，抗拒他的触碰。

谢凌云却没有松开，只减轻力道，动作又轻又不舍地握着："他们说的是真的？"

戚乔的目光清清冷冷，她挣开了他的手，声音冷淡，也没有看他："是真的。"

谢凌云沉默地坐在她身边，没有再开口。

他们分明离得很近，身体之间却仿佛被人划下一道浩渺无垠的银河。

他望着她的侧脸，还想要再问，所有的话却被冷淡抗拒的目光堵了回去。

那天下课，她走得很快。

谢凌云在人群中看着她与室友分别，转身朝校门口走去。

他远远跟在身后，却在校门口拥挤的人潮里，失去了她的踪迹。

他回到医院，晚饭只吃了两口姥姥吃不下的芸豆卷。

夜幕降临，北城的秋天也到了，开窗时能听见呼啸的北风。

谢凌云坐在病房里，听着几位长辈商讨姥姥身后之事。

可明天本是姥姥的七十岁寿辰。

谢凌云只听到一半，起身推门出去，隔着那道玻璃，又跟姥姥无声对话许久，那天晚上姥姥似乎精神格外好，和他多说了好几句。连医生都说，如果能一直保持这样的体征，会慢慢好转。

谢凌云放松一秒，坐在病房外的凳子上，手指不听话地一遍遍打开QQ，停留在置顶的特别关心的头像上，点进去又退出。他没有犹豫太久，拨了通语音电话。

无人接听，继续拨打，依然如此。

第二天上午，戚乔没有去学校。

谢凌云请了下午的假，回去给姥姥过可能是最后一个的生日。

老太太今日的气色格外好，已经在医院住了快一个月，平时闲不下来的人自然觉得闷。

医生准许家属进去探望，姥姥握着他的手，说想要回家。

联系了私人医院的医生全程陪同，那天他们还是将姥姥带回了家里。

老太太喜欢热热闹闹的，喜欢跟年轻人说话，谢凌云将几个发小都喊来了寿宴。

雏清语则是因为家中长辈之间的情分，跟着自己的爷爷过来的。

自他们小时候，姥姥就格外喜欢贺舟、傅轻灵几个，谢凌云起先没告诉他们，等进房门前，才叮嘱，等会儿陪着多说几句话。

那天姥姥的胃口都好了不少，等察觉她似乎困了，谢凌云才让几个发小离开。

他起身，给姥姥掖好被子：“要睡觉吗？”

姥姥笑眯眯地摇了摇头，伸手摸了摸他的头发：“姥姥没什么大事儿，你别操心。”

"医生说做手术也不是没有希望，你会好的。"谢凌云低声说，"等过几天身体状态再好点儿，就能做手术了。"

姥姥笑了笑：“生死有命，不能强求。”

谢凌云红了眼睛，没有说话。

姥姥又笑说：“就是遗憾，还没看到你成家。凌云，有喜欢的小姑娘没有？”

谢凌云道：“有。”

"那改天带回家给姥姥看一眼可好？"

谢凌云答应，说："好。"

姥姥笑得眼睛眯起来，在紧紧攥着自己的手背上拍了拍："再过两个多月，就是你二十一岁生日，姥姥陪你过了生日。"

谢凌云低头，额头抵在掌心中姥姥被岁月打磨皱了的手上："那说好了。"他低声说，"不能反悔。"

"好。"

等姥姥睡着，谢凌云才起身走出去。

前院里，贺舟和傅轻灵他们围在一起说话。他靠近时，听见雒清语跟他们说："我绝对没有看错，刚才在外面碰到的人肯定是戚乔学姐和江淮……"

"你在哪儿见到的？"谢凌云蓦地打断。

雒清语被他冷冽的语气吓了一跳："……就公园那儿，我也是……"

她还没有说完，谢凌云夺门而出。

可那天，他的运气似乎不怎么好。谢凌云找了很久，都没有看到戚乔。

寿辰之后，姥姥身体好转了许多。

谢凌云销假，回了学校。他能感觉到应该是发生了什么事情，暗地里跟踪了戚乔三次，第一次只看到她上了公交车，第二次在医院一楼门诊大厅失去踪迹，第三次才终于在她登上电梯后，站在一层的电梯楼层显示器面前，记下所有停靠过的层数。

他一一找过去，终于在肝胆外科的病房里，看到了她。

那天已经快要黄昏，走廊中灯还没有亮起，光线昏暗。

谢凌云在外面等了很久，最后看到戚乔与江淮并肩从病房走出来。

她的眼睛有点红，却又溢出几丝如释重负的笑。

陪同在他们身边的医生也很高兴，扬声说："放心，手术马上就能安排，你自己也别太累了，调整好身体，毕竟要为你母亲做供体手术，都有风险，你还是太瘦了，术前一定得保证营养。"

谢凌云愣了好久，他远远地望着背对着他的戚乔，心脏钝疼。此时才终于明白，这一个多月她的反常究竟为何。

只是他来晚了。

谢凌云靠在他们身后一间病房的门口，借着内陷的门框，挡住了一半身子。

医生离开后，江淮递给戚乔一张纸巾，轻叹一声，上前一步抱了抱她，声音温柔："手术会顺利的，别太担心。"

谢凌云垂眼，隐在那片阴影之中，没有出去。

也是在那一天，一档节目播出，那个片段登上热搜，班群里被人津津乐道讨论了一个小时后，谢凌云才点进去。

他认出后面的背景在公园。

原来那天，雒清语没有看错。

他完整地看完了所有片段，才知道那天她那么难过。

谢凌云心口发涩，却又在某一瞬间闪过一丝庆幸。庆幸那个傍晚还有一个江淮能给她一个拥抱。

舅妈是医生，谢凌云问了很多肝移植的事情。

三十万的手术费除外，还有术后一系列保养和医药费，都是不小的数字。

他去找了戚乔妈妈住院的院办，被告知并不接受私人捐助，于是谢凌云以他母亲的名义，用最快的时间成立了一个基金会，并联系院办，只要肝胆外科患者杜月芬需要，便以救助的名义提供所有医药费与住院费。

那段时间，姥姥的病情减轻许多。谢凌云松口气。

后来院办联系他，说是杜月芬已经出院。

他并没有能够帮到她。但谢凌云想，也是一件好事。

那天他久违地回了学校宿舍，却在宿舍楼下，见到戚乔被江淮送回来。

北城已经到了冬天，冷风猎猎地吹着。

谢凌云站在路灯照不到的阴影中，看见戚乔送给江淮一件外套。

她的脸颊绯红，是对喜欢的人才会出现的羞赧。

他转身上楼，只带走了电脑和几本书，那之后很久都没有回学校住过。

冬至之前，姥姥做了手术。

手术长达十六个小时，谢凌云一夜没合眼，在手术室外等到了外面天色乍亮，终于听见医生说，手术很成功。

那一年，姥姥的确陪着他度过了生日。只是术后反应很大，姥姥每天清醒的时间越来越短，也可能是因为姥姥年纪大了，伤口恢复得不算太好，总是胸闷胸痛。可姥姥坚持不想再住院，于是便转去了更僻静适合休养的香山疗养院。

那天下午，贺舟与傅轻灵来了一趟，大概是看出他状态不好，跟姥姥聊完天后，拉着他出去，本想让他放松，却没想到在那个餐厅再一次遇见了戚乔与江淮。

他们牵着手，姿态亲密。

谢凌云迈步进去的瞬间，听见江淮用"我女朋友"向人介绍她。

那晚回到香山的时候，姥姥竟然还没有睡。

姥姥本就因为心脏病日渐消瘦，此时躺在床上的人几乎瘦得只剩下皮与骨头。

姥爷和舅舅见他回来，起身出去了。

谢凌云在床边坐下，给姥姥揉了揉手腕，声音很低："是不是难受？"

姥姥笑笑摇头："还好。"

谢凌云闭了闭眼，声音发涩："是我让姥姥受苦了。"

"没有。"姥姥抬起手，落在他发上，动作轻轻地揉了揉，"明明是姥姥自己想要再多活几年，不做手术，恐怕连……"

谢凌云低头不语，动作又慢又轻地撕下姥姥手背上输过液后还贴着的胶布。

"姥姥听说，你让人用你妈妈的名字成立了个基金会？"

"嗯。"谢凌云顿了一下，又说，"可是也没有帮到想帮的人。"

姥姥靠在床头，眉眼慈祥，笑说："你有这份心，人家知道也会高兴。"

谢凌云闷声不语。

姥姥又问："是为了喜欢的女孩子？"

"嗯。"

"有没有照片？姥姥看看。"

谢凌云打开手机，找到了在雁栖湖拍下的那张照片，递过去给姥姥看。

"小姑娘长得真漂亮，是同学吧？"

"同班同学。"

"姥姥什么时候能看到你把人带回家来？"

谢凌云好一会儿才开口，声线又低又沉："我带不回来了，姥姥。"

半晌，姥姥轻叹一声，伸手摸了摸他的头发："人这一辈子，哪能事事都顺心如意。"

谢凌云放下手机，好一会儿，道："我知道。"

"你扶姥姥躺下吧，有点困了。"

谢凌云起身，弯腰放好枕头，调节好床头高度，才慢慢地扶着姥姥躺好。

"你姥爷酒瘾大，以后姥姥不在了，你得多说说他。"

谢凌云坐在床边没有走，应道："好。"

"我也没有什么好操心的了，只有一样。父子俩哪有隔夜仇？若柳当初是为你爸去了川城没错，她担心你爸，听不进劝，可谁也没想到，她会碰上那场泥石流。你妈是为了救一个孩子才被山上冲下来的石头砸中。说到底，并不是你爸的错。别怪你爸，就算当时他在若柳身边，也不一定能护得住，说不定还会……后来回北城，你妈躺在病床上那段时间，他比谁都自责。"

谢凌云低声说："好，我知道了，我不怪他。"

姥姥弯了弯嘴角笑了："姥姥已经说过你爸了，以后你想学导演，拍电影，都可以，他答应了姥姥不再干涉你……喀，喀喀……"

谢凌云很快倒来一杯温水，扶着姥姥喝下去一口："是不是伤口又疼了？"他轻声说，"我都知道了，也都记住了，你别强撑着说话，睡吧，好好休息，好吗？"

姥姥握住他的手："姥姥唯一放心不下的人就是你。"她喃喃道，"要是……要是若柳还在，就好了……"

谢凌云闭了闭眼，低头埋在姥姥床边。

姥姥最后还是没有能熬过那个冬天。

冬至过后两周，谢凌云推开房门，将早餐端进去，床上的人却早已没有了呼吸。

姥姥下葬之后，谢凌云递交了国外艺术学院的申请，拿到 offer（录取通知）的那天，他收到了医院院办的电话，说杜月芬再次入院了，她们似乎缺钱，问他是否还要资助医药费。

谢凌云答应了，又不禁询问："怎么又入院了，不是说移植手术后没有多大排异反应吗？"

那时学校已经放假，是北城冬天最冷的时候。

谢凌云在一个下过雪的清晨去了一次医院。他迟疑地站在病房外没有进去。

等了没有几分钟,病房门被人从里面拉开。

杜月芬一个人艰难地走出来。她脸色不好,有轻微的黄疸征兆,脚步也有些虚浮。

谢凌云来不及想太多,上前一步,扶住了她。

"谢谢。"

谢凌云往里面看了一眼,戚乔并不在,他收回目光。问道:"您去哪儿?"

杜月芬拎着一只小小的保温壶:"想去接点热水。"

"我帮您吧。"谢凌云扶她进病房重新坐下,拎着那只保温壶,很快接满回来。

"谢谢你,孩子。"杜月芬笑笑,"你是探望我们病房谁的?他们都下楼去吃早饭了,估计得半小时才回来。"

"不是。"谢凌云胡诌了个理由,"我来看一个朋友,她不在这一层,我走错了。"他又问,"您好点了吗?"

"好多了。"杜月芬不明所以,"你怎么这么问?"

"我……看您脸色不太好。"谢凌云话音一转,"您家人不在的话,需不需要我帮您去买早餐,正好也要去帮我朋友买。"

杜月芬笑说:"我女儿去买了,她应该快回来了,谢谢你啊,孩子。"

谢凌云微微一怔,给杜月芬倒了一杯热水晾在一旁。

"烫,您记得凉凉了再喝。我还有事,不打扰您了,好好休息。"谢凌云起身,很快走出了病房。

谢凌云去国外交换了一年,结束之后,也没有回学校。

大四所有人都在忙毕业大戏,他辗转多地,拍摄自己的毕业作品。

戚乔几乎没有再用过 QQ 号了,或许是在经纪公司的要求下才注销的。谢凌云将那些聊天记录全部保存在了云端,只是遗憾,没有来得及备份那些她以前发过的动态。

有基金会的关系在,得知戚乔妈妈的后续情况并不难。

那个冬天过去后,寒冷彻底消失。

谢凌云在毕业前夕回了北城。发小喊他去聚会,谢凌云没有像以前一样推辞。

那天与贺舟去击剑馆时,遇到一个向他挑战的初中小男孩。

谢凌云莫名记住了"他"那句祝福。

功不唐捐。

那一瞬间,他想到的却是也想把这四个字送给她。

希望她所有努力不会白费,前程似锦,功不唐捐。

2017年的夏至,举行2013级电影学院全体学生毕业典礼。

谢凌云回了趟宿舍,那儿已经没多少自己的东西。只有宋之衍一个人在,他早已换好了学士服,正在调相机参数。

谢凌云开口:"等典礼结束,帮我和戚乔拍张照吧。"

宋之衍抬头看他,只愣了一下,很快调整好错愕的表情,笑说:"好。"

可谢凌云没能对她说出口,只得到一张五个人的合影,他们一个在左,一个在右。

谢凌云想,也足够了。

合照结束,他听到有人喊戚乔的名字。

谢凌云循声望去,看见了戚乔妈妈和江淮。

戚乔雀跃地朝他们小跑过去。

谢凌云久久地望着,直到贺舟攀着他的脖子,强行将他拉了回去。

离开之前,他一个人在西山待了很久。

六月底,北城下了场雨。

谢凌云半靠在二楼落地窗前的一只沙发里,沉默地看了许久。

他拍下一张照片,注册了一个微博账号,将那张雨天窗外的图发了上去,只配字:下雨了。

他看了好久,在自己那条微博下,圈出了戚乔的微博。

明知她看不见,却还是想问一句:下雨了,你今天有没有开心点?

在之后的五年里,他逃避似的,除了春节与几个假期,都没有回过国。可他还是克制不住在网上搜索她的消息,记录下沿途碰到的每一个雨天,然后在微博里圈出她的微博账号提醒她看雨,又在一夜睡醒之后,删除那条微博。

他原本以为自己可以忘记的。

可一年过去,两年过去,五年过去,这些习惯像是刻在骨子里般,改都改不掉。

他看过她出演的每一部作品，在无数个黑夜将在北海拍摄的那个短片看了一遍又一遍，雁栖湖的那张照片与毕业合影，每更换一次手机，都要重新导入。

2022年6月，李一楠发给他一份晚宴请柬，问他去不去。

谢凌云只扫了一眼："不去。"

"正好回国，去一下呗。"

谢凌云还是拒绝。

那天晚上，他照常在睡前登录微博，看到关注的影迷转发的通告行程，戚乔也会去参加那场晚宴。

他改变主意，让李一楠答应下来。

回国当天，他又听闻戚乔因为剧组拍摄，或许赶不回来参加。他神情冷下来，对谁也爱搭不理。

李一楠说他简直是喜怒无常。

那天下了一场小雨。

谢凌云坐在车中，拍下一张照片，习惯性地上传至微博。

他的确以为今天见不到她了，却不曾想，踏进那场晚宴之后，又意外遇见。

可她对他的态度很冷淡。

也是，五年没有见面的同学而已，又凭什么冲他笑呢？

回北城后，助理例行将邮箱中所有工作邀约整理分类整理，无一例外，都是要在国外拍摄的外语片。

李一楠催他决定下部拍摄的戏。

谢凌云扫过一眼，想起那天晚上看到的那抹穿着红裙的身影，没有思虑太久，他说："《偏航》不是签下来了？下部拍它。"

"那岂不是要在国内？你不是不愿意接……"

谢凌云打断了他的话，说："不走了。"他起身，望向窗外绿荫高树。

霜凋夏绿，五年过去，他依然没能忘记她。

谢凌云认栽了。

他要再试一次，去靠近她、拥抱她、拥有她。

Extra 2 遗憾与以后

《归途》上映时,戚乔很紧张。最担心的却并不是票房。

一个月前,她便已经把精剪后的样片送去给周而复看过,周而复给她的评价很高,高到戚乔怀疑全是老师的爱屋及乌和对她的安慰。

上映前连续失眠三天后,谢凌云带她去玩了次跳伞,效果显著,压力在纵身越向天空的一瞬间释放了大半。

戚乔放下担忧,所有导演能做的工作都已完成,她开始将注意力投入新剧本写作。

所幸努力没有白费。

《归途》映期结束,收获七亿总票房的好成绩,对于一部文艺片而言已经是非常令人意外。

戚乔作为导演,接受电影频道采访时,被问及一个十分尖锐的问题。

主持人温和地说:"有影评人说《归途》票房虚高,戚导之前一直以演员身份活跃在大众视野中,2019年之后更是蝉联了数届年度最受欢迎女演员,有人说七亿票房中,恐怕不少都是您与江淮江老师的粉丝促成,对此戚导怎么看?"

戚乔表情平静,想了想,说:"我不能否认,有一部分粉丝是因为喜欢我才进电影院观看《归途》,也很感谢他们。但我也相信,《归途》七亿票房肯定不全是我与师兄的粉丝贡献,业内不是都说粉丝撑不起一部电影的票房吗?"

戚乔笑了下:"穆心老师五年前便完成了《归途》初稿,她打磨了五年,删删减减,去了西北三次,其中最长的一次在那儿居住了半年,体验生活。

筹拍时我推掉了所有工作,专心完成分镜剧本,我们的副导演谢凌云也陪着我一起,熬了无数个通宵,与摄影、灯光、道具与美术老师研讨。我们在开拍之前,安排了演员集训,学习当地民俗习惯与方言,又集体体验了一月生活才正式开始拍摄。拍摄后期进入冬天,我记得第八十二场落水的戏,师兄在零下十多度的天气还泡了几乎整整一天冷水。我说这些并不是想卖惨,而是想让大家知道,《归途》成片一百二十八分钟,拍摄了一百三十五天。穆心老师的故事内核打动人心,我用学生时期四年所学知识将文字转换成了视听语言。我更愿意将最后的结果称为是我们全组上下一百五十八人的功不唐捐。"

主持人也轻轻笑了:"戚导似乎很喜欢'功不唐捐'这个词。"

"嗯。"戚乔点头,"以前看到有人说,'虚惊一场''失而复得'是世间最美好的成语,我私自以为还应该加上'功不唐捐'。"

结束采访之时,主持人拿来一张电影海报,请戚乔签名,又悄声说:"刚才最后那个问题是编导写的,戚导可不要怪我哦,我非常喜欢《归途》,去电影院看了三次。"

戚乔弯了弯眼睛:"谢谢。"

她留下签名,又在其余摄影棚工作人员热情邀请下合照一张,才结束今日的工作。

要从电视台大楼下去时,碰到了个很久没有见过的人——雒清语。

她主动地跟戚乔打招呼:"学姐!"

戚乔看到她身上的工牌,有几分诧异:"你在这儿工作吗?"

雒清语点头:"是啊,我毕业就考过来了。"

以为戚乔还是好奇,雒清语大大方方地说:"其实我当时还去拍了一部小网剧来着,每天起早贪黑太累了,还要熬大夜,扛不住扛不住。"

家境优渥,她的确可以想做什么做什么。

小年上完厕所回来,戚乔与雒清语打过了招呼,便准备离开。

雒清语却很热情,笑着靠近她,小声问:"学姐,你和谢凌云什么时候结婚啊?"她一捂嘴巴,纠正,"我是想说……你们什么时候能再一起出现一次啊?我们真的很想看同台。"

戚乔:"我们?"

雒清语羞涩一笑。

戚乔愣了下，笑了起来。

"我就知道，谢凌云就是喜欢你，当初就被我猜中了！还非不承认。"雏清语求证，"学姐，你真的也是大学的时候就喜欢他了吗？"

"嗯。"

雏清语想起什么似的，摸摸下巴道："这么说来，那个冬天，谢凌云成天一副颓丧模样，不只是因为他姥姥重病，同时还因为失恋了啊。"

戚乔问："他姥姥当时病得很重吗？"

"心脏病，我大伯刚好是她姥姥的主治医生，之前做过搭桥手术，但那年冬天重做搭桥手术后也没有明显的效果。预后很不好，他姥姥走的时候……很痛苦。"

戚乔好一会儿没有说话。

雏清语低声说："我以前其实在公园看到过你一次，当时你身边还有江淮。我记得那天正好是谢凌云姥姥做寿，他姥姥喜欢热热闹闹的，跟年轻人说话，又加上家里长辈是故交，我也跟着去了，中途出来一趟碰到了你们。回去时和别人说话，被谢凌云听到，他忽然冲过来问我在哪里看到了你，吓我一跳，他跑出去找人，我那时候才感觉到他喜欢的人是你。不过他那天好像没有碰到你，有我一半运气结果可能也会不一样。"雏清语上前一步，抱住戚乔，"学姐，你们要好好在一起。"

戚乔低低地"嗯"了一声。

雏清语松手，冲她挤了下眼睛："再帮我问问谢凌云到底还有没有跟他长得像的哥哥弟弟，唉，我真的一直只喜欢这种长相，前任还算符合，可跟我在一起只是为了我的钱。帮我问问哦，学姐，我以前问过好几次他总不搭理我，还骂我是不是有病。"

戚乔失笑，点了下头。

下楼时，小年嘱咐司机开回碧水云天。

戚乔看了一眼微信，道："不，先去击剑馆。"

抵达时，谢凌云正好在与人比试。

戚乔在旁边上看了会儿，掏出手机拍下二十多张写真，低头认真裁剪调整参数时，谢凌云走了过来："什么时候来的？"

戚乔抬头，看到他一手执着重剑走来。他摘下头盔，夹在肘下，运动过后，眉眼清润，黑发上沾着些许汗水。

戚乔将手边的一瓶冰水递过去,谢凌云拧开,灌下去大半瓶。

谢凌云感觉到她的视线,垂眸时笑了一声:"你老这么看着我干吗?"

戚乔今日十分坦诚:"你穿击剑服时好帅啊。"

谢凌云打量她半天,总结:"戚乔乔,你是不是对所有穿制服的都有点儿特殊癖好?"

戚乔摇头,纠正他的话:"我认为应该只是对你穿正装和击剑服有,"她看了眼四周,"看别人就没有那种感觉。"

再抬眸时,发觉谢凌云视线沉沉地看着她,他道:"戚乔乔,打个商量。"

"什么?"

"以后说情话能不能先打声招呼。"谢凌云道,"还有,最好能挑没什么外人的场合。"

"为什么?"

谢凌云摘下右手击剑手套,捏了下戚乔脸颊的软肉:"我会想要吻你。"他说着,在戚乔唇角留下一个蜻蜓点水般的亲吻。

谢凌云留恋不舍,指腹轻轻侧过,掀眸又看了一眼击剑馆中的人,补充道:"人多的话有碍发挥。"

他握住戚乔的手腕,叫她起身,喊来工作人员,叫准备一身尺寸合适的女款击剑服。

戚乔问:"干吗?"

"我教你。"谢凌云挑来一把重量较轻的花剑,等戚乔换好击剑服回来,递到她手上。

戚乔笑了下,没有说话接过来。

谢凌云为她戴好面罩。

戚乔表现得像一个初学者:"我要是学不会,谢老师会不会骂我?"

谢凌云一本正经:"骂倒不会,会体罚。"

戚乔瞪了他一眼,但忘记自己戴着面罩,毫无威慑力,转而提起剑在谢凌云的心口戳了一下:"你能不能正经点?"

谢凌云笑着,教她正确的握剑姿势与出剑动作。

等瞧见戚乔第一次出剑时标准娴熟的动作后,才蹙了蹙眉,问:"你是不是会?"

戚乔趁他分神，上步出剑，剑尖刺中谢凌云的心口："我赢了！"

谢凌云握住剑尖："什么时候学的？"他似是想起什么，不快蹙眉，"该不会是顾念昱那小屁孩儿教你的？"

戚乔摘下面罩："以前念昱确实教了我一点点。"

谢凌云面无表情。

戚乔掌心用力，用剑尖戳他心口："你想不想知道我为什么会想学？"

谢凌云松手，脱口而出："不想。"撂下这句便要转身。身后传来一道清朗的少年音："哥哥，我要和你比试。"

谢凌云的脚步顿住，回头，瞧见戚乔拿起手中面罩遮住了脸，依旧是那道清朗的少年音："祝你前程似锦，功不唐捐。"

谢凌云站在原地，目光深沉地望着眼前的戚乔，仿佛变成一具不会动的雕塑，只凝望着一个方向。

戚乔放下面罩，笑望着他："因为觉得有人击剑好帅啊，所以也想要学。"

谢凌云问："那个小孩是你？"

"我学得像吗？"戚乔说。

谢凌云忽地笑了一声，道："如果我当年没那么骄傲，去质问你，为什么明明拿走了我的小狗又不要它，后来是不是会不一样？"

"我不知道。"戚乔收了剑，轻声说，"当年在学校听到你们一起回西山，我也以为你们在一起了。"

"什么一起回……"谢凌云顿住，回想半刻，"姥姥去世后，姥爷的身体也一直不太好，后来就挪到了西山去疗养……不是我们住的那间房子，是香山的疗养院，雒清语爷爷当时也住在那儿。"

"我知道应该是我误会。"戚乔看到谢凌云的神情，走过去晃了下他的手，"我以为告诉你你会开心，不要这样，笑一下好不好？"

谢凌云的眉头微蹙，眸光暗淡，颈间的血管脉络都比平常更加明晰。

"戚乔乔，我不是觉得不开心，只是……"他音调沉沉，低眉看她，手指碰到戚乔泛红的眼尾，低声说，"只是觉得遗憾太多，而我无法让时间回溯。"

戚乔说："我们还有很长的以后，是不是？"

谢凌云眉眼中终于溢出一丝笑，捧住她的侧脸，低头，一个温柔的吻落在戚乔唇角："是，我们还有很长的以后。"

Extra 3
不能失去你

  戚乔的第四部导演作品辗转于三地拍摄，忙准备工作的时候，谢凌云正在国外拍戏。

  两人对了时间表，等他五月底杀青回国的时候，戚乔已经出发去拍摄了。

  剧情需要，有十多场戏都是雪景，雪山地区雨季多发雪灾，好在还有一个月才到雨季，和工作人员商量之后，戚乔决定调整拍摄顺序，先前往雪山取景。

  这事戚乔没告诉妈妈，也没和谢凌云说。

  她最近给妈妈报了旅行团，不想让她出去玩还要操一份心，而谢凌云的戏恰巧快杀青，最后几场是重头，他几乎天天熬夜，只睡不到五个小时。

  反正就十多场戏，快的话，半个多月就能拍完。

  何况一整个组前往拍摄，又专门请了当地人做向导，提前和全剧组的演员和工作人员学了紧急避险方法，准备充足，没什么好担心的？

  剧组租了村子里几户村民的房子，用于演员和全组工作人员居住。刚到的前两天，晚上谢凌云打来的视频电话被戚乔都转为语音电话才会接通。

  她刻意隐瞒，所以谢凌云并未发现拍摄地点改变。

  到了第三天，通话结束，戚乔又混过一天，挂断后拿着剧本和分镜去找副导演开会，会还没开十分钟，小年敲门进来，可怜巴巴地趴在门框边，对戚乔说："乔乔，我闯祸了。"

  小年的手机屏幕亮着，她慢吞吞地举起来给戚乔看。

谢凌云冷着一张脸,面无表情地隔着屏幕看过来。戚乔惊得愣住了。

见她还在开会,屏幕对面的人十分"贴心"地说:"结束打给我。"专门强调一句,"视频。"

戚乔的会都开得磨磨蹭蹭,两小时后才将视频回过去。

刚响了一声,谢凌云就接通了。戚乔在床上趴下,将手机放在床头,盯着屏幕里的一张臭脸,眨眨眼睛不说话。

她不开口,谢凌云也不说话。

整整一分钟过去,戚乔实在扛不住了,清了清嗓子。

谢凌云:"错了没有?"

戚乔:"没有。"

戚乔瞧了一眼视频中某人的脸色,声音放低:"还不是不想让你担心?"

谢凌云说:"不想我担心就更应该告诉我。"

戚乔看了眼表:"你那边都中午了,吃饭了吗?"

"没胃口。"谢凌云敏锐地道,"别想转移话题。"

戚乔下半张脸窝在柔软的枕头里:"这周不是就要杀青了吗,买哪天的机票回来?"

谢凌云那边有助理送来午餐。

戚乔见他接过,随手放在面前桌上,拆开了餐盒和筷子,这才又看了她一眼,没说话,视线又转回去,拿起筷子夹了口米饭,也不吃菜。

戚乔太困了,打了个哈欠,声音传过去,谢凌云又看来一眼。

戚乔低声说:"你不回答我挂了,明天还要早起。"

谢凌云:"你试试。"

"试试就……"

"下周六。"

戚乔笑起来,视频中的人却不跟她对视,偏头不知道看哪儿。

戚乔这才开始顺毛:"我明明是怕你拍戏还要分心,怎么生气的人还是你?"

"知道我会担心还瞒着我?"谢凌云也不吃饭,脸比外面的雪山还冷,"以前就算了,现在还不和我说是什么意思,嗯?戚乔。"

戚乔愣了下,好像已经有一百年没有听过谢凌云这么喊她了,他好像真的生气了。

"我也没有告诉妈妈呀……"她的语调不自觉带上一丝哄人意味,"怕你们担心。"

谢凌云看上去还没消气,话题却转了弯,问戚乔:"带了多少人?在雪山下拍多久?雪崩能量测试仪准备了吗?"

"不到三十个人。顺利的话半个月。准备了。"

"向导呢,几个人?防寒用品够不够?食物和用的车……"

一百个问题都不够他问的,问完了还要叮嘱各项注意事项。

戚乔没见他这么唠叨过,半个小时过去,人都听困了,呵欠一个接一个,嘟囔道:"你快去忙吧,大少爷。"

谢凌云最后说:"无论当天的戏份有没有拍完,太阳下山之前必须收工。"

"知道了知道了。"

戚乔天天连轴转,趴在枕头上,眼睛已经闭了起来。

手机也不知道什么时候歪了,谢凌云只看得到她上半张侧脸,细眉微蹙,倦意难消。

谢凌云那张冷脸才总算缓和几分,道晚安前还加了一句:"戚乔乔,我回去再和你算账。"

戚乔被他这句勾起一丝精神:"我又没有做错。"

谢凌云严肃道:"下次也不改是吗?"

戚乔看着眼前很臭的帅脸:"你这么凶干什么?"

谢凌云冷着嗓子:"我凶什么了?"

"你看你看!"戚乔指他,"还说没有。"

谢凌云的脸臭程度不减反增。

戚乔的性格其实多少也有种报喜不报忧的心理,对妈妈是,对谢凌云也是。嘴上乖乖说着"知道了",下次再有类似情形,还是会瞒着他们。

谢凌云当然看出来了,正因如此,气非但没消,反而有愈来愈旺的趋势。

视频通话挂断前一秒,都还那副脸色。

戚乔拍了一天的戏,还有一场需要修改的戏,约了编剧睡前线上开会。她估计谢凌云气一会儿,明天也就好了,所以并未管,定了闹钟打算睡一会儿就起来开会。

结果没想到谢凌云这一气好像有点持久，连着两天都没有理戚乔。

戚乔原本还要解释，第二天上午戏拍完的休息时间找小年拿手机时却看见小年在对谁汇报她的行程，兢兢业业地报告，最后好像甚至都有些不耐烦，叹着气说了两遍"谢导您就别担心了"，便猜到对面的人是谢凌云了。

不理她的微信，结果背地里偷偷摸摸跟她助理打听。

戚乔原本还想哄人的念头瞬间打消，甚至觉得谢大少爷这种时候有点可爱。

前段时间接受采访，记者还八卦地问她，有没有和谢凌云吵过架，下次再遇到这种问题，素材就又多了一份。

不用说戚乔，连小年都察觉到了。隔天晚上收工回来的路上，很是无奈地回完谢凌云消息，才和戚乔吐槽："谢导什么时候这么唠叨了？"

山路颠簸，戚乔压平手中剧本的卷边，听到这句后，拍摄中绷了一整天的神经慢慢放松下来，在疲惫中慢吞吞地想，等过几天谢凌云杀青了，必然会和之前数次一样，第一时间飞过来，她又能见到他了。不知道是不是自己的错觉，总觉得这次他的情绪和以前任何一次她独立外出拍摄时都不一样。

剧本上的字在汽车前行的颠簸中不停地晃动，有点要晕车的迹象。戚乔这才合上剧本，拿来手机，刚想给谢凌云发视频，从手机息屏的界面上看到自己苍白疲惫的神色，手顿了一下，又放下了，决定等回去洗漱完睡前再打。

但总导演在拍摄期间就是一个连轴转的陀螺，连休息的时间都不是自己的，等粗剪完片子，和摄影灯光等工作人员开完会，安排妥当明日拍摄内容和行程，戚乔累得碰到枕头就睡着了，睡前迷迷糊糊地想，明天再打也不迟。

有时候意外之所以称为意外，便是因为多万全的准备也无济于事。

谢凌云得到雪山某片山区发生雪崩的消息，而戚乔和半个剧组的人都被困在雪崩之中时，最后一场戏堪堪打板开拍。

消息传出来时，已经是雪崩发生后两个小时。

谢凌云撂下整个剧组，乘坐最近一趟班机回国，落地北城之后立即中转飞了过去，已是雪崩二十四小时后。

发出去的消息仍然没有回复，手机信号越来越弱。

今年的雨季似乎提前了，天空开始飘起了雪花。

"再往前走咱们也会和外面失去联系,要不……"司机欲言又止。

谢凌云低头在看手机界面,等待许久,似乎终于拨出去了。

司机商量的话也变成了背景音,没得到回应,等拨号界面艰难转为通话计时,谢凌云立即放到耳边,问:"有消息传出来吗?"

李一楠的声音因为信号太差有些断断续续,卡顿半天,总算有几个字音传入耳中,叫他冷静,别再往前走。

谢凌云充耳不闻,挂断后编辑微信,好半天才敲键盘打出几个字。他闭了闭眼,低着头,深呼吸数下,才控制住发抖的手,重新梳理好文字,分别发给贺舟、李一楠和他爸谢承。

积雪让车速也慢了下来,

"谢导,前面雪更厚,车恐怕也走不了了。"

车内只有一声机械电子女声播报:"对不起,您所拨打的电话已关机。"

响了两遍都没有挂断,司机不禁从后视镜中向后排看了一眼,只见谢凌云弯着腰,手肘撑在膝盖上,头往下垂着,看不见脸。

他吓了一跳,赶紧问:"高反了吗?氧气瓶就在旁边座位。"

话音落下时终于听到谢凌云回应:"没事,再往前开,车不能走了再停。"

司机只好继续,没走一会儿,远远看到几辆军用卡车,是武警官兵紧急救援队!

"停车!"谢凌云当即喊道。

等司机踩下刹车,他拿了瓶氧气,拎上防寒服便跳下了车。司机甚至来不及反应,他人已经在五米之外,赶紧呼喊:"谢导!"

谢凌没打算让司机也跟自己去犯险,回头道:"辛苦你了,原路返回吧,注意安全。"

雪山下的村子里。

"怎么样,好了吗?"

"还是不行,明明看着有信号。"

"有村民说估计是雪崩的地方正好压到了基站,光缆断了。"

戚乔舒口气,尽量平静地说:"等通讯恢复,立刻给外面的人发消息报平安。别的事情你先不用管。"

"好的,导演。"

村民拖拉机轰轰隆隆的声音传来,场务起身喊:"吃好了吗,走?"

除了戚乔、小年和剩下的几个体力一般的工作人员,组里其他人全部拿上村民的铁锹铁铲出发,一起去和救援队清理国道上的雪了。

见戚乔吃完了饭,小年泡了杯感冒冲剂送过来。

"我说昨天不让你去你非要去,感冒了吧。"小年唠唠叨叨地说,"这下好了,要是让谢导知道他不得炒了我。"

"哪有这么夸张,而且他又不是你老板,你总怕他做什么?"

小年控诉道:"谢导老是威胁我说要让你开了我!"

戚乔笑问:"所以这两天背着我向他汇报剧组情况也是被威胁了?"

小年:"枕头风多厉害啊,谁不害怕?"

戚乔失笑,只短暂一秒,旋即唇角又紧紧抿起来,她抬头看了眼南方的天空,眉头紧蹙。她有点希望雪崩的消息没有传出去,或者即便传出去,也有人能拦住谢凌云。

还有三四个病号,小年要负责照顾这一帮人,提着水壶去烧热水了。

病号之一的化妆师问:"戚导,这下咱们得在这儿耽搁多久啊?"

戚乔也不知道,摇了摇头。

"唉,这样一来,咱们的经费又要燃烧了。"

戚乔柔声说:"大家都平安已经很好了,别担心其他的。"

天快要落山时,早晨随村民一起去帮忙救灾的剧组人员依旧没有回来。

戚乔心中不安,到晚饭时间,还不见人回来。厚重的积雨云压在头顶,似乎又有下雪的征兆。刚要准备和几个人去村口,早晨出门的其中一名场记被村民的四轮摩托载回来。

"戚导,不好了!"

谢凌云找到戚乔和剧组落脚的村子时,已经是这一天的晚上。

阴天天黑得格外快,才七点不到,外面已经一片漆黑。天空中又有雪花落下,看来雨季的提前来势汹汹。

小年听到急促的敲门声,还以为是戚乔他们回来,飞快披上防风衣去开门,愣了半天,才回神反应过来面前风雪中的人是谢凌云,惊道:"谢导,你怎么会现在出现在这儿?"

谢凌云一身冰寒:"戚乔呢?"

小年艰难地吞咽了下口水:"乔乔她……"

谢凌云拨开她朝里走去。

院子里的灯还亮着,正对面的房间门开着,屋子里生了火,看着像快灭了,几块煤已经将要烧尽了。

门外似乎有车的声音,紧接着传来隐隐约约的说话声,其中一道格外熟悉,谢凌云觉得自己好像发烧了,冲锋衣变得像一张破洞的薄纸,全身的毛孔在同一时刻感受到刺骨的寒冷。

谢凌云目光失焦地望着那团快灭的火,呼吸在慢慢消失,直到身后传来一道又惊又喜的熟悉嗓音。

"谢凌云!"

他转身的动作迟钝又缓慢,戚乔已经从院子门口朝他小跑着过来。

谢凌云望着几米之外的人反应了好几秒,一动未动。

地上有雪,面前的人还没有跑出几步,脚下蓦地一个趔趄。

他像是终于回神,大步流星朝戚乔而去,越靠近步子越快,最后几乎是跑。

好在戚乔及时扶住了墙壁,才没有滑倒,还未来得及再次迈脚,谢凌云已到近前,展开双臂便将她揽进了怀里。

"你怎么……"戚乔脱口而出的话在感受到这个拥抱时停顿了下。

他身上很冰,唯有烙在她颈窝的呼吸滚烫无比。

好半晌,戚乔才说出话来:"路都堵了,你怎么过来的?"

谢凌云没答,圈在腰上的手臂比刚才更紧。戚乔任他抱着,在这一瞬间再次想起前天黄昏时分的险情。倘若那场雪崩倾倒的方向有偏差,或许她再也见不到他了。

导演是整个剧组的领导人,戚乔也是第一次遇见这样的突发意外,心中再慌,都要保持镇静和理智,指挥一整个拍摄组。

两天来一直紧绷着心弦,其实,她怎么会不怕呢?

这个拥抱彻底将戚乔心底的后怕引出水面,她伸手紧紧地抱住谢凌云,汲取他身上的温度和气味。她也不再等待他的回答,他们都太了解对方,从发生雪崩后通信中断的那一刻开始,她就知道他会来找她的。

直到听到身后工作人员的议论声,两人才松开对方。

门廊上安了一盏白炽灯,昏黄的光线下,谢凌云微红的双眼映入戚乔眼中。

她不由愣了一下。

谢凌云好像不想让她看到,再一次抱住戚乔,低头将整张脸都埋在了她的肩上。

他什么也不说,抱着戚乔不肯松手。

浓烈的情绪如滂沱的暴雨流进心口,戚乔抬起手,摸了摸谢凌云后脑的头发:"我这不是好好地站在这儿吗?"

后面一同回来的工作人员中传出刻意压低的议论声。小年清清嗓子,一副已经对这种场面司空见惯的态度,一边招呼其他工作人员去吃晚饭,一边心虚地看了好几眼。下午的时候传来消息,她和谢凌云说跟随村民一起去疏通国道的几名工作人员受伤了,戚乔赶过去接人,到刚才还未回来,她很担心,回答谢凌云的时候也卡了壳,哪里知道组织措辞的瞬间谢凌云似乎已经想歪了。

小年捏着手里没吃完的半根玉米,叹了口气,一边祈祷不要因此挨谢导的骂,一边熟练地掏出手机暗暗将镜头对准按下快门。等拍完了,才故意提高音量地假装咳嗽,差点把肺都咳出来,很努力地暗示了戚乔和谢凌云这里眼睛可不止她这一双。

余光中那两人总算舍得分开,戚乔拉谢凌云去自己住的房间,小年抓紧时间问,提前打招呼提醒:"我等会儿把吃的拿你房间去。"

戚乔听到,松开谢凌云走过来,叮嘱小年代她去照看其他工作人员,再让后勤煮点热汤给大家喝,明天全组休息。

小年一一记下,转身便往厨房走,快到门口时想起得问问谢导想吃什么,掉头走了两步,看到那两人已经到房间门口,纷纷扬扬的雪从天空中落下来,戚乔的脚步忽然停在门前,伸出双手捧着谢凌云的脸颊,笑着轻轻地揉了揉。

小年听不见她说了什么,但那两人面对面的情形,倒像是戚乔在哄谢凌云。

她迈出去的脚步又退回去来,转身时在心中轻叹,怎么差点遇到雪崩的人是戚乔,回头要哄人的也是戚乔?而且谢导刚才的样子,还真是前所未见。

戚乔也没见过谢凌云这个样子,她这两天不上不下吊着的心在见到他的瞬间终于落回安全区。

"我真的一点伤都没有,你笑一下嘛。"戚乔停下来,双手伸出去,揉他侧脸,才碰到,便感觉到冰冷的温度,随即用两只掌心去暖,"还在生气啊?"

谢凌云终于舍得开口:"谁生气了?"

他声音有些低哑,脸色也不好,戚乔摸摸他的下颌,问:"你多久没睡觉了?"

"没注意。"

戚乔拉着谢凌云走进房间。

村子里没有暖气,室内也比室外暖和不了多少,还好只是通信中断还没停电,戚乔打开电热毯开关,也打开角落里摆着的一台小小的电取暖器。

"快点过来。"

谢凌云走过去,从后面抱住了戚乔。

他低下头,埋在她的肩上,什么也不说,好像只是用这个拥抱来确认她的存在。

戚乔静了静,好久,在谢凌云怀里转身,然后踮脚亲吻了他的侧脸。

两人相视一眼,谁都不再说话,只是拥抱。

谢凌云的反常持续了很久。

夜里戚乔是被圈在腰上的手给勒醒的,房间的窗帘遮光性很差,她在夜色中看到谢凌云紧蹙的眉。他没醒,额头上却渗出一层冷汗。

戚乔准备起身去拿床头柜上的纸巾,还来不及拉开谢凌云卡在她腰上的手,梦中的人忽然惊醒过来。急促的喘气在静谧的夜晚无限放大,戚乔还没有拿到纸巾,被他单手扣住腰抱回了怀里。

"你怎么了?"戚乔伸手摸了摸他汗涔涔的额头,"是不是哪里不舒服?"

谢凌云低头埋过来。戚乔看不见他的脸,只感觉到他摇了摇头。

"做噩梦了吗?"她声音轻了一些。

"嗯。"

"我去帮你倒杯水。"

"不用。"谢凌云没放手。

他的呼吸慢慢变得平缓,戚乔这才对他说起那天的事情,若非运气好,当时正处于雪崩发生的另一面山坡下，后果不堪想象。他们的确做了万全的准备，但探测仪也不是百分百精准。

目睹过这场意外就在身边发生，戚乔心有余悸，低声说："下次我不会隐瞒你了。"

谢凌云"嗯"了一声。

戚乔这才又问："你是不是没拍完就过来了？"

"差最后一场戏。"

"不是还有两三天才杀青吗？"

按正常拍摄进度，应该还有三四场戏。

戚乔瞬间反应过来，动了动身体，整个人缩进谢凌云的怀里，感觉到他的手落在她后脑，轻轻地摩挲着。

许久，在她以为他已经重新睡着时，戚乔听见谢凌云沙哑的声音："我妈也是遇到的意外。"

戚乔愣了愣。

"也是这样的季节，一场突发泥石流，救出来后，她在病床上躺了一个月，最后还是……"谢凌云声音几不可闻，"最后那几天，她连话都说不出来了，我趴在病床边，喊她的时候，她只能用她的目光回应我——我知道，那已经是她硬撑着的样子了。"

窗帘不怎么遮光，山上的夜晚万籁俱寂，只剩旷野中呼啸的风声，云也被吹散了，星光透进来。

戚乔终于能明白，前两天他身上紧绷的情绪从何而来，她的喉咙有些发堵。

"不要瞒着我。"谢凌云的手指插进她发间，埋头轻声道，"不要想着不让我担心，如果今天真的出事，我会疯的，戚乔……"他伸手将她抱得更紧。

衣料和被褥的窸窣中，戚乔依稀分辨出最后几个字——我不能再失去你了。